Für Papa

Kirchgang

Der alte Heinz Wender saß am Marktplatz in Traben und beobachtete den vorbeifahrenden Verkehr. Er saß gerne hier, auf seinem Stammplatz am steinernen Rondell, dessen tieferen Sinn wohl bisher noch niemand im Ort verstanden hatte. Primär stand es da, wo es errichtet worden war, schlicht und ergreifend im Weg. Zwar war es durch das in seinem Metallgeflecht rankende Weinlaub nett anzusehen und wirkte bei Weitem nicht mehr so klobig und plump wie am Tage seiner Einweihung. Und dennoch – schön und funktionell war mit Sicherheit etwas anderes: Zum Unterstellen fehlte ihm das Dach, zur Bushaltestelle der Bus.

Seine Funktionalität konnte aber zumindest Heinz dem Gebilde trotz allem nicht absprechen, war doch die Bank, auf der er zu sitzen pflegte, ein Teil dieses künstlerischen Ergusses eines ihm nicht näher bekannten Architekten.

Wer Heinz dort auf seinem Sitzplatz direkt gegenüber vom ‚Bääka Paul' beobachtete, mochte befürchten, dass er an so manchem Abend mit einem grässlichen Muskelkater in seinem Arm nach Hause kommen müsste. Denn Heinz Wender kannte jeden hier im Ort und jeder im Ort kannte Heinz Wender. So blieb es nicht aus, dass er statistisch gesehen mindestens jedem zweiten Auto, das vorbei fuhr, eine grüßende Hand mit auf den Weg gab – in der touristischen Hochsaison zumindest jedem dritten.

Die Fahrer ihrerseits grüßten stets freundlich zurück und waren manches Mal gar besorgt, wenn sie Heinz nicht an seiner altvertrauten Stelle erblickten.

Vor eine besondere Herausforderung stellte ihn jedoch jedes Mal die Tatsache, dass in einer 6000-Einwohnerstadt der eine oder andere sich hin und wieder ein neues Vehikel zulegte, weshalb er stets auch jedes unbekannte Auto mit scharfem Blick darauf musterte, ob sich denn nicht ein ihm bekannter Fahrer hinter dem Lenkrad verbarg. Einmal identifiziert, wurde dann selbstverständlich auch das neue Gefährt in die Liste der bekannten und zu grüßenden Wagen aufgenommen.

An diesem Montagmorgen im Frühling saß Heinz bereits seit zwei Stunden auf seinem Platz. Er hatte seine tägliche Runde entlang des Moselufers etwas vorgezogen, war schon vor Bezug seines Postens bis zur Brücke und wieder zurück gelaufen und hatte bei den brütenden Enten- und Nilganspärchen nach dem Rechten gesehen.

Nun wurde es schon bald Zeit für seine Wanderung über die Brücke auf die Trarbacher Seite hinüber, hin zu dem Schwanenpaar an der Kautenbachmündung. Sein Blick fiel auf seine Armbanduhr, als er ein Motorengeräusch vernahm. Er kannte den Klang des alten Volvo, der sich von Rißbach kommend die Straße hinaufquälte. Jeden Sonntagmorgen konnte er ihn pünktlich vernehmen, wenn sich der Wagen auf seinen Weg in Richtung der katholischen Kirche in Trarbach machte. Es war das Auto des Pastors Giessen, der seit nunmehr 3 Jahren seinen Dienst hier im Ort versah.

Der Motor klang an diesem Morgen ungewöhnlich laut, als er die Straße entlang herandonnerte. Heinz blickte auf und war im Begriff die Hand zu heben. Doch in diesem Moment war das klapprige Gefährt bereits an ihm vorbeigeschossen.

Entrüstet schüttelte Heinz den Kopf. Was hatte denn das zu bedeuten? Der Pastor wusste doch, dass nicht selten Kinder hier am Marktplatz spielten, von den vielen Brötchen hungrigen Bäckereibesuchern mal ganz abgesehen. Was mochte nur in den Geistlichen gefahren sein, dass er mit einer solchen Geschwindigkeit…

Ein kreischendes Geräusch riss Heinz aus den Gedanken, und ließ ihn jeden Moment damit rechnen, den Knall zu hören, mit dem zwei Autos aufeinander prallten, deren Bremsen trotz aller Bemühungen ihrer Fahrer nicht stark genug gewesen waren.

Doch das erwartete Krachen blieb aus. Stattdessen ertönte nach einem kurzen Moment der Stille und einem Quietschen von Reifen, die das erneute Beschleunigen eines Autos verhießen – des Volvo, wie der lauthals protestierende Motor unschwer erkennen ließ – ein empörtes Hupen. Dann war wieder alles ruhig.

„Ei, ei, ei…", schüttelte Heinz Wender den Kopf. „Wenn da mal nicht was passiert ist."

Der pensionierte Lehrer Max Krämer lauschte geduldig dem Rumoren des Kaffeeautomaten in der Küche. Am Morgen brauchte das gute Gerät immer ein wenig länger, um in die Gänge zu kommen, schließlich musste man – bevor man die gewünschte Dosis schwarzer Lebensenergie geliefert bekam – zunächst einen Spülgang einlegen. Je nach Lust und Laune des vollautomatischen Kastens konnte es dann auch noch vorkommen, dass man ‚Wasser nachfüllen', ‚Bohnen nachfüllen' oder – was er als Moselaner besonders erheiternd fand – ‚Trester leeren' musste, ehe sich der Automat dazu herab ließ, aus frisch gemahlenen Bohnen Kaffee zuzubereiten.

Max seufzte und schüttelte den Kopf, als er die Spülflüssigkeit in den Ausguss goss. Doch er jammerte auf hohem Niveau: Immerhin *hatte* er solch einen Kaffeeautomaten, auch wenn dieser mittlerweile schon einige Jährchen auf dem Buckel hatte. Er hatte sich das Geld für diesen Luxus zu seinem sechzigsten Geburtstag zusammengespart und war eigentlich rundum zufrieden mit dem Gerät.

Max war ein hochgewachsener Mann Anfang siebzig, der zumeist in Jeans, Hemd und Pullover anzutreffen war. Sein einst schwarzes Haar hatte sich in den letzten Jahren langsam aber sicher grau gefärbt, lustigerweise jedoch erst *nach* seinem Eintritt in den Ruhestand, sodass er – selbst augenzwinkernd – kaum seine Schüler dafür verantwortlich machen konnte. Er hatte seinen Beruf gerne ausgeübt und so manchem ABC-Schützen im Ort das Lesen, Schreiben und Rechnen gelehrt, der noch heute als Winzer, Bankkaufmann oder sonstiges in Traben-Trarbach oder Umgebung tätig war.

Mit seinem Eintritt in den ‚Unruhestand' war es ihm rasch langweilig geworden, und er hatte begonnen, sich mit der Geschichte seiner Heimatstadt auseinander zu setzen. So war es ihm gerade recht gekommen, als kurz nach seiner Pensionierung ein Augenmerk auf das geworfen wurde, was sich unter der Oberfläche der Doppelstadt fand: Ungezählte alte Kelleranlagen und Weinkeller, Zeugen einer längst vergangenen Blütezeit des Weinhandels in dieser Stadt.

Voller Tatendrang hatten Max und manch andere sich daran gemacht, die Keller zu erkunden und Einwohnern wie Gästen zugänglich zu machen und zu erklären. Die ‚Traben-Trarbacher Unterwelt' war geboren. Was als fixe Idee mit nur einem Keller begonnen hatte, war rasch zu einer wahren Lawine geworden. Inzwischen waren mehr als dreißig alte Gewölbe und Weinkeller zusammen gekommen, die man als Gast oder Einheimischer in geführten Gruppen bewundern konnte. Seit 2008 lockten die Keller nun bereits die Menschen in die Doppelstadt. 2011 war das Ganze dann schließlich von einem unterirdischen Wein-Nachts-Markt gekrönt worden, der sich seitdem ebenfalls großer Beliebtheit erfreute.

Mit der vollen Tasse Kaffee in Händen ließ Max sich am Küchentisch nieder, gab ein Assugrin in den Kaffee und schlug den Sportteil des Trierischen Volksfreunds auf. Er hatte sein eigenes Vorgehen, die Tages-Zeitung zu lesen und dieses über Jahre optimiert: Den Beginn machte stets **Sport**, es folgten **Mosel**, **Themen des Tages** und schließlich **Kultur**, wobei er die einzelnen Abschnitte *rückwärts* durchzublättern pflegte.

Sein Freund und Nachbar, der ehemalige Polizist Hugo Guthar, zog ihn manches Mal damit auf, welch sonderbare Angewohnheiten er doch an den Tag legte. Aber was blieb einem als allein lebendem Langzeitjunggesellen schon anderes übrig, als zumindest ein bisschen verschroben zu werden? Und wenn rückwärts die Zeitung zu lesen schon das Schlimmste war, das man ihm vorzuwerfen hatte – von seiner fehlenden Handy-Affinität mal abgesehen – dann war er durchaus zufrieden damit.

Nein, sein Mobiltelefon hatte Max tatsächlich nicht oft dabei. Wozu auch? In den alten Weinkellern gab es ohnehin kein Netz. Und wenn Max nicht gerade in der Traben-Trarbacher Unterwelt Gäste herumführte, so verbrachte er seine Zeit auch seltener damit, E-Mails abzurufen oder SMS zu verschicken. Am Wohlsten fühlte er sich noch immer beim Spazieren, Laufen oder Lesen... und dabei am liebsten Krimis.

Er überflog die Berichte zu anstehenden Straßenläufen und Leichtathletikwettkämpfen und nahm vorsichtig einen Schluck von dem Kaffee. Eine Bewegung im Garten zog seine Aufmerksamkeit auf sich. Er blickte hinaus auf die

Terrasse und musste lächeln.

Da waren sie ja wieder. Seine drei "Haustiere", die er – wie schon so oft – mal wieder für verschollen oder in irgendeinem Kochtopf gelandet geglaubt hatte: Das Fasanentrio, bestehend aus zwei Hennen und einem Hahn.

Die drei machten keinen Hehl daraus, dass sie von ihm erwarteten – auch nach fast 2-wöchiger Abstinenz – nun ad hoc eine Ladung Sonnenblumenkerne vorrätig zu haben, was der Hahn neben seinem kritischen Blick durch einen durchdringenden Schrei nochmals untermauerte.

Vor einigen Jahren hatte es begonnen, dass die illustre Runde sich hier oben, nah an den Weinbergen, in den Gärten herumtrieb. Im Winter waren sie erstmals aufgetaucht, hatten ungestüm das Futterhäuschen, in das sie selber nicht hinein passten, umgestoßen und anschließend die Körner vom Boden gepickt. Das Schauspiel hatte sich ein paar Mal wiederholt, bis Max schließlich dazu übergegangen war, *eine* Handvoll Körner in das Häuschen zu geben und *eine* auf den Boden darunter, sodass alle Vögel – groß wie klein – zufrieden waren. Und offenbar waren sie das, denn sie hielten ihrem Gastwirt seither Jahr um Jahr die Treue.

Max grinste breit, als er die Terrassentür aufschob. Wie gut, dass sich Sonnenblumenkerne so lange hielten.

„Eine Abscheulichkeit ist das. sondergleichen. So etwas habe ich in den 30 Jahren, die ich hier bin, noch nicht erlebt. Schrecklich, ganz schrecklich."

Irmlinde Kraus, der Küsterin und guten Seele der Trarbacher St. Nikolaus-Kirche, standen die Tränen in den Augen, als sie den beiden Polizisten eine Tasse Kaffee brachte.

Der ältere von ihnen nahm sie dankbar entgegen, während seine junge Kollegin fleißig Fotos vom Innenraum der Kirche, dem Türschloss und sonstigen relevanten Dingen machte.

„Sie haben heute Morgen also die Tür so vorgefunden?", erkundigte sich der Polizist, als er den Kaffee zum Mund führte. Er nahm einen tiefen Schluck… und spuckte ihn beinahe direkt wieder aus. Zu seinem Glück hatte Irmlinde Kraus ihr Gesicht gerade in ein kitschig besticktes Stofftaschentuch versenkt, so dass sie seinen gequälten Gesichtsausdruck nicht sehen konnte, als er sich mühsam dazu zwang, das Teufelszeug, das sie ihm gebracht hatte, herunter zu schlucken. Womöglich war Frau Kraus eine sehr gläubige Katholikin, die tatsächlich an die Auferstehung glaubte, schoss es ihm durch den Kopf… in jedem Fall: Diese Brühe konnte Tote zum Leben erwecken!

Ein lautes Tröten riss ihn aus seinen Gedanken, und Irmlindes Gesicht tauchte wieder hinter dem Taschentuch auf: „Ja. Ich wollte die Kirche aufschließen. Über Nacht ist sie zu wegen… wegen Vandalismus und sowas. Jahrelang hatten wir Ruhe. Und sonst: Mal ein paar Kerzen verschwunden, Sitzkissen beschmutzt, Ferkeleien irgendwo hingemalt. Solche unerhörten Lausbengel-Scherze eben. Aber das hier… das schlägt dem Fass den Boden aus."

Tim Fritzen, seines Zeichens Polizeihauptkommissar wandte sich zu seiner Kollegin Klara um und betrachtete die von Irmlinde Kraus beklagten Schäden: Irgendein Unhold, der mit der Schlichtheit dieses katholischen Bauwerks offenbar nicht einverstanden gewesen war, hatte die Wände verunziert. Doch nicht etwa durch Graffiti, wie man es aus den Städten kennt, wo sich zahlreiche mal mehr, meistens jedoch eher *weniger* talentierte Künstler an allem austoben, was eine Oberfläche bietet, die groß genug ist. Nein, hier waren die Wände… *aufgestemmt* worden.

Der Putz war mal hier, mal dort brockenweise von den Wänden abgeschlagen worden und zu Boden gefallen. Man konnte den gesamten Seitengang entlang keine drei Schritt weit gehen, ohne nicht auf Bruchstücke unterschiedlicher Größe zu treten: Klaffende Löcher entblößten das dahinter liegende nackte Mauerwerk. Hier war jemand mit äußerster Wut oder aber *äußerstem Ehrgeiz* zur Sache gegangen. Der Altar sah indes nicht besser aus, anscheinend hatte ihn jemand ebenfalls mit einer Brechstange oder ähnlichem traktiert und alles zu Boden geworfen, das darauf gestanden hatte.

„Tim!" Klara rief nach ihm. Sie war jung, gerade erst mit der Polizeischule fertig geworden, und er war ihr erster Partner. Doch in dem kurzen halben Jahr, das sie zusammen arbeiteten, hatten sie sich bereits zu einem eingespielten Team entwickelt. Er blickte sich zu ihr um. „Ich glaube, ich habe hier Fußabdrücke."

Tim Fritzen entschuldigte sich bei der Küsterin. Scheinbar unbewusst stellte er die beiden Tassen voll *schwarzem Tod* in der Kirchenbank ab, ehe er zu seiner Kollegin hinüber ging. Er war groß, schlank und dunkelhaarig. Mit Ende dreißig hatte er zwei kleine Söhne und eine Ehefrau, die im nahen Bernkastel-Kues – ihrem gemeinsamen Wohnort – ein Bekleidungsgeschäft unterhielt. Er war kein Moselaner, ihn hatte es aus der Nähe von München letztlich der Liebe wegen hierher verschlagen, und inzwischen war er lange genug hier, um sich mit diesem Menschenschlag und ihren Marotten angefreundet zu haben… auch mit dem Wein, an den er als Bayer sich am meisten hatte gewöhnen müssen, ging doch nichts über ein kühles Bier an einem lauen Sommerabend.

„Wo?“, fragte er, bei Klara angekommen.

Sie deutete auf den Boden, auf dem sich der abgeschlagene Putz sammelte.

„Schau hier“, sie ließ sich in die Hocke sinken. „Die Wand sieht aus, als hätte der Leibhaftige hier gewütet. Aber das hier ist mal ganz eindeutig kein Pferdefuß.“

„Sehr gut“, lobte Fritzen. „Ein Schuhabdruck ist ja zumindest mal ein Anfang. Nimm alles auf, mit Maßstab und dem üblichen Klimbim.“

Er drehte sich um und ging an der sich noch immer lautstark schnäuzenden Küsterin vorbei zur Eingangstür. Klara folgte ihm, um die Utensilien zur Spurensicherung zu holen. Prüfend klopfte Fritzen an den hölzernen Opferstock für Kollekte. Sie hörten es deutlich in seinem Innern klingeln.

Geräuschvoll pfiff Tim durch die Zähne. Geld war hier also offenbar kein Motiv gewesen.

„In einem Gotteshaus pfeift man nicht!“

Die beiden Polizisten wirbelten herum und blickten zu dem Mann mit schütterem Haar, der schwer atmend im Türrahmen stand.

Die Küsterin schrie auf. „Herr Pastor. Gott sei Dank, Herr Pastor. Schauen Sie sich das an. Es ist so schrecklich. Ach, Herr Pastor…“

Mit einer einzigen Geste seiner Hand, die etwas zu harsch für den ansonsten eher sanftmütig anmutenden älteren Herrn wirkte, brachte er sie zum Schweigen.

Er atmete noch immer rasch, so als hätte er den gesamten Weg von seinem Haus im Trabener Stadtteil Rißbach hierher im Dauerlauf hinter sich gebracht. Die Küsterin hatte ihn, nach eigenen Angaben, noch *vor* ihnen – der Polizei – zu verständigen versucht. Doch es war beständig nur der Anrufbeantworter dran gegangen.

„Ich… bin Pastor… Giessen… Gotthard… Giessen… Was ist… hier los?“

Irmlinde Kraus holte Luft, doch Fritzen kam ihr zuvor.

„Fritzen mein Name, guten Morgen. So wie es aussieht, hat sich in der Nacht jemand Zutritt zur Kirche verschafft und hier übel gewütet. Können Sie sich vorstellen, wer…“

„Lassen… Sie mich… durch.“

Ungehalten zwängte sich der Pfarrer an dem Polizisten vorbei, der zu überrascht war, um zu protestieren. Weit kam der alte Herr jedoch nicht.

„Gütiger Gott.“ Fritzen sah, wie der Pfarrer sich, noch im Türrahmen stehend, bekreuzigte, als er das Ausmaß der Zerstörung, die die Nacht mit sich gebracht hatte, sah.

„Gestern… noch gestern Abend war alles in Ordnung. Ich bin noch einmal eine Runde durch die Kirche gegangen, bevor ich abgeschlossen habe“, meldete sich nun Irmlinde Kraus schniefend wieder zu Wort.

Fritzen entsann sich der unterbrochenen Befragung. Ein kurzer Schauer durchfuhr ihn, als er an den Kaffee dachte, der derweil in der Bank abkühlte, dann zog er jedoch erneut seinen Notizblock aus der Gesäßtasche hervor.

„Wann war das?“, fragte er und bedeutete seiner Kollegin mit einer Kopfbewegung, dem Pastor zu folgen, der nun mit unsicherem Schritt und die Hände an den Kopf erhoben ins Innere der Kirche wankte.

„19:50 Uhr!“, erwiderte Irmlinde unverwandt. „Ich schaue immer um 19:50 Uhr nach dem Rechten. Denn um 20:00 Uhr kommt die Tagesschau und um 20:15 Uhr kam gestern das ‚Große Fest der Volksmusik'."

Fritzen nickte verstehend. „Sind Sie sicher, dass Sie die Tür verschlossen haben?"

„Ja. Natürlich. Zweimal rum." Irmlinde machte eine Handbewegung, als wolle sie zeigen, dass sie wusste, wie man eine Tür verschloss.

Erneut nickte Fritzen. Das passte zu den Einbruchspuren, die Tür war mit Gewalt geöffnet worden. Er blickte beunruhigt zu Giessen und Klara, die die Schäden an der Wand genauer in Augenschein nahmen. Der Pfarrer wirkte äußerlich gefasster als seine Küsterin, doch er erschien ungleich tiefer getroffen und gebrechlicher, als es sein Alter erwarten ließ. Fritzen schätzte ihn auf Anfang bis Mitte 70… doch für den Moment wirkte er, als wäre er eher bereits Mitte 90.

„Der Herr Pastor feiert in 2 Wochen seinen 72. Geburtstag", las Irmlinde Kraus seine Gedanken. „Am Osterfest. Wir haben schon alles vorbereitet. Wer weiß, wie lange er uns als Pastor noch erhalten bleiben wird. Dabei haben wir ihn doch erst seit fünf Jahren. Aber er hat sich ja auch seinen Ruhestand verdient… Er will dann zurück nach Bremen, in seine alte Heimat… Hach, dass nun so etwas passieren musste…"

Das neuerliche Gejammer ging in einer Geräuschkulisse unter, die Fritzen bereits zuvor im Unterbewusstsein wahrgenommen hatte. Doch nun wurde sie immer lauter… und *fordernder.*

Es war ein ganzes Orchester an Autohupen, das unweit der Kirche seinen Gesang angestimmt hatte.

Der ehemalige Polizist Hugo Guthar klopfte auf dem Lenkrad seines Peugeots den Rhythmus des Marschs ‚Alte Kameraden', intoniert vom Heeresmusikkorps, der viel zu laut aus seinem Autoradio erklang. Bereits einige der Vorbeigehenden hatten ihn mit ungläubigen Blicken bedacht, als sie die Musik durch die geschlossenen Fensterscheiben nach außen hatten dringen hören, doch das kümmerte ihn wenig.

Wenn jeder gerade volljährig gewordene Bengel sich erdreisten konnte, sich in seinem mühsam von Papis Gehalt abgesparten ersten Auto die Trommelfelle mit einem Lärm wegzublasen, den Hugo nicht Musik zu nennen wagte, da er eigentlich nur aus einem Rhythmus und quäkenden Zwischensequenzen bestand, dann konnte er auch seine Mitmenschen ab und an mit guter Blasmusik beschallen, wenn ihm danach war.

An diesem Montagmorgen war er eigentlich bester Laune gewesen, als er sich auf den Weg nach Trarbach gemacht hatte. Er hatte um elf Uhr einen Massagetermin in der Moseltherme und freute sich schon seit Tagen auf das Entspannung verheißende Durchkneten seines allzu verspannten Rückens. Er hatte seinem Nachbarn, dem Unterweltführer Max Krämer dabei geholfen, einen alten Keller zu entrümpeln, den dieser in seine Führungen aufnehmen wollte und das hatte er nun davon. An irgendetwas musste er sich verhoben haben, und das Ziehen und Stechen ließ seither nicht mehr nach. Den raschen Massagetermin hatte er nur aufgrund eines glücklichen Zufalls ergattern können, da jemand anderes abgesagt hatte. Andernfalls hätte *er* sich wohl noch zwei weitere Wochen mit seinen Rückenschmerzen und *Max* sich dafür mit seinen Vorwürfen herumplagen dürfen.

Doch nun stand er im Stau! Beständig zählte die Minutenanzeige der Uhr in seinem Armaturenbrett aufwärts. Die elf war schon längst überschritten… um ganze drei Minuten und die Zeit lief unbarmherzig weiter. Unruhig rutschte er im Sitz hin und her, während das Radio nun den ‚Tiger Rag‘ anstimmte.

Das konnte doch wohl nicht wahr sein. Wie konnte man erst so viel Glück und dann so ein blödes Pech haben? Es mochte die Einbildung sein, doch wie er da so lange unbeweglich in seinem Fahrersitz hockte, meldete sich sein Rücken gleich mit doppelten Schmerzen zu Wort, als wolle er ihn ermahnen, doch bitte zeitnah zum Termin zu kommen.

Das Schlagzeugsolo des ‚Tiger Rags‘ wurde melodisch von einem Hupkonzert der vor ihm stehenden, ebenfalls genervten Autofahrer untermalt. Hugo ließ die fahrerseitige Scheibe hinunter und lehnte sich aus dem Fenster zu einem Passanten hinaus, der ihm auf dem Bürgersteig entgegen kam.

„Was ist denn da vorne los?“, schrie er gegen die donnernden Klänge aus seinem Radio und das laute Hupen an. Der verständnislose Blick des Fußgängers ließ ihn ärgerlich die Lautstärke des Musikkorps herunterdrehen und dann seine Frage wiederholen.

„Da steht so ein alter klappriger Volvo quer vor der Kirche“, erklärte der Mann, der offenbar nicht von hier stammte. „Ist wahrscheinlich ausgegangen und springt nicht mehr an… das muss schon ein Oldtimer sein, den hält wohl nur noch der Rost zusammen. Vom Fahrer fehlt jede Spur, aber die Polizei ist wohl schon informiert. Zumindest steht von denen ein Auto auf dem Bürgersteig… Da kommt man jetzt halt auch nicht vorbei… Fast auch zu Fuß nicht mehr.“

„Die Polizei?“, hakte Hugo nach.

„Ja… aber von denen fehlt auch jede Spur.“

Hugo bedankte sich bei dem Mann, der seinen Weg in Richtung Mosel fortsetzte. Eine besorgte Unruhe machte sich in ihm breit. Ein alter Volvo? Vor der Kirche? Ihm fiel spontan eigentlich nur einer ein, der so ein Auto fuhr und das war Pastor Giessen.

Er blickte sich nach hinten um. Die Autos stauten sich mittlerweile schon aus der Grabenstraße heraus, und wer schlau war, drehte im Kreisel gleich ab, anstatt den aberwitzigen Versuch zu machen, sich in die Schlange einzureihen. Manche setzten bereits zurück.

„Ach, was soll's", murmelte er, schaffte mühsam aus dem Auto und schlug die Tür hinter sich zu.

„Herr Pastor? Setzen Sie sich, ich bitte Sie." Klara Friedrichs Worte verhallten ungehört in den Weiten der Kirche. „Bitte. Nicht, dass Sie fallen. Mein Name ist Klara Friedrichs. Ich bin Polizistin."

Manchmal kam Sie sich ein wenig albern vor, sich mit ihrer Berufsbezeichnung vorzustellen. Als ob der Pfarrer es nicht von alleine hätte erkennen können, wie sie da in ihrer blauen Uniform unbeholfen neben ihm herlief.

„Wer…", stammelte Giessen.

„Das wissen wir noch nicht. Bitte, fassen Sie nichts an, wir werden…"

„Irmlinde. Sie hat auf meinen Anrufbeantworter gesprochen. Ich wäre doch schon viel schneller hier her gekommen, aber ich war..." Er zögerte kurz. „...spazieren…"

„Sie hätten auch nichts mehr ändern können, Herr Pastor. Es muss in der Nacht geschehen sein."

Zum ersten Mal seit sie zusammen durch die Bankreihen liefen, blickte er sie an. „Wie war ihr Name?"

„Friedrichs. Klara Friedrichs", sagte sie und begann in ihrer

Brusttasche nach einer Visitenkarte zu nesteln. Ein Hupen drang von außerhalb des Gebäudes an ihr Ohr. Wenn jetzt noch ein Verkehrsunfall dazu kam, mussten sie dringend Verstärkung anfordern. Schon alleine mit der Tatortsicherung und Zeugenbefragung hatten sie beide alle Hände voll zu tun. Und der geschockte Pfarrer war auch noch für Einiges gut.

In diesem Moment griff Giessen sie am Arm. In einem ersten über Jahre in ihrer Ausbildung antrainierten Reflex wollte sie ihn wegschlagen, doch sie beherrschte sich.

„Finden Sie den Mistkerl!", flüsterte der Pfarrer und blickte ihr beschwörend in die Augen. Dann bekreuzigte er sich.

Klara nickte stumm, als sich zu dem Hupkonzert mit einem Mal Stimmen aus dem Vorraum der Kirche gesellten, die in einer hitzigen Diskussion zu sein schienen. Fritzen… was war da los?

„Das hier ist ein Tatort. Sie können hier nicht einfach so hereinspazieren."

„Ein Tatort? Ich möchte nur wissen, ob es dem Pastor Giessen gut geht. Sein Auto blockiert die ganze Straße."

„Es geht ihm gut und jetzt gehen Sie, wenn Sie nicht irgendetwas hierzu beizu…"

„Hugo!", Irmlinde Kraus' Schrei ging durch Mark und Bein. Erschrocken zuckten der Polizist und sein Ex-Kollege zusammen. „Gott sei Dank. Herr Kommissar, das hier ist der Hugo Guthar. Er ist unser Polizist."

Die beiden musterten sich von Kopf bis Fuß.

„*Sie* sind Polizist?", presste Fritzen schließlich heraus.

„Ich war es. 45 Jahre lang, davon 35 in Traben-Trarbach. Sie sind wohl noch nicht lange hier in der Gegend aktiv, oder?"

„Drei Wochen."

„Gut, *Herr Kollege*, was ist hier..."

„Hugo!" Klara stand freudestrahlend im Durchgang zum Innenraum der Kirche. Verdutzt blickte Fritzen von einem zum anderen.

„Ihr kennt euch?"

„Klara, Liebchen!", lächelnd nahm Hugo die junge Polizistin in die Arme. „Aber sicher doch. Die Klara ist doch nur wegen mir zur Polizei gegangen, hab' ich Recht?"

„Das stimmt", sagte Klara. „Immerhin hast du mir, wann immer du mich von der Musikvereinsprobe mitgenommen hast, gezeigt, wie man die Verbrecher fängt: Mit quietschenden Reifen und U-Turn via Handbremseneinsatz."

Sie zwinkerte Hugo zu. Seine Schleuder- und Wendemanöver mit dem Auto waren legendär.

„Das ist ja alles sehr schön." Fritzen hatte sich wieder gefangen. „Aber das bringt uns hier nun auch nicht weiter."

„Was ist denn passiert?", setzte Hugo erneut an. „Ist mit dem Pastor alles gut?"

Klara nickte. „Komm und sieh' es dir selber an."

Noch ehe Fritzen protestieren konnte, führte Klara den ehemaligen Kollegen in den Innenraum der Kirche, wo Hugo erschrocken stehen blieb, als er des Ausmaßes der Zerstörung gewahr wurde. Mit einem Mal hörte er nicht einmal mehr das wilde Hupen vor der Tür, das ihn hier her begleitet hatte und nun Fritzen fluchend nach draußen lotste. So etwas hatte er in seiner ganzen Laufbahn noch nicht zu Gesicht gekriegt.

Max Krämer hatte sich auf den Weg hinunter in die Stadt gemacht. Eine Unterweltführung stand heute auf dem Programm, und er freute sich darauf, hatte er doch mal wieder einen neuen Keller auf der Liste, den es der Öffentlichkeit vorzustellen galt. In der vergangenen Woche hatten Hugo und er gemeinsam mit Otto und einigen anderen städtischen Arbeitern den Keller von letztem Gerümpel befreit, das über die Jahrzehnte achtlos in ihn hinein geworfen worden war. Nun war der Keller Weinzheimer bereit, sich der Öffentlichkeit zu präsentieren.

Jahr um Jahr kamen zu ihren Touren mehr Keller hinzu. Einer… nicht unbedingt *schöner* als der andere, aber doch alle verschieden und jeder auf seine Art einzigartig. Es war kaum zu glauben, welche Schätze hier hundert Jahre lang unter der Stadt geschlummert hatten und teils wohl noch immer unbeachtet schlummerten.

Umso mehr freute er sich über jeden Anruf, der neue Entdeckungen verhieß, und seine Neugier war ungebremst. Wenn er nur einen *Hinweis* auf einen weiteren geeigneten Keller hatte, so ließ er nicht mehr locker, fragte und hakte nach und hatte bisher noch immer Erfolg gehabt und zumindest einen Blick hinein erhaschen dürfen, auch wenn die Besitzer ihn vielleicht nicht für die breite Öffentlichkeit zugänglich machen wollten.

Doch dieser Keller war für die Öffentlichkeit zugelassen und eignete sich durch seine Lage wunderbar für die heutige Gruppe, denn er fand sich unter einem alten, unscheinbaren Haus unweit des neuen Bahnhofs der Doppelstadt auf der Trabener Seite. Hier würden seine Gäste pünktlich um 12:40 Uhr mit dem Zug aus Bullay eintreffen – eine Bahnverbindung, die bereits seit dem Ende des 19. Jh. bestand und ihren Teil zum Wohlstand der Doppelstadt beigetragen hatte.

Schließlich hatte man die schweren Weinfässer nicht nur auf Schiffen oder Fuhrwerken in alle Welt hinaus transportiert, sondern seit dem Bau der Schienen auch mit der Bahn – kein Wunder also, dass sich manches auch noch heute betriebene Weingut zwischen Mosel und Bahnhof angesiedelt hatte.

Ein Blick auf die Uhr sagte ihm, dass er vorher noch die Zeit hatte, einen Abstecher in die Touristinformation zu machen. Die Tür öffnete sich elektronisch, als er sich ihr näherte.

Im Inneren herrschte Ruhe, Gäste waren keine zu sehen. Doch hinter dem Tresen war bei genauerem Hinschauen ein Lockenschopf zu erkennen und das leise Klicken einer Computermaus zu hören.

„Guten Morgen, Ingrid."

Der Lockenschopf schreckte hoch und zwei bebrillte Augen tauchten hinter dem Counter auf.

„Max, ja guten Morgen. Schon unterwegs?"

„Schon seit 5 Uhr!", gab er grinsend zurück.

„Unverschämtheit, wie manche Menschen schon so früh fit sein können", grinste sie und machte eine vorwurfsvolle Miene. „Darf ich dich noch zu einer Tasse Kaffee einladen, bevor du zu deiner Führung gehst?"

„Ich danke dir, aber unsere Moselweinbahn ist – anders als ihre große Schwester die Deutsche Bahn – meist pünktlich. Da will ich keine Verspätung riskieren."

Die Touristinformation war im alten Bahnhofsgebäude untergebracht – ein Bau, der im Fachwerkstil errichtet worden war. An seiner Vorderseite fanden sich am Dachgiebel gleich unter dem Trabener Stadtwappen – schwer zu übersehen – goldene Räder mit Vogelschwingen, die das neue Verkehrsmittel Bahn hatten symbolisieren sollen. Ein Schelm, wer Böses dabei dachte, dass der Architekt gleich darunter den Giebel mit ebenfalls goldenen Weinberg*schnecken* verziert hatte.

Ingrid nickte. „Wie kann ich dir dann helfen?“

„Es geht um die Kinderführung an Ostern. Wie sieht es mit den Anmeldungen aus, und haben wir schon einen Osterhasen?“

Sie lachte. „Der ist vielbeschäftigt. Es ist in der Tat leichter, einen Weihnachtsmann zu kriegen, als jemanden, der sich in den teils ja schon recht warmen Frühlingstagen ein Hasenkostüm aus Pelz anlegen lässt.“

„Verständlich!“, grinste nun auch Max. „Und wie sieht es mit den Kindern aus?“

„Sieben bisher. Und vier Erwachsene.“

„Na das wird doch!“, lächelte Max stolz. Seit einigen Jahren boten sie die Osterführungen für Kinder an, bei denen stets groß angekündigt wurde, dass der Osterhase die Gruppe begleiten würde, dann üblicherweise aber als Einziger nicht am Treffpunkt erschien. Zumeist fanden ihn die Kinder nach einiger Suche jedoch im Flaschenlager eines Weinkellers, wo das arme Langohr – lauthals schnarchend – Ostern verschlafen hatte. Jedes Jahr war diese Tour ein Highlight für Groß und Klein, das durch die Ober- und Unterwelt des Ortes führte und manches bunte Ei für die kleinen Entdecker bereit hielt.

„Frag doch mal Hugo. Vielleicht hat der ja Lust“, sagte Ingrid unvermittelt.

Max stutzte, dann begann er zu grinsen und senkte verschwörerisch die Stimme. „Der hat’s seit dem Kellerräumen im Kreuz… Und ganz ehrlich, da könnten wir genauso gut

Kreber fragen. Das dürfte von ähnlichem Erfolg gekrönt sein… wobei… wenn wir dem erzählen, dass ein Bild von ihm als Hasen in die Zeitung kommt…“

Er zwinkerte Ingrid zu, die herzhaft zu lachen begann.

„Ich verstehe schon. Ich werde ‚die Löffel offen‘ halten, ob sich nicht ein armer Student im Ort finden lässt, der dir den Hasen mimt.“

„Es ist halt nicht ganz so prestigeträchtig wie Weinkönigin oder Federweißerfee“, lächelte Max. Er nickte Ingrid zu und wandte sich zum Gehen.

„Wir sehen uns!“, rief sie ihm nach.

Fredericke Groll staunte nicht schlecht, als sie an diesem Morgen die Tür zum Ikonenzentrum am Trarbacher Stadtturm aufschloss. Normalerweise hatten sie montags Ruhetag, doch ein dringlicher Anruf am Vorabend hatte sie veranlasst, heute eine Ausnahme zu machen.

Ein gewisser Professor Stanislaw Zabelishenski hatte sein Kommen angekündigt. Als Ikonenforscher sei er derzeit mit der Veröffentlichung eines relevanten und in Fachkreisen bereits mit Spannung erwarteten literarischen Werks beschäftigt. Auf seiner Recherche sei er schließlich mit dem Traben-Trarbacher Ikonenzentrum in Berührung gekommen. Selbstredend sei ihm der Name Alexej Saweljew, dessen Lebenswerk sie hier ausstellten, natürlich schon seit Langem ein Begriff. Etwas so Bedeutendes dürfe in seinem Werk nicht fehlen, hatte Zabelishenski am Telefon betont.

Doch, das müsse Frau Groll verstehen, er als Wissenschaftler sei ein sehr sensibler Mensch. Er könne sich nicht mit Besucherströmen durch ein Museum schieben und die

Kunst auf sich wirken lassen. Er brauche Ruhe und was war da besser für einen Museumsbesuch geeignet als ein Ruhetag im Museum?

Fredericke Groll hatte mit immer größer werdenden Augen und Ohren gelauscht, was der Mann mit russischem Akzent ihr da erzählt hatte und schließlich, als Leiterin des Ikonenzentrums, dem hohen Gast eine Exklusivführung direkt am darauffolgenden Montag angeboten.

Pflichtbewusst war sie bereits eine halbe Stunde vor der vereinbarten Zeit an der ‚Trarbacher Museums-Zeile', die neben dem Ikonenzentrum auch das Mittelmosel-, das Zeitreise-, das Buddha- und das Fahrradmuseum umfasste, angekommen, nur um nun festzustellen, dass auch ihr Besuch bereits eingetroffen war und auf sie wartete.

Ein hochgewachsener, schlanker Mann mit langem Bart erhob sich von der Bank unter dem Stadtturm und kam mit unbewegtem Gesicht auf sie zu.

„Frau Groll?", fragte er mit einem russischen Akzent, wie man ihn von James Bond-Bösewichten aus dem Kino kannte.

„Ja. Fredericke Groll, sehr erfreut… Herr…", sie stockte.

„Zabelishenski", sagte der Professor und auch jetzt rührte er keine Miene. „Können wir dann?"

Vielen Dank, dass Sie es einrichten konnten. Sehr freundlich von Ihnen Frau Groll, es ist ja keine Selbstverständlichkeit, dass Sie sich die Zeit nehmen… All diese Gedanken schossen Fredericke Groll durch den Kopf, als der Fremde ihr schweigend die Stufen hinauf zur Eingangstür folgte.

Doch sie sagte nichts. Ihr waren schon einige verschrobene Wissenschaftler untergekommen, und warum sollte es bei einem russischen Professor anders sein. Vielleicht würde sie wenigstens ein Belegexemplar seines fertigen Buches für ihr Zuvorkommen heraushandeln können, doch nun würde sie ihm erst einmal die beachtliche Sammlung „Lebende Ikonen" zeigen, die es hier seit 2004 in neuem Glanz zu bestaunen gab.

Als Max am Nachmittag nach der Führung nach Hause gekommen war, hatte er zunächst nicht gewusst, was er zuerst tun sollte: Die insgesamt *fünf* neuen Nachrichten auf seinem Anrufbeantworter abhören, die – wie sich später herausstellen sollte – allesamt von Hugo stammten oder aber die Tür öffnen, an der derweil ungeduldig geklingelt wurde. Er entschied sich für letzteres und blickte sodann in das bärtige Gesicht seines Nachbarn, der just die Hand erneut zum Klingeln erhoben hatte.

„Darf ich rein kommen?"

„Hallo Hugo. Klar", nickte Max und gab den Weg ins Innere des Hauses frei. „Wenn es dich nicht stört, dass ich schnell etwas esse?"

Hugo winkte ab und wanderte unbeirrt ins Wohnzimmer hindurch. Max wunderte sich. Was hatte das denn nun zu bedeuten? Warum klingelte sein Nachbar Sturm?

„Ist alles gut bei dir?", fragte er aus der Küche an Hugo gewandt, während er eine Dose Erbsensuppe öffnete und in den Kochtopf entleerte.

„Klar. Alles gut." Er wirkte gedankenverloren. „Ich habe Klara getroffen. Die kleine Friedrichs aus dem Musikverein."

„Ja, die ist zurzeit hier auf dem Revier. Krankheitsvertretung, wenn ich richtig informiert bin. Sonst ist sie in Bernkastel.“ Max ging durch den Durchgang ins Wohnzimmer und sah sich mit Hugos kopfschüttelndem Blick konfrontiert.

„Was ist?“

„Gibt es in diesem Ort irgendetwas, das dir entgeht? Worüber du nicht gleich freiwillig informiert wirst?“

Max zuckte grinsend die Achseln. „Tja, das ist bitter für einen Polizisten im Ruhestand... Aber Spaß beiseite, ich habe es von Otto gehört. Sie hat doch früher bei euch im Musikverein gespielt, oder? Er sagte, er habe sie in der letzten Woche beim Einkaufen in der Stadt gesehen.“

Er wandte sich um und ließ den kopfschüttelnden Hugo im Wohnzimmer sitzen, während er in der Küche den Inhalt des Topfes umrührte. Dann kam er zurück ins Wohnzimmer. „Aber deswegen bist du doch nicht hier, oder? Um mir das zu sagen?“

„Nein, und wo du gerade den Polizisten im Ruhestand erwähnst… Ich habe Klara Friedrichs nicht zufällig getroffen. Sie hat einen Fall von Hausfriedensbruch und Sachbeschädigung in der katholischen Kirche in Trarbach aufgenommen.“

Max horchte auf. „Was ist passiert?“

„Irgendwelche Mistkerle haben die Wände aufgestemmt. Einmal ringsum. Es ist keine Wand heil geblieben.“

„Ach du Gott...“

„Das kannst du wohl sagen.“

„Aber… warum?“

Hugo lachte kopfschüttelnd auf. „Ich habe nicht die leiseste Ahnung. Zerstörungswillen? Ungerichtete Wut? Zuviel Energie. Langeweile.“

„Ach du je.“ Max ließ sich auf die Couch sinken. „Es wird immer verrückter. Letzte Woche sind sie doch erst in eine Kirche in Rachtig eingebrochen.“

„Wirklich?“

„Ja, stand im Videotext.“

„Deppen!“

„Haben wohl eine Marienstatue mitgehen lassen“, ergänzte Max nachdenklich.

„Was zur Hölle wollen die denn damit? Verkaufen?“

Max zuckte die Achseln. „Mir wäre nicht bekannt, dass es hier in unserer Gegend sonderlich kostbare Marienfiguren gibt. Aber für manche Sammler sind sie vielleicht dennoch interessant.“

„Soweit ich es mitbekommen habe, ist in Trarbach aber nichts gestohlen worden“, erwiderte Hugo nachdenklich. „Da war eher die pure Freude am Zerstören vorherrschend.“

„Es muss ja auch nichts miteinander zu tun haben.“

Hugo blickte seinen Nachbarn prüfend an. „Ach komm‘... *Du* alter Krimifan wartest doch nur darauf, mal wieder Kommissar spielen zu dürfen“, lachte er.

Max grinste verschmitzt zurück. „Du kannst ja auch nicht gerade behaupten, ausgelastet zu sein, oder? Der Herr Polizeihauptkommissar im Ruhestand... In wie vielen Gebäuden im Ort bist zu mittlerweile als Hausmeister engagiert, wenn du dir nicht gerade in einem alten Weinkeller die Wirbel ausrenkst?“

Hugo winkte ab. „Ouh, das werde ich dir so schnell nicht vergessen. Aber das mit den Hausmeisterposten ist etwas völlig anderes... Ich hätte auch keine Probleme damit, meinen Ruhestand zu genießen. Es ist nur so... irgendwer muss es ja machen…“ Er ignorierte Max‘ spöttischen Blick und führ fort. „Deine ‚Schüler‘ sind mit deinem Übertritt in den Ruhestand doch auch einfach nur älter und interessierter geworden, Herr Unterweltführer… aber du hast Recht, gegen einen kleinen *Fall* hätte ich auch nichts einzuwenden, zumal die Polizei das Ganze recht schnell zu den Akten legen wird. Was meinst du, warum ich direkt zu dir gekommen bin?“

Max‘ Grinsen wurde breiter. „Suppe und Würstchen?“

Frühlingsgefühle

Frühling lässt sein blaues Band
Wieder flattern durch die Lüfte;
Süße, wohlbekannte Düfte
Streifen ahnungsvoll das Land.
Veilchen träumen schon,
Wollen balde kommen.
– Horch, von fern ein leiser Harfenton!
Frühling, ja du bist's!
Dich hab ich vernommen!

Eduard Mörike (1804 – 1875)

Klara Friedrichs klickte sich auf dem Revier der Polizeiwache Traben-Trarbach durch die Fotos vom Vormittag. Jedes einzelne Loch in der Wand hatte sie akribisch mit der Digitalkamera dokumentiert, teils sogar mit Detailaufnahmen. Nun ging es daran, die Fotos zu benennen und zu sortieren – keine leichte Aufgabe, denn ein erstes Zählen hatte eine Menge von über 200 Fotos ergeben.

Tim Fritzen konnte sich ein süffisantes Grinsen nicht verkneifen, als er sich mit einer Tasse Kaffee in der Hand neben sie setzte und eine weitere Tasse, zur Hälfte mit Milch, zur anderen Hälfte mit Kaffee gefüllt, neben Klara abstellte. Seiner jungen Kollegin entging es nicht, was ihm einen bösen Blick einbrachte.

„Du wirst auch noch entspannter, glaub es mir“, sagte er und nahm einen tiefen Schluck.

„Wie viele Bilder hättest du denn gebraucht, um den Tatort zu dokumentieren?“

„Heute in der Kirche? Fünfzig, maximal!“

„Angeber."
„*Du* hast gefragt…"
Sie seufzte. „Was soll ich denn machen. Am Ende habe ich etwas Entscheidendes übersehen und dann kann ich mir nachsagen lassen ‚Ja ja, das Küken wusste es ja nicht besser.' Darauf habe ich ehrlich gesagt keine große Lust. *Hör' auf mich auszulachen!*"
„Ich lache dich nicht aus, aber glaub' mir, diese Sorge legt sich mit der Zeit, spätestens wenn du nicht mehr *das Küken* bist. Und glaub' mir, die Chefs halten große Stücke auf dich, sonst würden die dich nicht schon nach einem halben Jahr auf ein anderes Revier zur Vertretung schicken."
Nun grinste auch Klara. „Die wussten sich vor lauter Krankenstand wahrscheinlich keinen anderen Rat. Und ich hab' ja auch meinen Aufpasser dabei."
„Korrekt, und der gibt dir jetzt den Auftrag, mindestens 100 von diesen Fotos als unnütz zu erkennen und in den Mülleimer zu verschieben." Fritzen erhob sich und nahm einen Schluck Kaffee. „Oder… heute nach Dienstschluss 'ne externe Festplatte für die Wache zu kaufen."
„Blödmann."

Im Bürgermeisterbüro im Alten Bahnhof des links der Mosel gelegenen Stadtteils Traben scrollte sich Ernst Kreber, seines Zeichens amtierender Bürgermeister der Doppelstadt, gelangweilt durch die Internetpräsenz des benachbarten Weinorts Enkirch. 110 Jahre Winzerkapelle Enkirch… was sollte man da als anständiger Moselort anderes machen als eine rauschende 110-Jahr-Feier? Irgendeines dieser dämlichen Käffer fand aber auch in jedem Jahr einen Grund zu feiern und damit seine Gäste zu locken: 37 Jahre Kläranlage Zell, 81 Jahre Schleuse Zeltingen-Rachtig, 23 Jahre Umgehungsstraße Burg, 700 Jahre Pestausbruch in Kröv oder Gott weiß was sonst noch alles.

In diesem Jahr also die berühmte ‚Winzerkapelle Enkirch / Mosel 1907 e.V.' – ein Traum, ein *Alb*traum. Denn *natürlich* wurde man als Bürgermeister der benachbarten Weltmetropole Traben-Trarbach auch eingeladen und durfte *sogar* eine Rede von exakt drei Minuten halten. Aber *bitte nicht überziehen.*

Man konnte meinen, man wäre zu den Oscars geladen – wenn wenigstens die Häppchen und Präsente, die gereicht wurden, sich in Oscar-verdächtigen Preiskategorien bewegt hätten. Doch er ahnte bereits, dass zum Dank für seine Mühen eine halbwegs brauchbare Rede dahin zu heucheln, lediglich sein Weinvorrat um eine Flasche ergänzt werden würde, genau wie vor zwei Jahren bei seinem Grußwort für die Winzerkapelle Kröv eine Flasche ‚Nacktarsch' dazu gekommen war. Ach wenn sie alle geahnt hätten, was *sie ihn* mal am nackten Arsch konnten.

Ein paar Sekunden spielte er ernsthaft mit dem Gedanken, diese Satzkonstruktionen in seine vor Lobhudelei triefende Rede einzubauen, verwarf ihn dann jedoch wieder. Man musste sich mit seinen Nachbarn gut stellen, wer wusste schon, wozu sie mal nützlich werden konnten... vor allem, wenn wieder die Wahlen zum Verbandsbürgermeisterposten anstanden.

Doch auch in den vier Jahren, die er nun bereits hier im Ort lebte und den drei Jahren, die er ihn als Stadtbürgermeister regierte, hatte ihm bisher nicht in den Kopf gewollt, warum man es hier allen Ernstes als *Ehre* betrachtete, eine solche geschönte Rede schwingen zu dürfen. Wie sollte man in drei

Minuten irgendetwas Anspruchsvolles zu Ort, Musikern, Gründungsvätern und Weinhandel verpacken? Aber wahrscheinlich wollte ohnehin niemand etwas Anspruchsvolles hören.

Warum konnten solche Reden nicht einfach den nett lächelnden Weinhoheiten vorbehalten bleiben – ganz im Stil der Misswahlen: Weltfrieden für alle!

Als ob seine mannigfaltigen Aufgaben im Bereich des Tourismus *seines* Ortes nicht schon genug seiner Zeit in Anspruch nahmen. Doch was half es. Er konnte ja nicht immer anderweitige, gerne auch *familiäre* Verpflichtungen vorschieben. Zumal er gar keine ortsansässige Familie vorzuweisen hatte.

Immerhin: In Zeiten des World Wide Web war es zumindest nicht mehr allzu schwierig, sich binnen 1-2 Stunden alle relevanten Informationen über einen Ort, seine Musikkapelle, freiwillige Feuerwehr und Trachtengruppe oder ähnlichen Klimbim anzueignen. Wenn man nur die Motivation dazu gehabt hätte...

Gähnend warf er einen Blick auf seine Uhr. Bis zum Feierabend würde er wohl oder übel noch eben jene 1-2 Stunden totschlagen müssen, die er für die Fertigung eines ersten Grobentwurfs seiner Rede veranschlagt hatte. Andere Leute hatten dafür eine Sekretärin. *Andere* Leute... *wichtige* Leute...

Seufzend lehnte er sich in seinem Bürostuhl zurück und ließ die idyllischen Bilder grüner Weinberge auf sich wirken, mit denen der Nachbarort online um Feriengäste warb.

Es war doch allerorts das gleiche. Wein... Königinnen... zünftige Musik... wie viele hundert identische Weinorte gab es entlang der Mosel? Irgendwie hatte er sich das alles anders vorgestellt. Wenigstens aber stand die Osterzeit ins

Haus und damit nach dem winterlichen Mosel-Wein-Nachts-Markt in der, für seinen Geschmack immer noch nicht offensiv genug angepriesenen Traben-Trarbacher Unterwelt, ein erster Höhepunkt an touristischer Aktivität im Ort.

Mit einem Klick öffnete er ein weiteres Fenster auf seinem PC und betrachtete die Internetpräsenz von Traben-Trarbach: Wein… Königin… Choralblasen aus den Weinbergen… Was regte er sich überhaupt auf? *Sein* Ort förderte auch nicht mehr oder weniger spannende Events zu Tage, als dessen langweilige Nachbarn.

Warum nur hatten sie 2014 das 110-jährige Bestehen ihrer Doppelstadt nicht auch einfach zum ganzjährigen Fest ausgerufen? Ein geraderes oder krummeres Jubiläum als das dieser Humptata-Kapelle war es schließlich auch nicht.

Es blieb dabei: Sie konnten ihn alle mal.

Als Max Krämer an diesem Abend die ‚Goldene Traube' in Trarbach betrat, herrschte hier ein ungewohnt emsiges Treiben. Zahlreiche fremde Gesichter würdigten ihn keines Blickes als er eintrat und freundlich in die Runde nickte. Die Osterferien standen vor der Tür und damit auch die erste Reisewelle des Jahres. Manch kinderloses Paar hatte sich offenbar jetzt schon auf den Weg gemacht und in der kleinen Doppelstadt ein Urlaubsziel gefunden.

In ihrer angestammten Ecke entdeckte er, nahezu vollzählig angetreten, seine Stammtischkollegen Rita, Otto, Werner, Fritz und Pia. Lediglich Günter Mallmann, der ehemalige Restaurator im Ort, hatte sich für heute entschuldigen lassen. Max gab im Vorbeigehen seine Bestellung an der Theke auf und setzte sich dann zu den anderen.

„Guten Abend, die Damen und Herren."

Er nickte in die Runde, die seinen Gruß erwiderte.

„Na? Hast du einen Osterhasen gefunden?", fragte Otto, kaum dass er Platz genommen hatte und grinste ihn breit an.

„Du hast da was grundlegend falsch verstanden: Der Osterhase versteckt die Eier, und die muss man dann suchen, nicht den Osterhasen."

„Nur braucht man dummerweise erst mal ein Häschen, das die Eier verstecken geht", feixte nun auch Werner, ein ehemaliger Winzer und amtierender dienstältester Schröter im Ort.

„Das stimmt… möchtest du dich bewerben?"

„Gott bewahre!" Werner hob abwehrend die Hände.

„Der sprengt höchstens das Kostüm", warf sein Zunftkollege Fritz ein, was ihm einen scherzhaften Stoß in die ebenfalls nicht gerade schlanke Seite einbrachte.

„Ahh, ehe ich es vergesse", Rita verschwand kurzzeitig unter der Tischplatte, dann beförderte sie mit einem leisen Ächzen einen Jutebeutel auf die Tischplatte. „Mit den besten Grüßen von Marianne, für dich, Max!"

Max hob die Augenbrauen.

„Marianne Prochnow?", fragte Fritz.

Rita nickte. „Aus unserer Abschlussklasse, Max. Sie zieht nach Kenia. Ist das zu fassen? Dabei ist sie doch vor zwei Jahren erst wieder nach Wolf gezogen."

Max nickte... Nach Kenia, ihre alte Klassenkameradin. Was es die Menschen doch alle in die weite Welt hinaus zog. Nun, zugegebenermaßen, Marianne war schon immer eine Weltenbummlerin gewesen. Lange hatte es sie, meist der Liebe wegen, nie an einem Fleck gehalten. Aber so gab es inzwischen auch kaum ein Land auf dieser Erde, das sie noch nicht gesehen hatte.

Die übrigen Männer schienen das gleiche zu denken wie er und warfen einander vielsagende Blicke zu. „Diesmal also ein Kenianer, ja?"

„Ach ihr seid doch nur neidisch", erwiderte Rita, doch auch sie musste lächeln. „Die Liebe eben…"

Max öffnete indes eines der Bücher. Es war eine uralte Bibel mit einem Rebstock auf dem Einband und einem handgeschriebenen Familienstammbaum darin. Ein weiteres Buch enthielt verschiedene Kurzgeschichten von der Mosel, und schließlich lag dem Ganzen noch eine lose Blattsammlung mit allen möglichen Gedichten bei.

„Sie hat ausgemistet, da sie ihren Haushalt hier wohl endgültig auflösen wird", erklärte Rita weiter. Max nickte. Sie wusste, wie begeistert er von alten Dingen war, besonders, wenn sie mit dem Weinbau zu tun hatten. Wie nett, dass sie an ihn gedacht und diese Schätze nicht einfach entsorgt hatte.

Otto nahm grinsend einen Schluck von seinem Bier. Dann räusperte er sich: „Habt ihr eigentlich das von der Stumm-Orgel gehört?"

„Ich habe gehört, dass es ein Unterwelt-Benefiz-Wochenende geben soll?", antwortete Rita. „Eine schöne Frechheit ist das, wo sich die Stadt gegenüber der katholischen Kirche doch geweigert hat, für deren Projekte finanzielle Unterstützung zur Verfügung zu stellen."

„Ist die Restauration denn noch immer nicht finanziert?", fragte Pia.

„Ich weiß es ehrlich gesagt nicht", erwiderte Max. „Aber von diesem Wochenende habe ich auch schon etwas gehört. Irgendwann nach Ostern sollen Benefiz-Unterweltführungen angeboten werden. Mal sehen, was das in die Kassen spült. Der Umbau selber ist ja schon geschafft."

„Ja", fiel nun wieder Otto ein. „Und was ich gehört habe, soll es bei den Führungen kleine Orgelkonzerte in der Unterwelt geben."

Alle Augen wanderten nun zu dem städtischen Arbeiter, der mit bierernster Unschuldsmiene in die Runde blickte. Max begann nach einem verstohlenen Blick auf seine Armbanduhr zu ahnen, auf was das Gespräch hinaus lief und entschied sich, mitzuspielen.

„Ja, das stimmt. Kreber hat so etwas erwähnt."

„Orgelkonzerte in der Unterwelt? Wie soll denn das bitte gehen?", Pia schüttelte den Kopf.

„Naja", stieg nun geistesgegenwärtig auch Werner in das Gespräch ein, während sein Zunftkollege Fritz nur verständnislos von einem zum anderen blickte. „Die Pfeifen sind ja leicht auszubauen. Sie werden oktavenweise auf die Keller verteilt. Letztlich braucht man ja nur einen Blasebalg, um sie zu bedienen."

„Ja und wenn ich recht informiert bin, steht Kreber auch schon in Kontakt mit einigen bekannten Organisten von Übersee", murmelte Otto verschwörerisch.

„Im Traum vielleicht", hüstelte jetzt Rita.

„Nein, wirklich. Im nächsten Jahr plant er regelmäßige Orgelkonzerte, die internationale Beachtung finden sollen."

„Dann allerdings in der Kirche", ergänzte Max.

„Die zu diesem Zweck dann auch mit einem Shuttle-Verkehr versehen werden soll. Kann ja nicht jeder den Berg da hinauf laufen", sagte Werner.

„Ach du glaubst es nicht", sagte Fritz, während sich die übrigen Männer in der Runde verstohlene Blicke zuwarfen.

„Der ist doch manchmal wirklich nicht mehr ganz bei Trost“, begann Rita sich nun über den Stadtbürgermeister zu echauffieren. „Was kommt als nächstes? Mozart exhumieren, damit er auf dem Hammerflügel im Museum spielt?“

Otto konnte sich ein Lachen nicht mehr verkneifen, als Rita mehr und mehr in Rage kam.

„Hast du heute Morgen die Zeitung nicht gelesen?“, fragte Max versöhnlich, ehe die Situation zu eskalieren drohte.

„Doch, und da stand auch nur so ein Mist drin. In den nächsten Jahren sollen die Reben um den Ort herum soweit zurückgeschnitten werden, dass der Schriftzug ‚Traben-Trarbach‘ entsteht, und die Winzer haben auch noch freudestrahlend zugestimmt. Sind die denn alle bescheuert?“

In Pias Augen flackerte mit einem Mal die Erkenntnis auf. Sie hob den Arm und blickte auf ihre Uhr, dann begann auch sie zu lachen.

„Tolle Sache, was?“ Der Wirt trat an ihren Tisch und stellte Max sein Glas Wein vor die Nase. „Endlich tut sich mal was im Örtchen, sehr erfreulich, auch wenn…“

„Na hör‘ mal, jetzt fang du nicht auch noch damit an. Gute Ideen sind ja was Feines, aber doch nicht solche Windeier!“

„Auch *wenn*“, begann er von neuem „heute der 1. April ist. Zum Wohl.“

Er zwinkerte den anderen zu, die nun endgültig in Gelächter ausbrachen und verschwand dann wieder hinter der Theke.

Rita blickte verstört von einem zum anderen, dann klatschte sie sich mit der flachen Hand an die Stirn und auch Fritz begriff nun, was für ein Spiel seine Stammtischkumpane mit ihnen veranstaltet hatten.

„Ouh, Mann…“, sagte er. „Merkt ihr, was dieser Kerl mit

uns macht? Wir würden ihm alles zutrauen, jeden noch so schlechten Aprilscherz."

„Das mit den Orgelkonzerten in der Kirche war kein Aprilscherz", gab Max zu bedenken. „Aber es ist wohl niemand aus Übersee... ein russischer Organist soll den Auftakt machen, wenn ich mich recht entsinne, aber das ist ja noch eine Weile hin. Erst einmal die Benefizführungen, dann sehen wir weiter."

„Das mit dem Benefiz ist ja alles schön und gut", warf Rita ein, die sich nun langsam wieder beruhigte. „Aber es bleibt dabei, dass es ein Schlag ins Gesicht von Pastor Giessen ist. Er hat sich mit seinem Jugendhilfeprojekt ja ganz schön weit, auch gegen das Bistum, aus dem Fenster gelehnt. Da wäre ein bisschen Hilfe von der Stadt wirklich nett gewesen. Zumal es um unsere Jugend hier nicht gerade zum Besten steht. Die jungen Leute ziehen ja alle weg."

Ihre Stammtischkollegen nickten. Vor einigen Monaten hatte Gotthard Giessen, der Pfarrer der katholischen Kirche, Pläne zur Nutzung eines alten, leerstehenden Weingutgebäudes im Ort vorgelegt. Er hatte vorgeschlagen, daraus einen Jugendtreff sowie eine Anlaufstelle für benachteiligte Jugendliche zu machen: Ferien mit Übernachtung und Verköstigung für kleines Geld. Wandern, Boot fahren, Klettern, Schwimmen, all solche Dinge, die sich finanziell knapp gestellte Eltern für ihre Kinder nicht leisten konnten. Seine Pläne waren dabei bereits recht konkret gewesen und durchaus auf offene Ohren getroffen. Jedoch nicht bei seinem Bistum, welches im Bereich der bereits bestehenden Jugendbildungsstätte in Pünderich schon seit Jahren mehr am Abbau, als am weiteren Aufbau interessiert war. So hatte Giessen sich schließlich an die Stadt und die Verbandsgemeinde gewandt, war jedoch letztlich am Stadtbürgermeister Kreber gescheitert.

„Vielleicht sollte Kreber, bevor er die Prominenz einlädt, erst einmal neue Sicherheitsschlösser und Panzertüren an der evangelischen Kirche in Trarbach installieren. Nicht dass einer auf die Idee kommt, die Pfeifen der ach so beworbenen Orgel auszubauen“, warf Otto ein und fügte, als er der Blicke der anderen gewahr wurde hinzu: „Habt ihr nicht gehört, was heute Morgen in der katholischen Kirche los war?“

„Nein“, erwiderte Pia und rutschte näher. „Erzähl!“

„Die Irmlinde hat heute Morgen die Kirche aufschließen wollen und da ist ihr aufgefallen, dass das Schloss kaputt war… aufgebrochen mit einem Brecheisen oder so was.“

„Ach du liebes bisschen.“

„Ja, die hat dann den Pastor angerufen und die Polizei und dann ist sie mit einem Kerzenständer bewaffnet in die Kirche gegangen. Der ist ihr aber kurz hinter der Eingangstür aus der Hand gefallen, als sie den Innenraum gesehen hat.“

„Alles leer geräumt?“, fragte Pia gespannt.

„Ach iwo… Nichts… gar nichts hat gefehlt. Aber rings herum waren die Wände aufgestemmt und der Altar halb zerschlagen.“

„Nein“, Rita schlug sich die Hände vor den Mund. „Das gibt es doch nicht. Wer macht denn so was?“ Dann wurde ihr Blick misstrauisch. „Oder veräppelst du mich schon wieder?“

„Nein, ich schwöre!“ Otto hob drei Finger. „Und zu deiner Frage: Ich habe keine Ahnung… Die Polizei hat dem Pastor wohl keine großen Hoffnungen gemacht, etwas herauszufinden. Fürs erste lautet die Anzeige gegen Unbekannt. Aber vielleicht kann uns ja Max etwas mehr dazu sagen?“

Alle Augen richteten sich auf den Unterweltführer, der sich derweil fast an seinem Wein verschluckte.

„Ich? Wie kommt ihr denn da drauf?"

„Naja, der Hugo hat doch schon eine Tatortbegehung gemacht, und wo Hugo ist, bist du doch auch nicht weit", feixte Otto. „Außerdem warst du gerade auffällig schweigsam, als wir auf das Thema kamen."

„Sag mal, woher weißt du das eigentlich alles so genau?", versuchte Max den Spieß umzudrehen, und tatsächlich wandte sich die allgemeine Aufmerksamkeit wieder Otto zu.

„Ich... habe so meine Quellen."

„Verdammt gut informierte Quellen, möchte ich meinen", gab Max zurück. Ottos Ausführungen deckten sich haarklein mit dem, was Hugo ihm berichtet hatte.

„Neidisch?"

„Ach was... was hab' ich denn schon mit der katholischen Kirche hier zu schaffen?"

„Irmlinde Kraus hat's mir erzählt, du alter Protestant."

„Die Küsterin?"

„Ja... ich glaube, sie wird spätestens morgen heiser sein, denn heute hat sie es jedem berichtet, der ihr über den Weg gelaufen ist. Und je häufiger sie es erzählt, desto mehr scheint sie auch ihrer Fantasie freien Lauf zu lassen. Ich habe sie ein paar Stunden später noch einmal getroffen... da war die Geschichte schon deutlich abenteuerlicher geworden. Ab morgen hat wahrscheinlich der Leibhaftige selbst die Wände aufgestemmt..."

Klara Friedrichs nutzte ihren freien Morgen am nächsten Tag für eine kleine Joggingrunde am Moselufer. Ihre Schicht begann heute erst um zwölf, und so bot es sich an, ein wenig frische Luft zu schnappen und den Kreislauf in Schwung zu bringen.

Früher hatte sie sich nicht viel aus Sport gemacht, gerade in der Schulzeit war sie immer eine der schlechtesten gewesen, eine, die immer als letztes Überbleibsel in ein Team gewählt wurde. Doch das hatte sich mit ihrem FSJ geändert und sie letztlich zur Polizei geführt. Nun konnte sie kaum einen Tag auskommen, ohne dass sie laufen oder Radfahren ging. Es gehörte einfach dazu und eignete sich wunderbar, um bei ihren teils doch stressigen Diensten zwischendrin immer mal wieder den Kopf frei zu kriegen.

Tatsächlich hatte sie es gestern noch geschafft, die Anzahl relevanter Fotos auf 105 zu reduzieren und ihre Dokumentation fürs Erste abzuschließen. Trotz ihrer erst kurzen Berufserfahrung war ihr klar, dass diese Ermittlungen nicht von Erfolg gekrönt sein würden. Vandalismus oder auch Diebstähle waren häufig etwas, bei dem einem auch die engagiertesten Ermittlungen nicht weiter halfen. In den meisten Fällen waren es Zufälle, Fehler, die die Täter machten oder Folgetaten, die zur Verhaftung führten und sich dann mit anderen Taten in Verbindung bringen ließen.

Doch obwohl sie das alles wusste, gingen ihr die Worte des Pfarrers nicht aus dem Kopf. Sie sollte ‚diesen Mistkerl' finden. *Sie*… Ein ungutes Gefühl beschlich sie und ließ sie ihre Schritte beschleunigen.

Sie… Was hatten sie denn schon für Erkenntnisse? Nichts bisher. Nicht einmal *einen* verwertbaren Fingerabdruck hatten sie auftreiben können. Immerhin… durch den staubig zerfallenden Putz hatte man einige Schuhabdrücke sichern können, aber außer der Tatsache, dass der Täter aller Wahrscheinlichkeit nach männlich – oder eine Frau mit verdammt großen Füßen – gewesen sein musste, hatten auch die ihnen nicht viel offenbart. Turnschuhe hatte er getragen, in der Größe 46, dem Profil nach noch recht neu. Das mochte vielleicht ein Anfang sein, aber noch lange kein herausstechendes Merkmal.

Wo war sie hin, die Krimi-Romantik aus dem Fernsehen? Bei der den Kommissaren jeder noch so kleine Hinweis ausreichte, um zu wissen, wo sich der gefährliche, psychopathische Massenmörder versteckt hielt?

„Du bist zu ungeduldig!“, hatte Tim zu ihr gesagt. Seit einem halben Jahr sagte er das schon zu ihr, seit sie zusammenarbeiteten. Immer wieder, weil sie am liebsten alles direkt aufgeklärt hätte. „Manche Dinge müssen sich erst ergeben. Warte die Pressemeldung ab, vielleicht meldet sich dann der eine oder andere Zeuge.“

Sie seufzte unwillkürlich und bremste ihren Schritt wieder ein wenig. Schließlich wollte sie nicht völlig fertig zum Dienst erscheinen.

Erst jetzt hörte sie das Motorengeräusch des Autos, das sich ihr von hinten näherte. Da sie auf dem Fahrradweg lief, würde der Fahrer wohl keine Probleme haben, an ihr vorbei zu kommen. Doch er oder sie überholte sie nicht. Leise brummte der Motor hinter ihr her.

Klara warf einen Blick über die Schulter und entdeckte einen dicken schwarzen Benz, dessen Frontscheibe ebenso blendend reflektierte wie seine blank polierte Motorhaube. Warum fuhr der Vogel denn nicht an ihr vorbei? Bestaunte er die Villen, die hier in Richtung Rißbach das Moselufer säumten? Der rasche Blick auf das Kennzeichen ließ sie erkennen, dass der Wagen in München zugelassen war. Vielleicht suchte der Insasse ja eine Sommerresidenz auf dem

Lande.

Erneut beschleunigte Klara ihren Schritt, doch das Motorengeräusch blieb unverändert in ihrer Nähe. Sie bremste ab, und auch der Mercedes reduzierte seine Geschwindigkeit.

„Das kann ja wohl nicht wahr sein“, murmelte die junge Polizistin. Sie beschloss auf der Stelle umzukehren und ihren Lauf in die andere Richtung fortzusetzen, als sie mit einem Mal das Geräusch hörte, mit dem ein Seitenfenster elektronisch herabgelassen wurde.

„Hey, schöne Frau!“, hörte sie eine Männerstimme hinter sich rufen.

Och, das musste jetzt doch wirklich nicht sein.

„Schöne Frau… hee…“

Nur nicht reagieren, einfach weiter laufen und ignorieren. Sie ärgerte sich, ihren MP3-Player nicht dabei zu haben, so hätte sie tatsächlich Taubheit ob ihrer Ohrstöpsel vortäuschen können.

„Hey… jetzt halt doch mal an.“

Das könnte dir so passen. Klara unterdrückte den Drang, eine entsprechende Geste in Richtung des Fahrers zu machen und wandte sich nun tatsächlich einfach in die andere Richtung. Womöglich würde der Benzfahrer wenden, doch das war ihr…

„Klara!“

Sie schrak zusammen, dann blieb sie stehen und wandte sich zu dem Auto um. Die Fahrertür flog auf und ein junger Mann stieg aus. Sie erkannte ihn sofort.

„Maurice?“

„Na also!“, ihr einstiger Schulkamerad grinste über beide Ohren und breitete die Arme auseinander. „Wie geht es dir?

Komm her… wir haben uns ja ewig nicht gesehen… lass dich drücken."

„Das willst du, glaube ich, nicht. Fünf Kilometer Schweiß kleben an mir."

„Ich werde es überleben!", lachte Maurice und drückte sie zur Begrüßung an sich. „Was machst du hier? Ich hätte ja im Traum nicht daran gedacht, dich hier wieder zu treffen. Ich dachte, du wärst in den Norden gegangen."

„Irgendwann führt es einen halt immer in die Heimat zurück", lächelte sie. „Du warst doch auch im Süden oder… bist du es nicht immer noch?"

Sie zeigte auf das Nummernschild.

Er lachte. „Ja ich bin noch immer in München und habe mir da schön was aufgebaut. Ich habe ein eigenes Start-Up-Unternehmen. Mit Elmar zusammen."

„Elmar Bastken?"

„Ja genau, unser Klassenkamerad Elmar. ‚*Weinzeit*' heißt unser Unternehmen. Hier.." Er begann in seiner Hosentasche zu kramen und zog ein blitzblankes Visitenkartenetui daraus hervor. „Falls du mal ein Präsent, ein Event oder einfach nur einen Wein brauchst, schau auf unsere Seite. Wir sind derzeit hier, um Geschäftspartner und Sponsoren für unser Projekt zu finden. Aber in meiner freien Zeit komme ich auch so immer noch gerne hier her an die Mosel. Es hat so etwas von Heimat… etwas Entspannendes."

Klara nickte wissend. „Ja… irgendwie ist es wie nach Hause kommen. Darum hat es mich wohl auch wieder hier her verschlagen. Ich… ich bin jetzt bei der Polizei."

„Wow!", Maurice pfiff anerkennend durch die Zähne. „Und gut schaust du aus!"

Ein Moment der unbeholfenen Stille folgte, die Maurice hinweg zu lächeln versuchte, was ihm jedoch nicht gänzlich gelang.

„Na dann", warf Klara schließlich ebenso unbeholfen ein, „laufe ich mal meine Runde zu Ende."

„Ja... vielleicht sieht man sich ja mal wieder", erwiderte Maurice verschmitzt.

„Wahrscheinlich... der Ort ist ja nicht so groß."

„Das stimmt. Und zur Not klaue ich irgendwo ein Päckchen Kaugummis oder fahre mit 100 km/h an eurer Wache vorbei..."

Klara nickte kurz, dann nahm sie ihr morgendliches Training wieder auf... verwirrt, aber auch mit einem seltsamen Kribbeln im Körper, das nicht der Durchblutung oder einem beginnenden Muskelkater geschuldet war.

Max saß am Dienstagmorgen bereits früh in seinem Arbeitszimmer am PC und klickte sich durch die Online-Artikel des Trierischen Volksfreunds zu den Kircheneinbrüchen in den letzten Monaten. Es war genau *einer* gewesen. Jener in der Kirche in Rachtig vor einer Woche, mit der gestohlenen Marienfigur. Von der katholischen Kirche in Trarbach war noch nichts vermerkt, doch das würde sicher noch kommen. Alle anderen interessanten Berichte waren Fälle von Vandalismus in offenen Bahnhofsgebäuden und Ähnlichem gewesen, bei denen mal die Wände beschmiert, mal Stühle aus den Verankerungen gerissen worden waren. Doch in allen diesen Fällen waren die Gebäude offen und somit leichte Opfer für die zerstörungswütigen Täter gewesen.

Nach Hugos Aussagen war es üblich, dass sich die Energie krimineller Chaoten, die auf Zerstörung aus waren, zumeist gegen ungeschützte Dinge richtete, wie etwa Züge, Bahnhöfe oder andere frei zugängliche Gebäude. So offenbar manches Mal auch Kirchen. Untypisch war es hingegen, dass sich diese erst mühsam Zugang zu einem Gebäude verschafften, wie es in ihrem Fall in Trarbach geschehen war.

‚Ihr Fall'... Max lächelte. Womöglich waren die Einbrecher ja auf etwas anderes aus gewesen, als auf die Zerstörung kirchlichen Eigentums. Doch was sollte das sein? In jedem Fall: Auch wenn er gegenüber seinen Stammtischkollegen noch standhaft behaupten konnte, dass ihn dies alles nicht weiter interessierte, so konnte er zumindest sich selber spätestens seit der letzten Nacht nichts mehr vormachen: Seit Hugos Besuch am Nachmittag und Ottos Bericht am Abend hatte er Feuer gefangen. Sein Nachbar hatte Recht, die Sache stank zum Himmel und ließ sich fürs Erste nicht plausibel erklären. Ebenso wenig, wie der Einbruch in die Kirche in Rachtig vor einer Woche.

Noch einmal klickte er sich durch den Bericht aus dem Trierischen Volksfreund.

Dreiste Diebe stehlen Marienfigur

von unserem Mitarbeiter Joachim Wagner

Rachtig In der Nacht zum Montagmorgen wurde aus der Kirche St. Marien in Rachtig eine ca. 1,30 Meter große Marienfigur entwendet. Die Figur stammte von dem Traben-Trarbacher Steinmetz und Bildhauer Friedrich Kessler, der sie im Jahr 1906 der Kirche stiftete. Seither war die Figur ein beliebtes Ziel für Gläubige aus der Region. Pastor Hans Reimann beschreibt den Diebstahl als „Ein ungeheuerliches Verbrechen und einen großen Verlust für die Gemeinde. Der ideelle Wert der Figur ist um einiges höher als der finanzielle. Vielleicht werden die Diebe das auch noch erkennen und uns unsere heilige Maria zurückbringen.“ Die Polizeidirektion Bernkastel-Wittlich hat die Ermittlungen aufgenommen, Zeugen werden gebeten, sich unter der unten stehenden Rufnummer zu melden.

Max lehnte sich in seinem Stuhl zurück. Friedrich Kessler… der Trarbacher Bildhauer Friedrich Kessler, der in den Nachbarorten bei Weitem mehr Bildnisse zustande gebracht hatte, als in seinem eigentlichen Heimatort. Hier war den meisten eher der Name Wendhut bekannt, der unter anderem die Verzierungen am Trarbacher Brückentor oder beim Trabener Lorettahaus vorgenommen hatte. Entsprechend selten war Kessler Max bei seinen Führungen durch den Ort begegnet, obgleich er in den Nachbarorten umso präsenter war. Weinskulpturen oder kunstvolle Verzierungen an Häusern, man fand sie von Kröv bis Rachtig und von dort hinauf bis Osann-Monzel. Dass seine Werke sonderlich wertvoll wären, davon hatte Max, offenbar ebenso wie Pastor Reimann aus Rachtig, bisher nichts mitbekommen.

Aber immerhin: Es war vielleicht eine erste Verbindung zwischen dem Einbruch in Rachtig und dem in der Katholischen Kirche in Trarbach… Oder *wollte* er da nur auf Teufel komm raus eine Verbindung sehen?

Nach einem kurzen Moment des Grübelns drückte er auf ‚Drucken' und der Artikel surrte aus seinem Farbdrucker. Zwar war das Internet wunderbar für Recherche, doch zum Lesen bevorzugte er im Allgemeinen die gedruckte Fassung. Und außerdem konnte man die auch viel besser an ein Flipchart heften...

„Träumst du?"

Klara zuckte zusammen, als die Stimme ihres Kollegen sie aus ihren Gedanken riss. Starr hatte sie die letzten 5 Minuten auf eines der Kirchenfotos geschaut. In der ersten Minute hatte sie noch gehofft etwas Neues darauf zu entdecken. Ab der zweiten Minute waren ihre Gedanken abgeschweift und hatten sich letztlich in Richtung ihrer morgendlichen Begegnung verselbstständigt.

Maurice... der Schönling ihrer Stufe, einstiger Schwarm sämtlicher Mädchen am Gymnasium Traben-Trarbach, natürlich auch von ihr… doch nie hatte er sie auch nur eines einzigen Blickes gewürdigt…

„Hallo, ich rede mit dir!"

„Ja was ist denn?", erwiderte sie etwas zu barsch, als Tim sie abermals aus der Vergangenheit in die Gegenwart riss.

„Es tut mir ja sehr leid, dass ich die Dame störe, aber ich frage jetzt nochmals: Surfst du gerade auf Zalando und verlierst dich in der unendlichen Welt der Schuhe oder wäre es dir möglich, auf Streife zu gehen?"

„Nein… nein, wir können auf Streife gehen."

„Was schaust du dir denn da an?"

„Die Fotos aus der Kirche."

„Ach… Klärchen…" Sie hasste es, wenn er sie so nannte. „Glaub mir. Es wird leichter, je mehr solcher Nonsens-Fälle du aufgenommen hast. Vielleicht finden wir den, der es war, vielleicht auch nicht. Die Kirchengemeinde ist versichert und wenn du dich jemals schon einmal mit einer Versicherung hast rumschlagen müssen, wirst du mir beipflichten, dass es denen Mal ganz recht geschieht, wenn sie auch mal ein bisschen Geld berappen müssen… Sag mal hörst du mir überhaupt zu?"

„Mhh…"

„Warst du gestern feiern oder was?"

„Nein, ich…"

„Irgendwas anderes, das ich wissen sollte? Schwanger, verschuldet, verliebt?"

Tim Fritzen stockte und blickte seine Kollegin, die einen Moment zu lange zögerte, durchdringend an.

„Och nee, oder?"

Fredericke Groll schloss die Tür des Ikonenzentrums an diesem Abend etwas früher ab, als sonst. Irgendwie kam der Gästefluss in diesem Jahr nur sehr zäh in Gang.

Sie wusste, Ostern musste erst einmal vorbei gehen, dann würden auch die Touristen wieder vermehrt hier in den Ort finden, doch bis dahin half es, sich ein gutes Buch mitzunehmen, während man geduldig Stunde um Stunde hinter der Kasse des Ausstellungshauses wartete.

Der eine oder andere spähte zwar neugierig hinein, wenn er sich auf dem Weg in den Stadtturm befand, mit dem sich das Ikonenzentrum einen Aufstieg teilte. Doch in vielen Fällen blieb es bei einem neugierigen Blick, egal ob Fredericke noch so freundlich dazu einlud, herein zu kommen.

In den letzten Jahren hatte sich hier einiges getan. So war die ‚Museums-Zeile' entstanden. Klar, das Mittelmoselmuseum war ohnehin seit Jahren hier nicht mehr wegzudenken, auch wenn man dort die Probleme mit fehlenden Besucherzahlen mit ihnen teilte. Dann hatten sich nach und nach all die anderen Museen und eine Ausstellung über den Weinhandel hinzu gesellt.

Und das alles nur durch wenige Schritte voneinander getrennt. Eigentlich optimal, um einen abwechslungsreichen und regensicheren Tag in Traben-Trarbach zu verbringen. Was sie brauchten, waren wohl einfach mehr Regentage.

Doch für heute war sie eigentlich ganz glücklich, dass es nicht regnete, denn sie hatte keinen Schirm dabei. Vorsichtig, immer mit einer Hand am Geländer, stieg sie die Treppen hinunter. Ihre Hüfte machte ihr in der letzten Zeit vermehrt Probleme, doch eine Operation kam für sie nicht infrage. Zumindest noch nicht.

Sie fragte sich, ob der russische Professor, der ihr am Vortag einen Besuch abgestattet hatte, wohl auch ein Hüftproblem hatte. Zumindest hatte er eine sehr eigenartige Art gehabt zu gehen. Dafür hatte er sich durchaus sehr interessiert an ihren Ausführungen gezeigt, auch wenn er selber eher wortkarg gewesen war. Leider hatte er für seine Veröffentlichung bei ihr nicht das gefunden, was er zu finden gehofft hatte: Ein Marienbild in außergewöhnlichen Farben. Weiß und rot hatten ihre Kleider sein sollen, doch Fredericke hatte nur Marienbilder, auf denen die heilige Mutter Gottes in blaue und rote Farben gehüllt war, wie sie selbst die nicht geistlichen Menschen aus der Weihnachtskrippe kannten. Blau, die früher mehr als teure Farbe blau, zeigte Marias Verbindung mit dem Himmel, warum also hätte sie jemand in weiß darstellen sollen? Vielleicht die Farbe der Unschuld? Fredericke zweifelte nicht daran, dass es solche Ikonenbilder gab, doch eben nicht hier bei ihr.

Was half's. Der Professor hatte zugesagt, ihr ein Belegexemplar seines Buches zukommen zu lassen und sich auf ihr wiederholtes Bitten hin sogar mehr als unleserlich im Gästebuch verewigt. Ein seltsamer Vogel, aber so waren die Hochintelligenten und Privilegierten wohl.

Als Fredericke die Treppe hinter sich gelassen hatte, wandte sie sich zur Mittelstraße um, wo ihr Auto stand. Dann aber blickte sie doch noch einmal zum Turm. Auf der metallenen Bank direkt am Gebäude, hatte jemand einen Haufen Kleider abgelegt. Ziemlich verdreckte und abgenutzt aussehende

Kleider. Daneben standen zwei Einkaufstüten, die ebenfalls randvoll waren mit irgendwelchem Unrat.

Fredericke Groll schüttelte seufzend den Kopf. Dass die Leute nicht in der Lage waren, ihren Abfall einfach in die dafür vorgesehenen Container zu bringen. Sie beschloss, am nächsten Morgen bei der Stadt anzurufen, sollte der Kleiderhaufen noch immer dort sein. Heute würde sie da ohnehin niemanden mehr erreichen.

An diesem Dienstagabend saßen Max und Hugo bei Max auf der Terrasse und starrten in den frühlingshaften Garten hinaus. Das Wetter machte – dem Klimawandel sei Dank – Anstalten, bereits jetzt im Frühjahr richtig sommerlich zu werden, und so ließ es sich mit einem dicken Pullover abends bereits gut hier draußen aushalten. Max dachte an die Kiste mit den zwei Lichterketten in kunterbunten Farben, die ihm ein befreundeter Winzer mit den Worten ‚Die wären doch was für einen deiner Keller oder häng‘ sie in deinen Garten, ich brauch‘ sie jedenfalls nicht mehr!‘ überlassen hatte. Wenn es noch ein bisschen wärmer wurde, würden sie sich sicherlich nicht schlecht zwischen seinen Zwetschgenbäumen machen. Was wohl die Rebhühner und der Fasan dazu sagen würden?

Wahrscheinlich nichts, aber Hugo würde sich einen spöttischen Kommentar sicher nicht verkneifen können. Wenn er so weiter machte, würde er sich aber erst einmal eine saftige Erkältung einfangen, denn der Pullover, mit dem er heute draußen saß, war alles andere als dick. Aber sein Nachbar war alt genug, da half es auch nichts, wenn Max ihm gut zuredete oder eine Wolldecke anbot.

„Wir sollten nochmal mit Irmlinde sprechen“, riss der ehemalige Polizist ihn aus seinen Gedanken und rutschte sich mit schmerzverzerrtem Gesicht auf dem Gartenstuhl zurecht.

Max sah es, nickte aber nur. Hugo würde ihm wohl noch eine Weile vorhalten, dass er sich ihm zuliebe den Rücken verrenkt hatte und nun mangels Massage noch lange daran zu knabbern haben würde.

Er dachte nach. Nach dem, was beim Stammtisch erzählt worden war, würde ein Gespräch mit Irmlinde Kraus zwar womöglich die verrücktesten neuen Erkenntnisse zu Tage fördern, doch wofür hatte ihr kleines Ermittler-Duo einen ehemaligen Polizisten an Bord? Wenn sich einer mit Zeugenbefragungen auskannte, dann wohl Hugo.

Max hatte ihn hinsichtlich seiner ersten „Ermittlungsergebnisse“ zu Kirchen-Einbrüchen in der Region bereits auf den neusten Stand gebracht – auch, dass es einen gebürtigen Traben-Trarbacher Bildhauermeister gab, der sein Heil in den Nachbarorten gesucht hatte. Doch auch Hugo hatte dazu vorerst keine neuen Ideen beisteuern können.

Wilder Vandalismus trat immer mal wieder zu Tage, sei es aus einer Sauflaune heraus oder aus purer Langeweile. Was wollte man dagegen tun. Letztlich erschien es immer noch besser, seine Wut oder überschüssige Energie an Gegenständen, als an anderen Menschen auszulassen – auch wenn die Gegenstände dann zumeist nicht die eigenen, sondern die anderer waren.

Am nächsten Morgen, so beschlossen sie, würden sie gemeinschaftlich bei Irmlinde vorstellig werden und sie in der Kirche in doppeltem Sinne ins Kreuzverhör nehmen.

Gutmenschen

Am Mittwochmorgen schien der Ort noch zu schlafen, als Max seine erste Runde unten an der Mosel entlang machte. Obwohl er am Abend vorher, Hugo sei Dank, erstaunlich lange wach gewesen war, hatte es ihn wie üblich ab sechs Uhr nicht mehr im Bett gehalten.

So hatte er noch, bevor der Hahn empört gackern konnte, pflichtbewusst zwei Hände voll Hühnerfutter im Garten verteilt und sich dann auf den Weg hinunter an die Mosel gemacht. Hinter den Fenstern von Hugos Haus war noch kein Lichtschein zu sehen gewesen. Max war über den Friedhof und die Poststraße den Berg hinunter gewandert, wo die Bürgersteige noch größtenteils hochgeklappt waren.

Auf seinem Weg hatte er die Häuser links und rechts der Poststraße betrachtet. Wie schon so manches Mal war ihm erneut ihre Schönheit aufgefallen. Bei manchen blätterte der Putz, doch blickte man an ihnen herauf, so sah man Fresken, Gesichter und Verzierungen, die den Stolz längst vergangener Zeiten zeigten. In anderen Moselorten mochten diese womöglich von Friedrich Kessler stammen. Und egal wer sie hier geschaffen hatte, er würde sich wohl im Grabe umdrehen, hätte er manche von ihnen heute sehen müssen.

Traurig hatte Max den Kopf geschüttelt. Was half es dem alten Fachwerk nachzuweinen und die Nachbarorte um ihre historischen Ortskerne zu beneiden, wenn man den Prunk im eigenen Ort so gnadenlos verfallen ließ?

Am Brückenkopf angekommen, stieg er die Stufen hinab und warf einen lächelnden Blick auf das steinerne Entenpaar, das – versteckt hier am Treppenabstieg – das frühere, nicht ganz so liebevolle Verhältnis der Trabener zu den Trarbacher Bürgern symbolisierte. Die Trarbacher Ente blickte bei diesem Bildnis neidisch nach Traben hinüber, während die Trabener Ente ihr das Hinterteil zuwandte. Oben am Lorettahaus, direkt an der Straße, wo viele Menschen entlang kamen, prangten höchst offiziell die beiden Hände, die einander gereicht wurden mit der Zahl 1904 darunter – dem Zusammenschluss zur Doppelstadt. Inzwischen war man sich nach mehr als 100 Jahren jedoch durchaus grün, hier im Ort.

Unten an der Mosel wandte Max sich nach rechts und schritt den Fußgängerweg entlang, fort von der Brücke in Richtung der alten schönen Jugendstiljuwelen, die sich hier nahe der Mosel noch so mancherorts finden ließen. Etwas oberhalb, am Marktplatz, hatte der ‚Bääka Paul' sicher schon die frischen Brötchen in der Auslage, sodass einem guten Frühstück nach dem Spaziergang nichts mehr im Wege stehen würde.

Mit Freude stellte er fest, dass die hölzernen Bänke entlang des Ufers aus dem Winterquartier zurückgekehrt waren. Otto, der bei den städtischen Arbeitern war, hatte gar nichts davon erzählt, doch nun standen sie wieder da, vom Raureif bedeckt und dennoch einladend, ein bisschen zu verweilen.

Unweit des Hotels Bellevue stockte Max in seinem Schritt, als er etwas Großes auf einer der Bänke liegen sah. Zuerst hielt er es für einen großen Jutesack, dann für einen Haufen Kleider und einiger Einkaufstüten, ehe er feststellte, dass unter dem Haufen an zerschlissener Kleidung tatsächlich ein Mensch steckte.

Max erschrak und schritt dann rasch auf die Bank zu.

„Hallo?", sprach er das Bündel zaghaft an, doch es zeigte keine Regung. Einzig ein dünner Nebel, der aus dem Spalt zwischen Kapuze und Mantel aufstieg ließ erahnen, dass der

Mensch in der kalten Morgenluft wohl noch atmete. Er verfluchte sich innerlich mal wieder, sein Handy nicht bei sich zu haben. Wie oft hatte Hugo ihn schon auf die Vorzüge der kleinen nervenden Dinger hingewiesen. Doch er nutzte seines eher wie einen zweiten Festnetzanschluss: *Innerhäusisch*. Im Hotel Bellevue würde aber sicher jemand an der Rezeption sitzen, der ihn einen Notruf absetzen ließ.

Max ließ sich in die Hocke nieder. „Hallo?“, fragte er nun etwas lauter und packte den Schlafenden an der Schulter, was zu einem protestierenden Grunzen führte.

Immerhin, dachte Max. Wer protestieren kann, lebt zumindest mal noch und ist auch nicht komatös oder kurz vor dem Erfrieren.

„Geht es Ihnen gut?“, fragte er vorsichtig weiter.

„Was denkst du denn?“, kam die Antwort zurück.

„Es ist eisig kalt hier draußen“, erwiderte Max erleichtert.

„Dann geh‘ doch rein!“, kam die Antwort in bestechender Logik zurück.

Max konnte sich ein Schmunzeln nicht verkneifen. „Mache ich gleich, aber was ist mit Ihnen?“

„Mir ist nicht kalt.“

„Das ist ja schon mal gut“, erwiderte Max. „Kann ich Ihnen sonst irgendwie helfen?“

Eine Hand tauchte aus den Tiefen der Stofflagen, schob die Kapuze zurück und entblößte ein Paar buschiger grauer Augenbrauen. „Seien Sie doch so gut und jagen sie diesen Deppen zum Teufel, der mich hier grad um meinen wohlverdienten Schlaf bringt.“

Max stutzte. Dann strahlte ihm aus dem verdreckten Jackenkragen ein gelbes Lächeln entgegen. „Mal im Ernst Kumpel, ich pass auf mich selber auf. Schönen Dank und schönen Tag."

Damit endete das Gespräch, was der Fremde dadurch signalisierte, dass er die improvisierten ‚Rollläden' vor seinem Gesicht nun wieder zu zog und wenig später ein demonstratives Schnarchen ertönte.

Verdutzt starrte Max noch eine Weile auf den Freiluftschläfer, ehe er sich wieder erhob und schulterzuckend seinen Weg entlang des Fahrradweges fortsetzte.

Um 7:30 Uhr saß Klara Friedrichs gähnend in der kleinen Küche der Polizeiwache in Traben. Sie fragte sich, wie es sein konnte, dass der erfrischende Kaffee binnen so kurzer Zeit derart an Wirkung eingebüßt hatte. Noch vor wenigen Wochen hatte sie die morgendliche Tasse aus der schnurrenden Senseo hier im Büro dermaßen aufgeputscht, dass vor Feierabend an Müdigkeit nicht zu denken war. Nun hatte sie beinahe den Verdacht, Teil einer verdeckten Placebo-Studie von Caro-Kaffee zu sein.

Mit einem erneuten Gähnen kippte sie die letzten Tropfen des bitteren Gesöffs herunter, ehe sie sich aufraffte und ins Büro hinüber zu Tim ging, der sie gespornt und geschniegelt hinter seinem Schreibtisch erwartete.

„Na? Gelumpt?", fragte er, ohne auch nur den Blick zu heben.

„Pffff…", kam es von Klara zurück, als sie sich auf ihren eigenen Drehstuhl fallen ließ. „Wenn es das mal wäre. Aber ich glaube. es ist schlicht und ergreifend die berühmte Frühjahrsmüdigkeit."

„Ich tippe ja auf Burnout", fuhr Tim mit bierernster Miene

fort, während er vorgab, etwas an seinem PC zu tippen. „So eine Dienststelle in der Großstadt kann einen echt fertig machen.“

Klara lachte auf, dann riss sie das Telefon aus ihrem Tran. Fast zeitgleich griffen Tim und Klara nach dem unverschämt munter pfeifenden Hörer, doch Klara war einen kleinen Tick schneller, und so hielt sie sich triumphierend den Hörer ans Ohr.

„Polizeiwache Traben-Trarbach, Polizeikommissarin Klara Friedrichs am Apparat?“

Sie ignorierte das süffisante Augenrollen ihres Partners gegenüber, doch ihre Contenance hielt nur für wenige Sekunden, dann…

„Hallo Polizeikommissarin, Maurice hier… ich war ganz, ganz unartig…“

Hugo hatte Mühe Schritt zu halten, als Max gegen 11 Uhr mit ihm im Schlepptau die Brücke überquerte. Max, der unverschämter weise bei dem Tempo, das er vorlegte, auch noch problemlos sprechen konnte, erzählte ihm derweil von seiner Begegnung am frühen Morgen am Moselufer.

Ein Blick von einer der Aussichtsplattformen der Brücke hinab in Richtung Hotel Bellevue zeigte, dass der gut verpackte Freiluftschläfer inzwischen wohl ausgeschlafen hatte, denn die Bank war leer und bis auf ein lauthals schnatterndes Nilganspaar und einigen Enten, tummelte sich niemand auf dem Gehweg und den angrenzenden Bänken.

„Ich glaube… ich habe… den Kerl auch schon… hier in der Stadt… rumlungern sehen“, schnaufte Hugo, was Max dazu veranlasste, seinen Schritt ein wenig zu drosseln.

„Keine Ahnung, wie er heißt, aber... er sammelt manchmal die Pfandflaschen... aus den Mülleimern", fuhr Hugo dankbar über das langsamere Tempo fort. „Sag mal, ist der Leibhaftige hinter uns her oder was gibst du so Gas? Irgendwann blitzen die dich mal im zu Fuß vorbei rennen und dann darfst du eine saftige Strafe zahlen."

„Nur keinen Neid!", grinste Max, als sie das Brückentor auf der Trarbacher Seite erreichten.

„Neid?", lachte Hugo verächtlich. „Ich schlafe bis in die Puppen und lasse das Leben gemütlich angehen, so wie es sich für einen Rentner gehört. Ein Dauerlauf und andere Sperenzchen zählen für mich nicht dazu. Dazu habe ich in meinem Leben genügend erfolgreiche Verfolgungsjagden absolviert."

„Die Ganoven zu Fuß, du im Auto, nehme ich mal an", feixte Max.

„Ha ha…", schnaubte Hugo. „Es kann ja nicht jeder Ausdauersportler sein wie du, und das auch noch bis ins hohe Alter hinein."

Nach einem Schlussspurt durch die Trarbacher Fußgängerzone und die sich anschließenden Nebenstraßen erreichten sie schließlich das Haus der Küsterin. Max hatte nach einigen Überlegungen darauf verzichtet, ihr Erscheinen telefonisch anzukündigen, lag so doch das *berühmte Überraschungsmoment* auf ihrer Seite. Zudem hatte er Sorge, dass Irmlinde andernfalls völlig panisch ein Aufgebot zwanzig verschiedener Stücke Kuchen auffahren würde, wie es nun mal ihre Art war, Gäste zu empfangen.

Ein prüfender Blick die Straße hinauf und hinunter zeigte, dass der Volvo von Gotthard Giessen nirgends zu sehen war. Ein Vorteil für sie, so konnte Irmlinde frei heraus erzählen, was sie dachte, ohne einen tadelnden, wenn auch wohlwollenden Blick des alten Pfarrers fürchten zu müssen.

Hugo betätigte die bronzene, schwergängige Türglocke, und kurz darauf hörten sie bereits die Schritte auf der alten, steilen Eichenholztreppe im Inneren, mit denen sich Irmlinde näherte. Ein Schlüssel drehte sich im Schloss, eine Kette wurde beiseitegeschoben…

„Fort Knox!“, brummte Hugo und warf Max einen vielsagenden Blick zu.

…dann öffnete sich die Tür und Irmlinde lugte heraus. Hugo erkannte seinen Irrtum, die Kette war *zu-* und nicht *beiseite*geschoben worden. Kaum mehr als Irmlindes Nase passte nun durch den schmalen Spalt, was es für die Küsterin unmöglich machte zu erkennen, wer da vor ihrer Tür lauerte.

„Wer ist da?“, fragte sie zögerlich.

„Polizei“, erwiderte Hugo unverblümt.

„Das kann jeder behaupten“, kam die kesse und zugleich verdiente Antwort zurück. „Zeigen Sie mir Ihre Dienstmarken und Ausweise, dann...“

„Irmlinde, wir sind’s!“, mischte sich nun Max ein. „Hugo und Max.“

„Ahhh, der Max!“ Irmlindes Tonfall hellte sich sogleich auf. Die Nase verschwand und die Kette wurde rasselnd beiseitegeschoben.

„Und der Hugo…“, brummte der pensionierte Polizist, da schwang die Tür auch schon auf und Irmlinde strahlte die beiden an.

„Ja warum habt ihr denn nicht angerufen? Ich hätte doch Kuchen gemacht!“

Max grinste innerlich. „Ist schon gut“, sagte er dann. „Dürfen wir reinkommen?“

„Ja, natürlich… ach Mensch, ich bin noch gar nicht gerichtet…“ Irmlinde wuselte ins Haus zurück und gab den Weg in die schmale Diele frei.

Hugo bedeutete Max, ihm den Vortritt zu lassen und so folgte Max der Haushälterin die Treppe hinauf in das noch nahezu original aus den 20er Jahren erhaltene Wohnzimmer.

„Wollt ihr einen Tee, einen Kaffee, ein Wasser? Ich hätte euch wirklich etwas Kuchen… soll ich schnell welchen holen…“

„Alles gut, Irmlinde“, winkte Max erneut ab. „Du hast doch schon genug Aufregung gehabt in den letzten Tagen. Wir wollen dir jetzt nicht noch mehr Stress bereiten.“

Als hätte sich ein Schalter umgelegt, wechselten Irmlindes Tonfall und Blick. Das quirlige wechselte zu leidend, das gastfreundliche zu verschwörerisch. „Hach ja… wem sagst du das?“

„Was ist denn eigentlich passiert? Man hört in der Stadt ja die schauerlichsten Geschichten“, bemühte Max sich den Redefluss der Küsterin beim neuen Thema nicht abebben zu lassen. Doch er brauchte sich keine Sorgen zu machen. Binnen Sekunden war Irmlinde in ihrem Element.

„Es war schrecklich, Max. Hat Hugo es dir nicht erzählt?“

„Teilweise…“, sagte Max. „Wir…“

Doch Irmlinde hörte ihm gar nicht zu. „Diese Halunken…. Vergreifen sich immer an denen, die sich nicht wehren können. Wisst ihr… wie tief muss man sinken, um sich an einem katholischen Gotteshaus zu vergreifen. Wir haben doch niemandem etwas getan.“

Der Protestant in Max warf einen widersprechenden Beitrag ins Rennen, doch sein Sprachzentrum war klug genug, ihn nicht laut auszusprechen, und so ließ er Irmlinde gewähren, die sich nun an Hugo wandte.

„Die ganzen Wände haben sie aufgestemmt. Die ganzen Wände. Und den Altar. Kannst du dir das vorstellen?“

„Ich habe es ja geseh…“

„Was für brutale Menschen müssen das sein? Und vorher haben sie die Tür aufgebrochen. Ich habe mich gestern mit dem Otto unterhalten. Der sagt, das muss mindestens eine Brechstange gewesen sein, wenn nicht gar ein Rammbock. Wisst ihr, wie früher bei den Belagerungen von Burgen und Städten. Da frag ich mich doch, wo wir hingekommen sind. Und dann die Bilder... Alle Bilder haben sie herunter gerissen. Der ganze Kreuzweg unseres heiligen Jesus Christus lag am Boden zerstreut, mit Füßen getreten und mit Putz und Schutt bedeckt. Der Herr Pastor, das sag ich dir Max, der Herr Pastor hat fast einen *Herzschlag* bekommen. Deshalb ist er auch jetzt nicht hier. Sonst kommt er jeden Morgen, aber heute hat er gesagt, er kommt später. Und du kannst mir erzählen, was du willst, der ist sicher ins Krankenhaus gefahren, weil er sonst einen Schlag kriegen würde. Und Hugo… deine Kollegin da. Die kleine Blonde, die ist ja noch ganz neu im Dienst. Ich sage dir, die kann mir ja erzählen, was sie will, Sachbeschädigung hin oder her, wenn der Herr Pastor einen Schlag kriegt, dann ist das vorsätzlicher Mord, was die da begangen haben. Der arme Herr Pastor. Das würde mich ja nicht wundern, wenn das ein Anschlag auf den Herrn Pastor ist, wo der sich doch in letzter Zeit hier so viele Feinde gemacht hat mit seinem Jugendheim da. Das traue ich denen auch noch zu, die wollen, dass der Herr Pastor einen Schlag kriegt, und ich gehe gleich mit vor die Hunde.“

Max und Hugo wechselten während Irmlindes Ausbruch mehr als nur einen vielsagenden Blick. Gotthard Giessen hatte sich in der Tat in den letzten Wochen nicht nur Freunde gemacht. Mit einem einfachen ‚Nein' seitens der Stadt zu seinem geplanten Projekt, hatte er sich nicht zufrieden gegeben und war immer wieder bei Mitgliedern des Stadtrats vorstellig geworden. Letztlich jedoch ohne Erfolg. Sein Herzensprojekt, das, was er der Stadt vor seinem Ruhestand noch hatte hinterlassen wollen, war im Sande verlaufen. Ausgebremst durch die örtliche Politik, aus welchen Gründen auch immer. ‚Aberwitzige Fantastereien eines präsenilen Pfaffen', so war Kreber beim Stammtisch zitiert worden. In der Zeitung hatte er sich etwas gemäßigter geäußert, doch die Botschaft war die gleiche geblieben. Zwar sei man als Stadt auch daran interessiert, die alten Gebäude im Ort zu erhalten und Gutes zu tun, doch die finanziellen Präferenzen lägen nun mal vorerst woanders. Man wolle sich ‚auf die Unterwelt' konzentrieren, deren Potential noch lange nicht ausgeschöpft sei.

Max machte sich eine gedankliche Notiz, auch diesen Artikel online zu suchen und auszudrucken. Giessen war bereits wirksam ausgebremst worden, doch er konnte – wie man hörte – den Mund nicht halten. Dass ihm jemand dafür einen Denkzettel verpassen wollte, war durchaus nicht auszuschließen. Ob wohl auch die Polizei in diese Richtung Überlegungen angestellt hatte?

Max mochte den alten Pfarrer, der bereits seit mehreren Jahren seinen wohlverdienten Ruhestand hätte antreten können. Doch ähnlich wie der Motor seines altgedienten Volvos schnurrte das eloquente Gehirn Giessens noch wie ein Kätzchen und nach seiner eigenen Aussage hatte er zum einen noch ‚zu viel Spaß an seinem Beruf' und zum anderen ‚noch zu viel zu tun', als dass er seine Gemeinde einem Nachfolger andienen wollte.

Seit der Übernahme des Pfarramtes waren nicht alle Bewohner des Ortes ein Herz und eine Seele mit Giessen. Seine mehr als moderne Einstellung zu ökumenischen Abendmahlfeiern und experimentellen Gottesdiensten hatten ihn bereits überregional zu einer kleinen Berühmtheit werden lassen – Einbestellungen zum Bischof inklusive. Vielleicht auch deswegen hatte das Bistum ihm für sein Projekt ebenfalls eine Absage erteilt.

Giessens Hochzeiten und Taufen waren ebenso legendär wie unberechenbar, denn er hatte das Talent, aus den Vorgesprächen eben jene Details heraus zu spüren, die für die jungen Paare womöglich nebensächlich erschienen, doch letztlich das Besondere, das unvergleichliche ihrer Beziehungen ausmachten. Doch wie so oft stieß sich der eine oder andere konservative oder auch einfach nur dauernörgelnde und chronisch unzufriedene Mitbürger daran, dass ein anderer gut gelitten und beliebter war, als er selber.

„Hugo, da muss man doch was machen. Die können doch nicht einfach so damit durchkommen, den armen Pastor zu zermürben!“, riss Irmlinde Max jäh aus seinen Gedanken, als sie mit der Faust auf die hölzerne Platte ihres Couchtisches schlug.

Hugo zuckte nicht minder zusammen und murmelte dann etwas im Sinne von „Er werde es Klara weitergeben.“

„Hast du denn irgendetwas gesehen, Irmlinde?“, bemühte sich Max das Gespräch wieder in die richtige Richtung zu lenken, ehe es doch noch ins Abstruse abdriftete.

„Ach gesehen hab ich vieles“, gab Irmlinde zurück und legte ihre ohnehin schon faltige Stirn in noch ärgere Furchen. Dann beugte sie sich verschwörerisch vor. „Ich habe dem Herrn Pastor gestern schon gesagt, dass ich die ganzen letzten Tage schon das Gefühl hatte, dass hier immer wieder dunkle Autos vorbei fahren. So große schwarze Karossen, wie von der Regierung, wisst ihr? Vielleicht ist ja wieder ein hohes Tier hinten in der Ayurveda-Klinik. Vielleicht ein Regierungsbeamter… der Herr Pastor wollte nichts davon hören, aber man kann ja nie wissen, und ich sage euch: Das war schon auffällig, wie die hier gekreist sind… Und die sind auch wirklich auffällig langsam gefahren."

„Es mag dir seltsam erscheinen, Irmlinde, aber in der Tat gibt es noch Menschen, die in einer 30er-Zone auch 30 fahren", warf Hugo spöttisch ein.

Die Küsterin bedachte ihn mit einem tadelnden Blick. „Aber doch niemand, dessen Auto 30 PS stark ist, so jemand fährt doch nicht so langsam."

In Gedanken fügte Max den 30 PS eine weitere Null hinzu, doch er ließ Irmlinde gewähren. Einbrecher, die mit einem Rammbock die Kirchentür öffneten, Vandalen, die den Pastor in den Herzinfarkt treiben wollten, schwarze Autos, die langsam das Gotteshaus umkreisten… Der 1. April lag bereits einen Tag zurück, doch Otto hatte ihn beim Stammtisch ja bereits gewarnt, dass Irmlinde sich ihre eigenen Theorien zu den Geschehnissen in der Kirche zurechtgelegt hatte. Was auch immer in der St. Nikolaus-Kirche geschehen sein mochte, die Küsterin würde sie der Lösung dieses Rätsels wohl kaum näher bringen.

Höflich verabschiedeten Max und Hugo sich, nachdem sie erneut dankend einen Kaffee abgelehnt hatten. Wie gut, dass es keinen Kuchen gab, der es Irmlinde erlaubte, ihnen ein schlechtes Gewissen zu machen, wenn sie sie mit den 16 verbleibenden Reststücken alleine ließen, wo doch anderswo die armen Kinder hungerten.

Hugo atmete geräuschvoll ein und aus, als sie die Grabenstraße überquerten und sich auf den Weg zurück nach Traben machten. Eine ganze Weile sagte keiner von ihnen ein Wort, dann war es der pensionierte Polizist, der das wohltuende Schweigen brach.

„Ich denke, es war ganz gut, dass wir heute zu Irmlinde gegangen sind."

Max hob fragend eine Augenbraue und blickte seinen Freund an.

„So hatten wir noch die Chance, sie zu befragen, bevor sie und der Pastor morgen von Außerirdischen entführt werden."

Ernst Kreber stocherte gedankenverloren in seinem Mittagessen, das er an diesem Tag mal ausnahmsweise nicht in der Mikrowelle der Trabener Touristinformation aufgewärmt hatte, sondern tatsächlich in einem Trarbacher Lokal zu sich nahm. Die ‚Storcke Stütz' war eine der traditionsreichsten Lokalitäten, die die Doppelstadt zu bieten hatte. Ein in den Fels geschlagener Weg, der früher für Notfälle gedacht gewesen war, hatte dereinst bis hinauf zur Grevenburg geführt. Jener Rest, der heute noch vorhanden war, wurde indes noch immer für Notfälle genutzt, wenn nun auch eher für solche dringlicher, menschlicher Natur: Der Gang führte zu den Toiletten des Restaurants, und kaum mehr einer wusste um seine einstige Bedeutung.

Auch Kreber hätte es nicht gewusst, hätte nicht bei der Weihnachtsfeier der Stadt im letzten Jahr irgendein Depp gemeint eine „Unterweltführung wäre doch eine feine Sache" und ehe er sich hatte krank melden können, hatte auch Krämer schon auf der Matte gestanden und war freudig der Anfrage nachgekommen. So hatte er sich schier endlose 90 Minuten durch muffige Weinkeller quälen dürfen, ehe er auch nur in die Nähe eines genießbaren Tropfens Wein gekommen war.

Zugegeben… die damalige Praktikantin war schon beeindruckt gewesen, als er aus dem Flaschenlager eines der Keller heimlich eine Flasche edlen alten Weines unter seiner Jacke herausgeschmuggelt und auf dem weiteren Weg mit seinem Leatherman entkorkt hatte. Doch die Freude ebenso wie die Zuneigung der hübschen Kleinen hatten schnell nachgelassen, als er nach dem ersten Schluck fluchend das Gesöff wieder ausgespuckt hatte, dass so ranzig und korkig war, dass man es der Schimmelpilz- und Schädlingsbekämpfung im Alten Casino in Trarbach zur Verfügung hätte stellen können.

„Was lagern Sie in den Kellern denn für verdammte Biowaffen?“, hatte er Krämer gefragt und sich dabei unglaublich eloquent und witzig gefühlt.

Doch noch vor Krämer hatte Ingrid, die Rezeptionistin der Touristinformation ihm geantwortet. „Essig“, hatte sie gesagt „Das hat Max doch eben erzählt. Wenn die Weine nicht versiegelt sind, halten sie es in den Kellern nicht lange aus.“

Und dann hatte die Kleine gekichert und sich einer Kleingruppe von Rathausangestellten angeschlossen. Gott, wie er diesen Krämer hasste…

Das Sauerkraut in seinem Gräwes mit Zander schien noch ein wenig saurer zu schmecken, als er sich an den garstigen Tropfen erinnerte, der seine Kehle hinabgeronnen war. Ein Glück, dass er nicht blind geworden war. Davor musste man die Gäste doch warnen!

Dank seines noch vorhandenen Augenlichts wachte Kreber

aus seinen Gedanken wieder auf und sah nun auch wieder sein Gegenüber, das offenbar seit einer Minute bereits versuchte, seine Aufmerksamkeit wiederzuerlangen.

„Kreber?" Joachim Wagner schrie nun fast und die ersten Gäste an den anderen Tischen blickten sich bereits zu ihnen um.

„Was?" Ernst Kreber zuckte hoch und starrte den freien Mitarbeiter des Trierischen Volksfreunds und Schreiberling seines Vertrauens an.

„Sind Sie eingeschlafen?"

„Nein… ich… bin nur kurz meinen Gedanken nachgegangen… Ich habe einige Pläne mit diesem Schuppen."

Die Wortwahl des Bürgermeisters ignorierend balancierte eine der Kellnerinnen zwei neue Gläser Wein heran und stellte sie vor den beiden Männern ab.

Wagner lächelte ihr zu, dann hob er das Glas an die Nase und nahm einen tiefen Atemzug.

Kreber tat es ihm gleich, dann prostete er dem Journalisten zu. „Auf eine weiterhin fruchtbare Zusammenarbeit."

Wagner lachte verlegen. Dann beugte Kreber sich verschwörerisch vor. „Nun stellen Sie sich einmal vor, also, rein hypothetisch natürlich: Man geht hier unten in das Restaurant hinein und könnte von hier direkt hinauf zur Grevenburg laufen… durch den Berg…" Er wies in Richtung der Toiletten.

„Den Gang gibt es schon seit Jahrhunderten nicht mehr."

„Weiß ich doch. Aber ich könnte einen neuen bauen und damit der Stadt eine zusätzliche Attraktion beschaffen."

Wagner lehnte sich zurück und rümpfte verächtlich die Nase. Das sollte also die Sensation sein, die der Bürgermeister ihm versprochen hatte? „Ein Schacht durch den Berg?", fragte er. „Gibt es so etwas nicht schon häufig genug hier im Ort? Was will man mit einem verfallenen Schacht, der einen zu einer verfallenen Ruine führt?"

Kreber lächelte verschmitzt und senkte die Stimme zu kaum mehr als einem Flüstern. „Und wenn es keine Ruine mehr wäre?"

Wagner zuckte nicht mal mit der Wimper.

„Sie bluffen."

„Meinen Sie?"

„Seit hundert Jahren hat es keinen solchen Bekloppten wie diesen Ravené mehr gegeben und den haben Ihre Vorgänger nach Cochem gejagt."

„Jede Zeit hat ihre Irren."

„Ist klar. Und was will dieser Irre? Die Burg aufbauen und der Stadt stiften? Oder will er in ihr wohnen als Sommerresidenz?" Wagner gelang es nicht gänzlich, den ungläubigen Unberührten zu spielen. Wenn Kreber nicht bluffte, dann war es in der Tat eine Sensation, die er ihm hier zur exklusiven Berichterstattung anbot.

„Alles zu seiner Zeit. Ich sage es mal so: Der Betreffende sucht ein Projekt in das er sein Geld stecken kann. Etwas Prestige, etwas positive Außenwirkung... Eine Jugendbildungsstätte wie auf der Marienburg in Zell wäre eine denkbare Möglichkeit. Vorrangig für benachteiligte Kinder und Jugendliche, natürlich aber auch die Einheimischen. Wo trifft sich denn die Traben-Trarbacher Jugend, seit die Alte Lateinschule eine Pilgerstätte geworden ist."

„Die Jugend? Das kann ich ihnen sagen. Die sind in Trier, Koblenz, Mainz, diversen Elite-Unis im Ausland..."

„Eben! Wenn wir etwas gegen die leeren Geschäfte und die Abwanderung unserer Kinder tun wollen, dann müssen wir investieren… oder Investoren an Land ziehen. Die sollen dann neben kulturellem Engagement noch schön was Soziales tun… benachteiligte Jugendliche, Ferienfreizeiten, wohltätige Spenden… Und zu jedem Investor und seinem Beitrag werden Zeitung, Radio und regionaler Rundfunk angeschrieben, bis jeder einzelne in Deutschland denkt: Da muss ich mal hin! Das ist ja mal eine tolle Stadt."

Wagner machte ein nachdenkliches Gesicht. „Verzeihen Sie, Herr Kreber", sagte er dann „aber kann es sein, dass das, was Sie mir da erzählen, vor nicht allzu langer Zeit der Plan eines anderen gewesen ist?"

Kreber machte eine abweisende Handbewegung. „Was interessiert mich, was dieser Pfarrer will? Ein altes Weingut in einen Ort der Jugend umwandeln, ohne Geld und ohne Investoren. Er sollte besser mal an seinen Ruhestand denken. Und außerdem weiß ich, dass Sie ihn ebenso wenig leiden können wie ich."

„Hatte er nicht die Stadt um Unterstützung gebeten? Und hatte nicht die Stadt das Projekt als unwirtschaftlich und unsinnig abgewiesen?" Joachim Wagner erinnerte sich daran, wie lange er gebraucht hatte, um Krebers O-Ton-Statement für die Zeitung so zu formulieren, dass der Bürgermeister dafür nicht eine Anzeige wegen Beleidigung befürchten musste. Seine Frage war somit eher rhetorischer Natur.

Dass er Gotthard Giessen nicht wirklich leiden konnte, stimmte allerdings. Der Grund dafür lag darin, dass Giessen vor zwei Jahren seine Frau dazu gebracht hatte, sich von ihm zu trennen. Ein Pfarrer, der einer Frau riet, das heilige Sakrament der Ehe zu brechen und ihren Mann wegen ein paar blauer Flecken zu verlassen. Nein, er konnte den Kerl wirklich nicht leiden.

Kreber zwang sich zu einem Lächeln. „Ein Projekt in den falschen Händen wird rasch zu einer Sackgasse, einem Fass ohne Boden. Die Kirche ist reich genug, soll sie sich doch selber Geld zur Verfügung stellen, wenn sie meinen, mal wieder die Gutmenschen spielen zu müssen. Giessen hätte niemals die Grevenburg für ein solches Projekt bekommen und sicherlich nicht die Ausdauer und das nötige Händchen für so etwas gehabt."

„Aber Sie haben es?"

„Wagner, ich muss mich doch sehr wundern. Haben Sie unser Abkommen vergessen? Exklusive Neuigkeiten gegen Positivschlagzeilen, ist das so schwer?"

Der Journalist schwieg, „Sie wissen, dass Pastor Giessen das niemals gutheißen wird?"

Krebers Miene gefror: „Den verbohrten Alten kriege ich in den Griff, machen Sie sich da mal keine Sorgen. Solange Sie ihn schön aus der Presse raushalten, regel ich den Rest, seien Sie sich da mal sicher. Pastor Giessen ist ja auch nicht mehr eben der Jüngste. Und wenn ich den Investor erst mal im Sack habe, dann steht meinem Aufstieg zum Verbandsbürgermeister nichts mehr im Weg. Und wenn ich erstmal Landrat bin, werden Sie sich noch sehr über meine Verbundenheit freuen. Aber bis dahin: Absolutes Stillschweigen."

Joachim Wagner betrachtete Krebers funkelnde Augen nun mit vornehmer Zurückhaltung. Woher auch immer dessen plötzliche Affinität für alte Steine und sein Wunsch, als Wohltäter heiliggesprochen zu werden, gekommen war, er durfte ihn sich nicht verschrecken. Am Ende brachte der Idiot es wirklich noch zum Verbandsbürgermeister, Landrat, Bundeskanzler... wer wusste schon, wie in der heutigen Zeit die Wähler tickten.

Insofern war es besser, ihn bei der Stange halten, denn womöglich würde ihm dieser Mann in Zukunft noch nützlich sein. Und wenn es gegen diesen verdammten Giessen ging, dann war Wagner allemal dabei.

Mit quietschenden Reifen schlitterte der schwarze Peugeot von Hugo mit dem sich verkrampft am Türgriff festhaltenden Max auf dem Beifahrersitz auf den Parkplatz der Polizeiwache in Traben. Max hatte schon vorher gewusst, warum er die knapp 1000 Meter, die zwischen seiner Wohnung und der direkt neben der Grundschule gelegenen Polizeiwache lagen, zu Fuß hatte gehen wollen.

Doch schließlich hatte er sich dem Drängen seines Freundes gefügt, der nun mit einem lautstarken Wendemanöver unter Zuhilfenahme der protestierenden Handbremse seinen Wagen auf dem Parkplatz in Position brachte.

„Immer wieder schön“, hörte er Hugos euphorischen Bariton beim Aussteigen und beließ es dabei, sich ein „Mhhh“ in die am Morgen erst frisch rasierten Bartstoppeln zu nuscheln.

Freudestrahlend winkte Hugo nun zu den Fenstern hinauf, an denen sein Einparkmanöver nicht unbemerkt geblieben war. Mehrere Köpfe schauten hinab, einer von ihnen blondgelockt und unverkennbar zu Klara gehörend. Sie erwiderte sein Lächeln und winkte ihnen zu, als sie auf die Treppe zuhielten.

„Was will der denn hier?“ Tims Stimme war die Begeisterung für das erneute Aufeinandertreffen mit dem Traben-Trarbacher Ortssheriff deutlich anzumerken, als er sich vom Fenster ab und wieder Klara zuwandte.

„Das ist mein Date“, erwiderte seine Kollegin.

Tim erblasste. „Ha, ha…“, sagte er dann mühsam, da flog auch schon die Tür auf.

„Klara… Liebchen!“

Klara ignorierte das Augenrollen ihres Kollegen und umarmte Hugo. „Habe ich dir schon gesagt, wie schick du in Uniform aussiehst? Da würde ich glatt nochmal auf Streife gehen und die bösen Buben von dir fern halten. Aber du kannst dich wahrscheinlich auch ganz gut selber wehren, was?“

„Und sonst hat sie ja noch mich!“, brachte sich Tim mit unverhohlener Feindseligkeit nun ebenfalls ins Gespräch ein.

Hugo ignorierte ihn geflissentlich, während Max ein wenig unbehaglich im Türrahmen stehen blieb und Fritzen entschuldigend anlächelte. Er kannte ihn vom Sehen, denn hatte schon einmal eine Führung für ihn und seine Kollegen von der Dienststelle in Bernkastel-Kues gemacht.

„Und was haben die Ermittlungen ergeben?“, fragte Hugo und ließ sich auf einen leeren Schreibtischstuhl sinken. „Irgendetwas Brauchbares?“

„Wie man es nimmt.“ Unter dem protestierenden Blick ihres Kollegen machte Klara ein paar Klicks am PC, dann rutschte sie beiseite, um Hugo einen Blick auf die Tatortfoto-Galerie zu gewähren. Nur mühsam widerstand Max dem Drang, einen Schritt näher zu treten, um ebenfalls etwas erkennen zu können. Er sah Fritzens Blick, der Hugo zu durchbohren schien und ahnte bereits, dass dieser Besuch kein gütliches Ende nehmen würde.

„Hmm…“ Hugo musterte die Bilder mit zusammen gekniffenen Augen. „Verwertbare Fingerabdrücke?“

„Nur knapp 300 verschiedene an jeder Türklinke. Haben Sie Ihre schon zum Abgleich gegeben? Wir machen gerade eine Zusammenstellung aller fleißigen Kirchgänger.“

Nun war es Hugos Blick, der den Polizeioberwachtmeister zu durchbohren schien. „Da will sich wohl einer ein Fleißkärtchen verdienen… oder doch eher einen Preis für den besten Kalauer?“

„War nicht witzig gemeint.“

„Tut mir leid, aber bei manchen Leuten fällt es mir so ungemein schwer, ernst zu bleiben.“

„Wie war das?“

„Gütiger Gott, beruhigt euch Männer. Wir spielen doch alle im selben Team.“ Klara schüttelte den Kopf.

„Falsch“, erwiderte Tim scharf „Der da sitzt seit Längerem schon nicht mal mehr auf der Ersatzbank, und er hier, mit Verlaub Herr Krämer, war noch nie ein Mitglied des Teams. Du gibst hier Informationen raus, die vertraulich sind, Klara.“

„Hugo war doch selber am Tatort. Ich zeige ihm doch nichts Neues.“

„Und auch da hätte er nicht sein dürfen“, zischte Tim zurück.

„Die Türen der Kirchen stehen allen offen, die etwas…“

„Es reicht.“ Fritzen war aufgesprungen. „Ihre Zeiten hier sind ein für alle Mal vorbei, finden Sie sich damit ab. Wenn Sie wollen, dass auch nur der Hauch einer Chance besteht, dass wir diese Vandalen finden, dann lassen Sie uns hier in Ruhe unsere Arbeit tun und belästigen Sie uns nicht andauernd. Denn das ist das einzige, was Sie sind: Lästig!“

Max sah, wie Hugo Luft holte, doch er blickte ihn beschwörend an, und Hugo verstand. Mühsam schluckte er die Erwiderungen herunter, die ihm auf der Zunge gelegen hatten und erhob sich. Auch das ‚Bis Freitag dann in der Musikstunde, Klärchen', blieb nicht mehr als ein Gedanke.

Entschuldigend blickte Max abermals zu Fritzen, doch dessen Zorn richtete sich ohnehin nur gegen seinen ehemaligen Kollegen: „Und wenn Sie noch einmal hier über unseren Parkplatz schlingern, lasse ich Ihnen wegen Fahruntauglichkeit den Führerschein entziehen!"

Gotthard Giessen blickte sich verstohlen um, als er winkend vom Bürgersteig zurück trat und die Einfahrt zu seinem Haus hinauf ging. Ob ihn wohl jemand gesehen hatte? Er stieg die Stufen hoch und schloss die Haustür hinter sich.

Was ein Glück, dass er in Rißbach wohnte, wo die Besiedlung dünn war und größtenteils aus Campinggästen bestand, die sich nicht dafür interessierten, wer hier was mit wem tat.

Der Pfarrer ließ sich auf die Couch in seinem Wohnzimmer sinken und schloss die Augen. Er sah die Kirche vor sich, mit ihren zerstörten Wänden und den herunter gerissenen Bildern und augenblicklich begann er wieder zu zittern. Seit dem vergangenen Montagmorgen war ihm der Anblick nicht mehr aus dem Kopf gegangen und er freute sich über jede Ablenkung. Wer konnte nur so etwas tun und warum? Hatte es jemand auf ihn abgesehen oder auf die Kirche? Oder hatten einfach nur irgendwelche fehlgeleiteten Schäfchen Langeweile gehabt?

Glaubte man seiner Trarbacher Küsterin, so hatte der Anschlag ganz konkret ihm gegolten. Irmlinde Kraus war lebenslang Junggesellin gewesen und hatte, seit er die Stelle hier angetreten hatte, stets ihre Erfüllung darin gesehen, ihn zu bekochen und zu umsorgen. Am liebsten, so hatte er manches Mal das Gefühl, wäre sie zu ihm gezogen und hätte ihn als Haushälterin noch mehr betüddelt, doch das wollte Giessen nicht.

Er war ein Eigenbrötler, der es genoss, manches Mal auch einfach in Ruhe gelassen zu werden. Er mochte Irmlinde, sehr sogar, doch er wusste, dass sie ihn auf Dauer mit ihrer quirligen Art wahnsinnig gemacht hätte. Aber sie machte sich nun mal Sorgen um ihn, gerade wenn er – wie heute – nicht wie üblich zum gemeinsamen Frühstück in Trarbach erschien. Doch auch ein Pastor hatte eben manches Mal ein Privatleben!

Entschlossen schlug Giessen die Augen wieder auf und erhob sich, um in der Küche die beiden Frühstücksteller in die Spülmaschine zu räumen.

Ernst Kreber schwebte auf Wolke sieben. Nicht wegen einer Frau, soweit kam es noch…

Nein, sein Gespräch mit seinem lieben Freund Joachim Wagner, dem alten Sensationslüstling, hatte ihn beschwingt und seine Kreativität und seinen Tatendrang in gleichem Maße beflügelt.

Eine Burg hoch oben über der Stadt, das bedeutete einen Zustrom an Touristen, es bedeutete Mittelaltermärkte und Ritterturniere, Fanartikel und Postkarten, Spendengelder und internationales Interesse. Zugegeben, vollständig würden sie sie nicht wieder aufbauen können, ganz so irre schien sein Investor nicht zu sein. Doch es würde für einige der Gebäude reichen und eben genug, um den Ferienhort für Jugendliche dort oben unterzubringen.

Er hatte ein bisschen gebraucht, um zu begreifen, was für eine grandiose Idee der alte Giessen ihm da vor die Nase gelegt hatte. Erst vor wenigen Wochen hatte er den TV-Beitrag über das EOS-Camp für Kinder und Jugendliche in Köln gesehen – einem eben solchen Ferienziel für Kinder finanziell schwach gestellter Eltern. Kurz darauf hatte er die Internetpräsenz des Veranstalters überprüft. Hier konnte man sich vor positiven Kommentaren nicht mehr retten. Es schien so, als müsse man nur die Worte ‚Kinder', ‚benachteiligt' und ‚soziales Engagement' in einen Satz packen, dazu noch ein paar Bilder von strahlenden Kinderaugen, und ab ging die Maschinerie.

Also warum nicht auch hier. Ein Sommerhighlight zur düsteren weihnachtlich-winterlichen Unterwelt – Publicity für ihn und *das* Karrieresprungbrett, auf das er immer gewartet hatte. Welch ein Glücksfall es gewesen war, dass dieser Quill, sein Investor, sich direkt beim ihm, und nur bei ihm, mit seinem Anliegen gemeldet hatte, der Burgruine neues Leben einzuhauchen. Kreber hatte dann seine Idee für einen Jugendhort eingebracht, und schon waren sie im Geschäft. Natürlich hatte er sich informiert: Laut Internet-Recherche hatten Quill und seine bisherigen Projekte eine weiße Weste. Und auch beim Denkmalschutz hatte der Kerl Kontakte… eigentlich zu schön, um wahr zu sein. Es war Schicksal gewesen, auch wenn Kreber an solchen Hokuspokus nicht glaubte und letztlich Grund genug für ihn, bereits kurz nach ihrem ersten Telefonat, in das Projekt zu investieren. Ein *‚monumentales Denkmal der Extraklasse'* wollte Quill ihm setzen. Das gefiel Kreber, denn das wollte er auch.

Doch sein Geld alleine reichte nicht, das hatte Quill rasch klar gemacht. Mit städtischen Geldern zu hantieren, so kurz, nachdem er Giessen für das nahezu gleiche Projekt einen

Korb gegeben hatte, dafür war es viel zu früh. Aber es würde vieles einfacher machen, wenn er erst einmal Verbandsgemeindebürgermeister war.

Doch jetzt musste erst einmal Gras über die Sache mit Giessen wachsen, vielleicht würde der alte Mistkerl auch bald mal endlich in den Ruhestand gehen. Manche Menschen musste man einfach zu ihrem Glück zwingen. Zu gegebener Zeit würde er, Kreber, dann die Bombe platzen lassen. Wagner konnte ja schon mal den Bericht vorbereiten.

Versonnen blickte er aus dem Fenster hinaus zu der Weinköniginnen Statue, auf deren Hut es sich zwei Tauben gemütlich gemacht hatten.

So ist das Leben…, dachte Kreber: Mal bist du die Taube und mal das Denkmal.

Dann sah er ihn. Erst dachte er noch, jemand hätte einen Stapel Altkleider vor seinem Bürofenster in der Touristinformation entsorgt. Doch der Kleiderhaufen bewegte sich, und bei genauem Hinsehen entdeckte er auch Arme, Beine und so etwas wie einen sehr, sehr haarigen Kopf, die daraus hervorragten.

Entsetzt beobachtete Kreber, wie der Landstreicher die Statue musterte und interessiert die Inschrift auf dem Boden besah. Dann hob er den Blick und sah direkt zu ihm herüber.

Ein breites gelbes Grinsen trat auf das Gesicht, dann hob das haarige Etwas die in zerschlissenen Handschuhen, an denen die eine oder andere Fingerkuppe bereits fehlte, steckende Hand und winkte ihm zu.

Angewidert ließ Kreber den Vorhang zurückgleiten. Er konnte sich nicht erinnern, wann er das letzte Mal einen Penner in Traben-Trarbach gesehen hatte.

Kopfschüttelnd setzte er sich wieder an seinen Platz und starrte auf den Bildschirm. Im Nebenraum hörte er die Schiebetür schnarren, gefolgt von Ingrids unverkennbarer Stimme.

„Guten Tag, kann ich Ihnen helfen, mein Herr?"

„Hätten Sie vielleicht eine warme Tasse Kaffee für mich und vielleicht noch etwas Kleingeld oder eine Scheibe Brot?"

Kreber erstarrte. Dann griff er zum Hörer.

„Wie war das?"

„Hugo, lass gut sein, wir gehen…"

„Ich bin schon Auto gefahren, da konntest du nicht einmal laufen, du Grünschnabel!"

„Ihre Zeit bei der Polizei war bereits um, als unsere Uniformen in der Tat noch grün waren. Wenn Sie das nicht verkraften, lesen Sie Krimis, schreiben Sie eine Autobiografie, lösen Sie Kreuzworträtsel, aber halten Sie sich um Gottes Willen aus unseren Fällen raus."

„Er hat doch gar nichts getan, Tim!" Klara war aufgesprungen und baute sich vorwurfsvoll vor ihrem Kollegen auf.

„Er spaziert hier rein, macht die Leute verrückt und lässt sich von dir eine digitale Exklusivführung vom Tatort machen."

„Er nimmt den Einbruch wenigstens ernst."

„Klar, weil er vierzig Jahre nichts anderes gemacht hat, als abgefahrene Autospiegel und eingeschlagene Fenster aufzunehmen. Er hat doch nie etwas anderes kennen gelernt als Dorfsheriff zu sein."

„Hört an, es berichtete für Sie, der großstadterfahrene

Kreisstadtpolizist aus Wittlich."
„Bernkastel, aber egal."
„Habt ihr euch eigentlich schon mal selber zugehört? Ihr streitet wie zwei kleine Schuljungen!" Klaras Kopf färbte sich nun zart rosa.
„Hugo, wir sollten…", versuchte Max noch einmal sein Glück, der sich nur zu gut daran erinnern konnte, wie unerfreulich das Verhältnis mit der Polizei bei ihrem letzten „Fall" gewesen war.
Dummdideldeidideldeididummmdidideldideldeidi…
Das Telefon unterbrach das Gespräch jäh und vermochte was Klara und Max trotz vieler beschwichtigender Worte nicht geschafft hatten: Hugo und Tim verstummten.
Ohne hinzusehen nahm Tim Fritzen das schnurlose Telefon von der Basis und hob es ans Ohr.
„Fritzen, Polizeiwache Bern... Traben-Trarbach?"
Er hielt eine Hand über die Sprechmuschel und zischte in Klaras Richtung „Kreber".
Ohne, dass er etwas dagegen tun konnte, wuchsen Max Ohren. Was hatte der Bürgermeister mit der Polizei zu schaffen? War womöglich erneut ein Einbruch in ein öffentliches Gebäude begangen worden? Vielleicht…
„Klara, Liebchen!", erschrocken zuckte Max zusammen, als Hugo neben ihm lautstark die Konversation mit der jungen Polizistin wieder aufnahm. „Es tut mir leid. Vielleicht habe ich ein bisschen überreagiert. Dein Kollege hier, ob Kreisstadt oder nicht, er hat einfach noch nicht die Erfahrung, die ich über die vielen Jahre…"
„…ein Obdachloser, ja…", Fritzen drückte sich nun den Zeigefinger seiner Linken ins Ohr, um zumindest noch halbwegs zu verstehen, was der Bürgermeister am anderen

Ende der Leitung sagte.

„Ich denke, wir sollten das Ganze hier schon ernst nehmen. Ich meine… der arme Pastor… du hast ihn doch gesehen. Und Irmlinde, die Küsterin, ist auch ganz durch den Wind…"

„…nochmal… *wo* ist dieser Obdachlose?"

„Weißt du Klara, das sind alte Leutchen, das setzt denen ganz schön zu, glaub' das nur… die Kirche, das bedeutet dieser Generation noch was… denen ist die noch heilig…"

„Herrschaftszeiten Guthar, jetzt halten Sie doch mal die Klappe, man versteht ja sein eigenes Wort nicht!"

„Genau… das versteht dein Kollege nicht. Es ist sicher kein dankbarer Fall, aber manchmal…"

Max beobachtete wie Fritzen sich mit einem entnervten Seufzer umdrehte und kopfschüttelnd, das kabellose Telefon am Ohr, den Raum verließ.

„Ja, jetzt höre ich Sie besser… aber wissen Sie, nur weil er bei ihnen in der Touristinformation ist, kann ich ihn doch nicht einfach verhaften…"

Einen Moment noch starrte Max Hugo an, der unschuldig drein schaute, dann schlenderte er wie zufällig hinter Fritzen her, der sich ins Treppenhaus geflüchtet hatte.

„Nein… nein wirklich nicht… Sie können ihm Hausverbot erteilen, schließlich sind Sie der Hausherr… Ja das ist doch gut, wenn sie das gemacht haben… ja wunderbar, er ist dem nach gekom… nein,… nein, ich kann den Mann doch nicht verhaften, weil er sich auf die Bank setzt."

Nun spitzte Max ganz unverhohlen die Ohren. Ob es sich bei dem Obdachlosen wohl um jenen Mann handelte, den er am Morgen am Moselufer hatte liegen sehen? Wahrscheinlich, denn so viele Obdachlose gab es in Traben-Trarbach nicht.

„Nein wirklich nicht…“, Fritzen klang nun als stünde er kurz vor einem Nervenzusammenbruch. „Und wenn Sie ihm einfach einen Kaffee geben… Natürlich kann es sein, dass er dann wieder kommt… Ja danke, Ihnen auch noch einen schönen… Hallo?“

Max wandte sich rasch um und war mit wenigen großen Schritten zurück im Büroraum, wo just in diesem Moment Klara und Hugo wie zwei aufgescheuchte Teenager, die man beim Knutschen erwischt hatte, auseinander stoben. Max bedachte sie mit einem verwunderten Blick, doch ehe er noch fragen konnte, war Fritzen zurück.

„Guthar, ganz im Ernst, ich habe gerade keine Lust mehr auf Sie und Ihr Gehabe, wenn Sie einfach nur so freundlich wären und…“

„Ist schon in Ordnung“, nickte Hugo. „Wir beide hatten einen schlechten Start. Eigentlich sind Sie bestimmt ein ganz netter Kerl. Einen schönen Tag noch!“

Dass Fritzen der Kinnladen nicht runter fiel, war wohl einzig und allein der Tatsache geschuldet, dass er zu perplex war, um irgendeine Regung in seinem Gesicht erscheinen zu lassen.

Hugo nickte Klara zu, dann packte er den ebenso verwirrten Max am Arm und zog ihn mit sich nach draußen.

„Was war denn das?“, fragte Max verwundert.

„Das… mein Lieber…“, lächelte Hugo „war Polizeiarbeit vom Feinsten… Und jetzt, sehen wir uns in aller Ruhe nochmal die Tatortbefunde an!“

Er strecke Max die Hand entgegen, in der ein kleiner silberner USB-Stick glänzte.

Liebeleien

Heinz Wender sah dem Mann interessiert hinterher, der gerade mit schlurfendem Gang an ihm vorbeigeschlichen war. Er war nicht sonderlich groß, doch wer mochte das schon feststellen, immerhin ging er gebückt unter der schweren Last eines großen Beutels, den er sich auf den Rücken gebunden hatte. Ein improvisierter Rucksack, mehr ein Seesack, so konnte man es sagen. In den Händen trug er zudem mehrere Plastiktüten und einen roten, fleckigen Stoffbeutel, auf dem ironischerweise „Wenn's um Geld geht Sparkasse" zu lesen war.

Heinz hatte diesen Mann hier noch nie gesehen, was nur bedeuten konnte, dass er neu im Städtchen war. Vielleicht auf der Durchreise.

Wie ein Reisender sah der Mann auch aus… oder zumindest wie jemand ohne so etwas wie einen festen Wohnsitz. Die Kleidung war zerschlissen und in mehreren Schichten übereinander angezogen, die alle diesen eigentümlichen Graubraun-Ton angenommen hatten, den man – wäre er eine Wandfarbe gewesen – im Baumarkt wohl unter „Einheitsbrei" hätte finden können.

Heinz beobachtete, wie der Fremde einen nahegelegenen Mülleimer inspizierte, schließlich hineinlangte und eine PET-Flasche daraus hervorzog. Sie wanderte in den Sparkassen-Beutel in seiner Linken, dann ging es im schlurfenden Gang weiter die Straße entlang.

Heinz lehnte sich zurück und sog tief die Traben-Trarbacher Frühlingsluft ein. Herrlich. Der Ort hatte zu jeder Jahreszeit so viel Schönes. Bald, wenn es wieder wärmer war, würden sie wieder zu mehreren hier am Marktplatz sitzen, reden und die Sonne genießen. Da freute er sich schon drauf.

Er hörte das Surren eines Motors und öffnete die Augen. Kurz darauf fuhr ein roter Mini an ihm vorbei. Kopfschüttelnd sah Heinz dem kleinen Flitzer nach, der aus Rißbach in Richtung Brücke weiterfuhr. Er hatte das Auto mit dem Wiesbadener Kennzeichen nun schon ein paar Mal hier vorbeifahren sehen, doch die junge Frau hinterm Steuer wusste er noch immer nicht zuzuordnen.

Am Abend war Max mehr als zu spät beim Stammtisch in der Goldenen Traube. Gemeinsam mit Hugo hatte er am Mittag den USB-Stick an seinen alten Laptop angeschlossen und sich die knapp 100 sorgfältig sortierten, raubkopierten Bilder aus der katholischen Kirche in Trarbach angesehen.

Das Ergebnis war ernüchternd gewesen. Zwar hatte Max sich den Tatort – anders als Hugo – nicht vor Ort anschauen können – obgleich Irmlinde ihm sicher liebend gerne eine Führung gemacht hätte, doch die Bilder sprachen ihre eigene Sprache. Sie hatten ihnen letztlich jedoch zu keinen neuen Erkenntnissen verholfen.

Gut, Hugo hatte mehrfach darauf verwiesen, dass das Vorgehen mit dem Aufbrechen der Tür für Vandalismus untypisch war. Der Rest jedoch passte: Kerzenleuchter, Altarschmuck und Blumen, das alles war zerstört worden. Die Bilder von der Passion Christi, die sich an der zerstörten Wand befunden hatten, lagen achtlos weggeworfen auf dem Boden und zwischen den Kirchenbänken.

Max mochte sich gar nicht vorstellen, wie lange es dauern würde, wieder einigermaßen Ordnung in die Kirche zu bringen. Irmlinde und Pastor Giessen waren alleine mit Sicherheit nicht dazu in der Lage.

„Dann muss halt mal der Gottesdienst im Namen des Herrn zum Putzdienst werden!“, hatte Hugo ungeniert gesagt. „Ist doch wahr, das Probelokal vom Musikverein wird auch einmal im Jahr generalgereinigt, da können ja auch die Mitglieder der katholischen Kirche mal Hand anlegen und helfen, ihr Heiligstes wieder herzurichten. Oder sie müssen sich eben einen Hausmeister zulegen.“

Max grinste. So Unrecht hatte Hugo dabei gar nicht gehabt, doch die typischen Kirchgänger, die jeden Sonntag brav in die kühlen neugotischen Gewölbe strebten, waren zumeist auch nicht viel jünger, als der Pfarrer und seine Haushälterin selber. Als potentieller Hausmeister wiederum war Hugo, der seit seinem Ruhestand Schlüssel zu nahezu jedem öffentlichen Gebäude der Stadt zu haben schien, da er quasi überall den Hausmeisterdienst versah, bereits vollends ausgebucht.

Schade eigentlich… „Also nichts mit verdeckten Ermittlungen im gefährdeten Milieu“, hatte Max gelacht.

Schließlich hatte Hugo aber noch versprochen, die relevanten Bilder mit seinem Farbdrucker auszudrucken, sodass sie sie an Max‘ Flipchart heften konnten. Insbesondere jene mit dem Schuhabdruck, einem Turnschuh, etwa in Größe 46. Doch nun sämtliche Turnschuhträger mit großen Füßen im Ort zu Verdächtigen zu erklären, war wohl auch etwas zu übertrieben.

Zu schreiben hatte es bisher nicht wirklich viel gegeben.

<u>Einbruch St. Nikolaus Trarbach:</u>

- Vandalismus?
- Gezielter Angriff auf Pastor?
- Zusammenhang St. Marien Rachtig?

Hinweise / Mögliche Zeugen:

- Schuhe Größe 46
- Irmlinde Kraus -> *Feinde des Pastors, schwarze Autos,*
- Gotthard Giessen ->

Die Zeile hinter dem Pastor war frei geblieben und Max hatte seinen nächsten Ansatzpunkt gefunden. Im Gegensatz zu Irmlinde war Gotthard Giessen ein besonnener und ruhiger Charakter, der mit der Gelassenheit des Alters stets wohl überlegte, was er aussprach und was nicht – der Inbegriff eines guten Hirten, der seine Schäfchen jeden Sonntag zu trösten wusste und auch unter der Woche stets für sie da war. Giessen war eigentlich stets ein gern gesehener Gast auf öffentlichen Veranstaltungen und scheute sich auch nicht, Stellung zu beziehen, wenn es in seiner Kirche hoch her ging und die Medien über den Papst und Verfehlungen der römischen Kurie herzogen. Nicht immer stellte er sich dabei auf die Seite der Kirche, was den einen missfallen mochte, bei anderen jedoch durchaus Sympathiepunkte brachte.

Noch immer konnte Max sich beim besten Willen nicht vorstellen, wie irgendjemand diesem Mann etwas Böses wollen konnte, schon gerade nicht wegen eines geplatzten Sozialprojekts. Irmlinde hatte ihre Andeutungen gemacht, doch was man auf ihre Worte geben konnte, blieb offen. Er würde sich am nächsten Tag selber ein Bild machen, wenn er Giessen besuchte.

Nun war er aber erst einmal bei seinen Stammtischkumpanen angekommen. Er öffnete die Tür der ‚Goldenen Traube' und nickte dem Wirt zu, als er eintrat. Rita, Otto, Pia, Werner und Fritz saßen auf ihren angestammten Plätzen, Günter glänzte mal wieder durch Abwesenheit. Der

Kerl schien in den letzten Tagen tatsächlich vielbeschäftigter zu sein als er, Max. So was gab es selten. Schmunzelnd trat er zu den anderen.

„Na endlich, da ist ja der feine Herr!“, rief Otto und hob die Hand. „Na? Was macht die Fahndung? Schon erste Verdächtige überführt?“

Max zog ein überhebliches Gesicht. „Es tut mir leid, aber aus ermittlungstaktischen Gründen kann ich dazu leider keine Angaben machen. Wir werden uns zu gegebener Zeit an die Presse wenden.“

„Hört, hört. Sprichst du jetzt von dir im Pluralis Majestatis“, lachte Rita. „Oder dürfen wir daraus folgern, dass deine bessere Hälfte und du tatsächlich zusammen gesessen seid. Was man sich so erzählt, wart ihr ja schon Zeugen befragen…“

Irmlinde, schoss es Max durch den Kopf. Klar, dass fünf Minuten nach ihrem Besuch die ganze Stadt davon Wind bekommen haben musste. Ob auch Fritzen es inzwischen gehört hatte? Es würde sein Verhältnis zu Hugo nicht eben bessern, doch das brauchte sie ja vorerst mal nicht zu interessieren.

„Hat es dir die Sprache verschlagen?“ Werner grinste ihn schief von der Seite an, als der Kellner ein Glas Schlossberg vor ihm abstellte. „Für den Herrn hier dasselbe, aber bitte eine Karaffe, wir wollen ein bisschen seine Zunge lockern.“

„Da wird eine Karaffe nicht ausreichen“, konterte Max und funkelte Werner schelmisch an.

„Abwarten“, grinste dieser zurück.

„Mal im Ernst, Max“, mischte sich nun Pia in das Gespräch ein. „Gibt es was Neues? Auf Volksfreund.de habe ich einen kleinen Artikel mit einem Bild gesehen. Das sieht ja furchtbar aus."

„Ja", seufzte Max „Pastor Giessen und Irmlinde können alle Unterstützung brauchen, die sie kriegen können. Die Kirche liegt in Schutt und Asche."

„Warst du drin?", fragte Otto. „Wir von den Städtischen wurden zum Aufräumen angefragt."

„Nein", gab Max zurück, dann biss er sich auf die Lippe. „Ich… ich habe auch nur das Bild im Internet gesehen", log er. „Schlimm."

„Ja, aber mal im Ernst, wer tut denn so was? Ist diesen Idioten denn nichts mehr heilig?", erzürnte sich Pia.

„Schon lange nicht mehr", seufzte Max.

„Da reichen ein paar jugendliche Idioten zu, die nicht wissen, wohin mit ihrer Energie, die sie sich mit Wodka-Energy und anderem Zeugs aneignen", schnaubte Rita.

Sie schwiegen. Ein kühler Luftzug zeigte an, dass die Eingangstür geöffnet wurde.

Sekunden später stand Hugo hinter Max. „Na? Habt ihr noch ein Plätzchen für einen alten Haus- und Polizeimeister?"

„Für gewöhnlich nicht", gab Otto zurück. „Aber für dich schon."

Hugo zog eine Grimasse. „Ich kann Max ja nicht die ganze Ermittlungsarbeit alleine machen lassen. Wo kämen wir da denn hin?" Er lachte schallend und nippte im Hinsetzen an dem Bier, das der Wirt ihm reichte.

Mit einem Mal wurde es still am Tisch.

„Ach so ist das", durchbrach Werner schließlich das Schweigen und wandte sich zu Max. „Wir sind hier im Verhör."

Hugo verschluckte sich. Heftig hustend versuchte er zu protestieren, bis Max ihm ein paar kräftige Schläge zwischen die Schulterblätter verpasste.

"Du bist mir ja ein sauberer verdeckter Ermittler", murmelte Max leise.

Hugo hob entschuldigend die Hände, während er langsam wieder zu Atem kam. Fünf Augenpaare starrten sie erwartungs- und nun auch etwas vorwurfsvoll an.

„Was ist? Müssen wir wirklich auf deine Presseerklärung warten oder rückst du auch so mit der Sprache raus, warum ihr euch mit der Sache beschäftigt“, fragte Otto.

„Wir sind alte Herren und haben eben sonst keine Hobbies“, versuchte Max die Stimmung wieder ins Lot zu bringen.

„Ist klar“, klinkte sich nun Fritz ein. „Zwischen Schlüssel- und Kehrdienst für Mehrzweckhalle, Casino, Neuem Rathaus und dem Bernsteinzimmer hat der ehemalige Beamte im höheren Dienst noch Zeit sich mit der irren Krause zu treffen. Und der andere Pensionär langweilt sich zwischen seinen sieben Unterweltführungen am Tag derart, dass er aus Mitleid mit dem anderen Ex-Beamten zusammengluckt, wann immer in der Stadt ein Sack Reis umfällt.“

„Sachte!“, intervenierte Hugo.

„Wir haben es im Guten probiert“, erwiderte Werner. „Max hätte diverse Karaffen Wein von mir gesponsert bekommen… Wobei mir auffällt… Ali? Wo ist der Wein für Max?“

Der Wirt hinter dem Tresen schlug sich mit der flachen Hand an die Stirn, nickte dann und verschwand im Vorratsraum. „Den hast du zwar gar nicht mehr verdient, aber versprochen ist versprochen.“

„Och Leute, wir wissen wirklich nichts. Aber ihr müsst zugeben, ein bisschen seltsam ist es doch schon. Wer überfällt in unserem Ort eine Kirche, bricht sie auf und lässt dann nichts mitgehen… ich meine…“ Max‘ Blick traf den mahnenden Blick von Hugo. „Also… es ist was los im Städtchen, aber seien wir mal ehrlich. Da wird nichts bei herumkommen.“

„Irmlinde wittert eine Verschwörung gegen den Pastor“, sagte Pia zweifelnd.

„Irmlinde vermutet im Zweifel die Illuminaten hinter allem“, gab Max seufzend zurück. Er erinnerte sich an die Bücher, die er im Vorbeigehen in den vollgestopften Regalen gesehen hatte. Neben zahlreichen Groschenromanen und Schmonzetten, die er auch bei Irmlinde erwartet hätte, hatte sich auch das eine oder andere Buch zu Verschwörungstheorien dort gefunden.

„Ich hatte dich gewarnt“, lachte Otto. „Aber mal im Ernst: Habt ihr beide doch euren Spaß. Solange ihr uns auf dem Laufenden haltet, und wir eure Erkenntnisse stets als Erste erfahren, könnt ihr Detektiv spielen wie ihr wollt.“

„Immer noch besser Detektiv als Bürgerwehr“, raunte es nun hinter ihnen, als der Wirt die Karaffe mit Wein vor Max abstellte. Augenblicklich hatte er die ungeteilte Aufmerksamkeit aller sicher.

„Bürgerwehr?“, fragte Max ungläubig.

Der Wirt zuckte die Schultern: „Kreber mobilisiert die Leute. Er sagt, er habe auffällige Gestalten im Ort gesehen. Die Polizei wolle ihm nicht helfen, und jetzt sucht er Einwohner, die die Kirchen bewachen. Er hat wohl Angst um seine Stummorgel-Pfeifen.“

„Hah“, Rita schrie auf, dass alle zusammenzuckten und Max

einen Teil des Weins verschüttete. „Haben wir es nicht gesagt? Otto hatte doch schon die Befürchtung, dass sich die Halunken da als Nächstes zu schaffen machen."

„Also bis jetzt hat sich da oben niemand zu schaffen gemacht. Es ist schlicht die Katholische Kirche verwüstet worden. So schlimm das ist, aber gestohlen wurde nichts", mischte Hugo sich nun wieder in das Gespräch ein.

„Aber in Rachtig. Da wurde letzte Woche eine Maria gestohlen!", sagte nun abermals Rita. „Das stand im Internet."

Max räusperte sich, sagte jedoch nichts. Nichts von Friedrich Kessler und auch nichts von dem Obdachlosen, den Kreber offenbar als ‚verdächtig' eingestuft hatte. Er würde am Abend selber noch den TV-Artikel lesen und ihn zu ihren bisherigen ‚Ermittlungsergebnissen' dazu heften.

Klara war an diesem sonnigen Donnerstagmorgen unverschämt fit. Gegen fünf Uhr war sie in ihrem noch dunklen Schlafzimmer – dem ehemaligen Kinderzimmer im Hause ihrer Eltern – erwacht und hatte fortan kein Auge mehr zu tun können: Das Frühstück wartete auf sie.

Doch nicht irgendein Frühstück von Mama – ihre Eltern weilten ohnehin derzeit am Bodensee – Maurice wollte sie zum Brunchen ausführen und zwar ins Schlemmerschlösschen auf der Trarbacher Moselseite.

Dabei hatte Klara überhaupt keinen Hunger. Also… zumindest im Moment nicht. Was sich in ihrer Magengegend regte, waren Unruhe und Unwohlsein, fast hatte sie das Bedürfnis, sich zu übergeben. Was ein Glück, dass sie heute nicht die Frühschicht mit ihrem Partner Fritzen hatte, dem zu morgendlicher Übelkeit in Kombination mit ihrem verklärten, verträumten Blick in den letzten Tagen sicher mehr als *ein* passender Kommentar eingefallen wäre.

Nein, sie hatte sich den Morgen frei nehmen können. Von Überstundenabbau konnte nach der kurzen Zeit, die sie nun auf der Dienststelle aktiv war, freilich noch keine Rede sein. Sie würde Minusstunden machen, während Fritzen seine Überstunden abfeierte, aber das war eben der Vorteil einer kleinen Polizeiwache. Insgesamt besetzten sie den Standort mit sechs Polizisten, also drei Teams, die den Tag über Streife fuhren, Temposündern auflauerten, Bürokram machten, Fälle von Vandalismus, Ruhestörung oder Ladendiebstahl aufnahmen… oder eben mal ausschlafen und statt um sechs erst um zwölf zur Arbeit gehen konnten.

Seit sie um 5:05 Uhr erkannt hatte, dass es mit dem Einschlafen wohl nichts mehr werden würde, hatte sie sich aus dem Bett geschwungen, war unter die Dusche gestiegen und hatte sich schließlich – der morgendlichen Routine folgend – einen Kaffee aufgesetzt, auch wenn ein Baldrian-Lavendel-Tee ihrer aktuellen Gemütslage mit Sicherheit zuträglicher gewesen wäre.

Ihre Pulsuhr attestierte ihr bereits im Ruhezustand einen Puls von knapp 90, obwohl der bei ihr für gewöhnlich eher bei 60 lag und auch durch die rasantesten Einsatzfahrten nur mäßig aus der Ruhe zu bringen war.

Warum nur war sie so nervös?

Es passierte doch gar nichts Schlimmes… nichts…

Gut, der heimliche Schwarm ihrer Oberstufenzeit hatte sie zum Essen eingeladen… zum Brunchen… Gut, sie war ihm vor zwei Tagen zum ersten Mal seit der Schulzeit wieder begegnet. Gut, sie hatte gedacht, dass sie über ihn hinweg wäre. Gut, sie hatte sich manchmal heimlich sein Facebookprofil angeschaut – das, was sie als ‚Nicht-Freundin' öffentlich von ihm sehen konnte, und es hatte ihr *schon* gefallen. Gut, sie hatte nicht im Traum daran gedacht ihm eine Freundschaftsanfrage zu senden.

Und jetzt hatte sie verdammt nochmal ein Date mit ihm!

Ein Frühstück… einen Brunch! Interpretier mal nicht zu viel da hinein, rief sie sich zur Ordnung und ertappte sich dabei, wie sie gedankenverloren im Bademantel in der Wohnung auf und ab lief, ohne dabei ein näheres Ziel zu haben – außer vielleicht dem Kaffee, der inzwischen schon nur noch lauwarm war… Himmel, wie lange war sie denn schon herumgelaufen?

Max stellte den Kragen seiner Jacke auf, als er mit zerzausten Haaren über die Brücke lief. Der Wind war eisig und machte, verglichen mit den teils fast sommerlichen Sonnentagen in der letzten Woche, dem April alle Ehre. Es war diesig und zugezogen und eigentlich Grund genug, nicht zu Fuß durch die Stadt zu gehen, sondern das Auto zu bemühen. Doch zum einen war und blieb Max ein passionierter Läufer und damit auch Fußgänger, zum anderen war ein Gang durch die Stadt wesentlich kommunikativer als eine Fahrt – vom grüßenden Heinz Wender einmal abgesehen, der ihm just vom Trarbacher Brückentor aus zuwinkte.

Max erwiderte den Gruß und blickte auf die Uhr. Er hatte noch gut eine Stunde frei, bis er sich mit Gotthard Giessen in dessen Wohnung auf der Trabener Seite verabredet hatte. Zwar hatte er bis dahin noch rasch einen Brief zur Post hier in Trarbach bringen wollen, doch mit Heinz Wender hatte er schon lange nicht mehr geplauscht. So ließ er sich neben

Heinz auf der überdachten Sandsteinbank unterhalb des Brückentores nieder.

„Guten Morgen, Max“, grüßte ihn der ehemalige Mitarbeiter des Einwohnermeldeamts und drückte seine Hand.

„Grüß dich. Himmel, wenn wir hier lange sitzen, holen wir uns noch eine Blasenentzündung.“

Heinz lachte. „April, April, der weiß nicht, was er will.“, summte er vor sich hin.

Eine Weile verharrten sie, in der Heinz gefühlten sieben Autos eine grüßende Hand entgegenschickte, als sie sich die Enkircher Straße hinauf auf die Brücke bewegten, von denen Max aber immerhin fünf ebenfalls zu kennen glaubte.

„Das sind die ganzen Trabener, die in Enkirch beim Metzger waren“, erklärte Heinz. „Gibt hier bei uns ja nix mehr. Außer im Supermarkt.“

Max nickte. Im letzten Jahr hatte die letzte verbliebene Metzgerei auf der Trarbacher Moselseite auch ihre Filiale geschlossen. Seither musste man als Trarbacher Bürger entweder Vegetarier werden, auf die Jagd gehen oder den Weg auf die Trabener Seite zum Supermarkt wagen, wollte man ein saftiges Steak zu Mittag oder ein wenig Aufschnitt fürs Abendessen haben.

„Na wie gut, dass wir eine Doppelstadt sind“, zwinkerte Max Heinz zu. „Was die eine Hälfte nicht mehr hat, findet man in der anderen.“

Heinz nickte. „Ja, ja,… oh was haben die da früher drüber geschimpft. Meine Eltern haben mir da so manche Anekdote zu berichten gewusst, aber was erzähle ich das einem Trorbacher Jung, der in Traben im Exil wohnt?“

Max lachte. „Ich wohne jetzt am Sonnenhang!“

„Ja", nickte Heinz und grüßte ein weiteres Auto. Max hob ebenfalls die Hand, als er einen seiner Stadtführerkollegen hinter dem Steuer erkannte.

Er schwieg einen Moment. „Heinz, ich muss jetzt weiter, aber sage mal, darf ich dir eine Frage stellen?"

Heinz Wender musterte ihn verblüfft. „Was wird denn das? Muss ich Angst haben?"

„Nein, Quatsch", winkte Max ab. „Es geht nur darum… du hast doch grundlegend ein schauspielerisches Talent, oder? Ich…"

„Vergiss es Max", erwiderte Heinz und beäugte mit zusammengekniffenen Augen einen roten Kleinwagen, der just ein bisschen zu rasant von der Brücke kommend um die Ecke bog „Ich mach dir nicht den Osterhasen!"

Der junge Maurice saß im Schlemmerschlösschen auf der Trarbacher Moselseite. Er war ein junger, durchaus gutaussehender Mann mit leicht gewellten, dunkelblonden Haaren, grünen Augen und einem schmallippigen Lächeln. Sein weißer Cashmere-Pullover hing locker über seine trainierten Schultern – er war in Form... nicht zu viel aber auch nicht zu wenig. Ein bisschen Kraftsport hier und da konnte nicht schaden und diente auch dem Ausgleich nach der Arbeit, der sogenannten ‚Work-life-Balance'. Zum edlen Pullover trug er Jeans und Sportschuhe, sein grüner Lieblingsmantel, der seine Augen so wunderbar unterstrich, hing bereits an der Garderobe des Restaurants.

Er war einige Minuten früher erschienen, schließlich wollte er die Dame nicht warten lassen. So kam es, dass er nun alleine hier saß und auf die Mosel hinunter schaute, wo Enten,

Schwäne und Nilgänse ihre Bahnen zogen. Die Ausflugsschiffe schienen größtenteils noch im Winterquartier zu sein, denn die meisten Anleger waren leer und so lag der Blick frei auf die herrschaftlichen Häuser, die das Trabener Moselufer säumten und vom Wohlstand der Weinhandelszeit kündeten. Kaum vorstellbar, dass man heute noch mit Wein allein zu Reichtum gelangen konnte, was musste das doch für eine Blütezeit gewesen sein.

Maurice riss sich los und blickte auf sein Handy. Erst eben hatte er seinen WhatsApp-Status aktualisiert und als Profilbild sein verträumt dreinblickendes Konterfei eingestellt. Ihm war klar, was das für blöde Sprüche bei seinen Bekannten nach sich ziehen würde, doch das konnte ihm gleich sein, schließlich trennte er Dienst- und Privathandy penibel. Als aufstrebender Start-Up-Unternehmer war es wichtig, stets für potentielle Geschäftskunden erreichbar zu sein und gleichzeitig einen guten Eindruck zu hinterlassen.

Lange hatte er überlegt mit welchen Worten er dem, was ihn bewegte am besten Ausdruck verleihen konnte. Es sollte nicht platt oder plump wirken. Eher lustig und sympathisch. Ein bisschen frech und liebevoll schüchtern zugleich.

Nicht eindeutig, aber hoffnungsvoll, Hoffnung machend…

Am Vorabend hatte er sich mit einer großen Flasche Wein hingesetzt und verschiedene Wortlaute niedergeschrieben. Die hohe Dichtkunst lag ihm nicht, das oblag in ihrem Unternehmen seinem Geschäftspartner Elmar. Er war der lyrische mit dem Verhandlungstalent, Maurice der praktische und ausführende Teil ihres Duos, das sich mit Wein-Events und -Präsenten selbstständig gemacht hatte. Zugegeben, es hätte besser laufen können… Sie standen nicht weit von einem enormen Durchbruch entfernt, das spürte er, doch genau in diesem entscheidenden Moment *fehlte ihnen das ver-*

dammte Geld. Investoren gab es weltweit genügend, da lag nicht das Problem, doch einen seriösen, interessierten Investor zu finden, das schien die berühmte Nadel im Heuhaufen zu sein. Über Spendenaktionen a la Crowdfunding waren sie längst hinaus, der ersehnte mediale Kick durch einen Auftritt in der Start-up-Show „Die Höhle der Löwen" war ihnen verwehrt geblieben. Doch bald würde es weiter gehen, da war Maurice sich sicher. Er hatte zumindest nicht vor – wie es manche Firmengründer zu Beginn ihrer Karrieren getan hatten – wochenlang im Auto zu wohnen und Zwieback zu essen.

Nein, im Gegenteil, heute wollte er so richtig schön brunchen… mit Klara… und so hatte er am Vorabend mit den Schlagworten ‚Liebe' und ‚Schmetterlinge im Bauch' das Internet Forum um Forum durchsucht, bis ihm vor lauter Ratschlägen angeblicher Liebes-Profis ganz schwindelig geworden war… möglicherweise auch vom Rotwein, wer wusste das schon.

Er hatte sich gezwungen, noch eine Flasche Wasser und eine Aspirin complex zu nehmen, dann war er ins Bett gefallen, heute Morgen neben seinen Aufzeichnungen wieder erwacht und hatte die finale Auswahl getroffen.

„Ich bin verwirrt… was machst du mit mir?"

Max räusperte sich, als er die Türklingel des Pfarrhauses drückte. Der Volvo war am Straßenrand geparkt – natürlich war er das, immerhin hatte Max sein Erscheinen noch am Vorabend telefonisch angekündigt.

Der alte Pfarrer hatte sich sichtlich erfreut gezeigt, und so hatten sie sich für zehn Uhr bei ihm zuhause verabredet. Sei es aus einem Gefühl heraus oder in Achtung des 8. Gebots gegenüber einem Mann Gottes, hatte er dem Pfarrer bereits am Telefon die Wahrheit über den Grund seines Besuchs bei ihm gesagt. Zu seiner Überraschung hatte Giessen ganz ruhig reagiert und ihn freundlich eingeladen.

Andererseits – warum auch nicht? Es war ja nur natürlich, dass die Einheimischen ihr Interesse an der Sache hatten, und womöglich war dem Pfarrer eine Frage geradeheraus lieber, als stundenlanges Getuschel hinter seinem Rücken auf der Straße oder bei den Stammtischen… wie bei ihnen gestern Abend.

Max erinnerte sich an den Artikel, den Rita auf der Internetseite des Trierischen Volksfreund gesehen hatte, und der nun neben dem Artikel aus Rachtig an seinem Flipchart hing.

Vandalismus in Trarbacher St. Nikolaus-Kirche

Von unserem Mitarbeiter Joachim Wagner

Traben-Trarbach In der vergangenen Montagnacht kam es zu einem erneuten Kircheneinbruch an der Mosel. Ziel der Täter war dieses Mal die St. Nikolaus-Kirche im Stadtteil Trarbach der Verbandsgemeinde Traben-Trarbach. „Der oder die Täter haben sich gewaltsam Zutritt zur Kirche verschafft“, erklärt Polizeihauptkommissar Tim Fritzen. „Anschließend kam es zu ausschweifenden Zerstörungen im Innenraum. Entwendet wurde nach ersten Erkenntnissen nichts.“

Erst eine Woche zuvor war es in der Region bereits zu einem Einbruch in eine Kirche in Zeltingen-Rachtig gekommen (der TV berichtete). Einen Zusammenhang der beiden Fälle schließt die Polizei zum jetzigen Zeitpunkt nicht aus. Das Vorgehen sei jedoch sehr unterschiedlich gewesen, die Ermittlungen dauern noch an.

Das Foto, das dem kleinen Bericht zugeordnet war, war eines von Klaras Bildern gewesen. Es zeigte das Ausmaß der Zerstörung auf erschreckende, hoffentlich auch abschreckende Art und Weise.

Da reichen ein paar jugendliche Idioten zu, hörte er Ritas Worte vom Vorabend in seinem Kopf. Na hoffentlich machten die Einbrüche in Rachtig und Trarbach nicht Schule unter denen, die auf der Suche nach dem besonderen Kick, dem Verbotenen waren. Für solche Deppen stellten unverschlossene Gotteshäuser ein willkommenes Ziel dar… nur dass die Trarbacher Kirche ja abgeschlossen gewesen war.

Interessant war zudem, dass Fritzen es offen ließ, ob es sich um einen Einzeltäter oder mehrere Täter handelte. Dabei wussten sie von Klaras Bildern, dass nur eine Sorte Schuhabdrücke gefunden worden war… aber vielleicht waren die anderen Täter ja schlichtweg geschickter gewesen. Und… zugegeben, wäre es ein Einzelner gewesen, so dürfte er am nächsten Tag auch ordentlich Muskelkater gehabt haben.

Das Knarzen der Tür riss Max aus seinen Gedanken. Er runzelte die Stirn, als die Tür aufschwang und er in das lächelnde Gesicht des Pastors blickte.

„War die Tür unverschlossen?“, fragte Max, seine guten Manieren vergessend noch bevor er den Pfarrer begrüßte.

„Meine Tür steht jedem offen“, erwiderte Giessen. „Guten Morgen Herr Krämer.“

„Oh Verzeihung“, Max ergriff die Hand, die Giessen ihm zum Gruß entgegen streckte. „Guten Morgen, Herr Pastor. Es ist nur… Frau Kraus… sie…“

„Ja… wenn es nach ihr ginge, müsste ich noch ein paar Schlösser und eine sündhaft teure Alarmanlage an diesem Haus montieren“, seufzte Giessen. „Sie hat sich sogar schon Prospekte für ihr Haus in Trarbach geben lassen, aber seien wir mal ehrlich. Wie viele Jahre leben Sie schon hier, Herr Krämer? Schon immer, wenn ich mich recht entsinne und wie oft sind sie schon überfallen worden?“ Er lächelte. „Wir haben jetzt einfach einmal Pech gehabt. Ach… aber entschuldigen Sie, jetzt vergesse ich hier meine guten Manieren, kommen Sie herein, es ist ja eisig kalt da draußen.“

Der alte Pfarrer wich zurück und gab den Weg in die Diele frei. Mit zwei großen Schritten trat Max hinein und nahm staunend zur Kenntnis, wie Gotthard Giessen die Tür hinter ihm schloss, jedoch tatsächlich nicht *ver*schloss.

„Verraten Sie mich nicht an Irmlinde“, zwinkerte er Max zu, als er seinen erstaunten Gesichtsausdruck bemerkte.

Max lächelte und hob die Hand wie zum Schwur. „Versprochen.“

Klara Friedrich stocherte in dem rum, was sich irgendwie binnen der letzten halben Stunde auf ihren Teller verirrt hatte. Sie hatte ihr Auto unterhalb der Brücke geparkt und seither war alles, was sie tat, wie in Trance als einziger Automatismus abgelaufen: Haare richten, im Rückspiegel zum zehnten Mal den dezenten Lippenstift nachziehen, Bluse glatt streichen, aussteigen, Handtasche vom Rücksitz nehmen, Handy lautlos schalten, in der Reflexion der Scheibe nochmal die Frisur prüfen, Ohrring richtig rum drehen, Auto abschließen… *Oh Gott, hatte sie das Auto abgeschlossen?*

Egal… Treppe hochlaufen, einatmen, ausatmen, entspannt sein, den Balkon des Schlemmerschlösschens betreten, ein letztes Mal in der Spiegelung der Glastür die Haare betrachten, reingehen...

Einen Parkschein hatte sie, wenn sie es sich recht überlegte, auch nicht gezogen…

„Hey Süße, träumst du?“

Erschrocken fuhr Klara hoch. Wer *Süße*… sie?

„Ich? Nein…“ Sie wurde rot.

„Du hast noch gar nichts gegessen“, sagte Maurice und setzte einen besorgten Gesichtsausdruck auf.

„Nichts?“ Sie lachte. „Außer dem Müsli, dem Lachs mit Rührei, den zwei Brötchen und gerade dem Nutellabrot.“

„Für den hohlen Zahn!“, gab Maurice nun ebenfalls lachend zurück. „Noch nichts von Kohlenhydratausgleich gehört? Was lernt ihr denn auf eurer Polizeischule, wenn ihr Sport macht?“

Sie zog eine Grimasse, dann lächelte sie ihn an. „Ernährung ist weniger eines unserer Ausbildungsthemen.“

„Ja, das glaube ich. Inzwischen ist jede kochende Hausfrau mit Internetzugang ja eine Ernährungsexpertin und füllt das Internet mit Bildern und selbst entwickelten Rezeptideen.“

Klara nickte und nippte an ihrem Orangensaft. Gott sei Dank hatte sie den Sekt freundlich lächelnd und mit dem Vermerk, später noch arbeiten zu müssen, abgelehnt. Ihre Wangen schienen auch so schon zu glühen.

„Das ist ja auch der Punkt, wo wir mit unserer Idee ansetzen“, begann Maurice nun zu schwärmen. „Das Internet eröffnet Jahr um Jahr jede Menge neue Möglichkeiten. Da müssen wir jetzt nur sämtliche Winzer in über hundert verschlafenen Moselorten dran heran führen.“

Er lachte.

„Ihr fahrt jetzt ernsthaft die ganze Mosel ab?“, fragte Klara überrascht. Da konnte man ja fast ein bisschen neidisch werden, denn vom Klinken putzen alleine verdienten Maurice und Elmar sicher nicht ihre Brötchen… und auch nicht den dicken schwarzen Benz, mit dem er sie am Moselufer verfolgt hatte.

„Nein, nein“, er lachte abermals. „Wir haben da schon eine Vorauswahl getroffen. Nur die dicksten Fische und nur die, die zu unserem Konzept passen. Wir brauchen Investoren und Geschäftspartner, sonst waren anderthalb Jahre Vorarbeit für ‚Weinzeit‘ umsonst. Und wir brauchen Angebote, die sonst kein anderes Unternehmen hat. Besondere Weine, Action geladene Weinbergs- oder Kellertouren, ausgefallene Präsente, so was eben…“

Sie nickte verständnisvoll. Je mehr sie hörte, desto glücklicher war sie letztendlich doch, ihren geregelten Job zu haben… Wobei sie deutlich den… wie sagte man… „Reiz des Abenteuers“ spürte, den Maurice versprühte. Oder was war dieses seltsame Gefühl?

„Aber erzähl doch mal, was lernt ihr denn auf der Polizeischule? Und wie bist du überhaupt zur Polizei gekommen? Wir haben uns ja Ewigkeiten nicht mehr gesehen.“

Das konnte man wohl so sagen.

„Es hat sich einfach so ergeben“, erwiderte sie und wich seinem Blick aus. „Ich habe nach der Schule ein FSJ in einer Einrichtung für straffällig gewordene Jugendliche gemacht… wir haben viel Sport getrieben, als Ausgleich und Zeitvertreib. Es fördert das Teamgefühl und die Disziplin, und so kam ich erst zum Sport und über den Kontakt zu verschiedenen sozialen Brennpunkten schließlich zur Polizei.“

„Du hast also die Lager gewechselt?“, grinste Maurice.

„Ich verstehe nicht?“

„Na, von den verständnisvollen Sozialpädagogen hin zu den knallharten Polizisten, die die Kids einbuchten.“

Klara starrte ihn entgeistert an.

„Klärchen, das war ein Witz“, er zwickte sie in die Wange. Irritiert rutschte Klara auf ihrem Stuhl ein wenig zurück. *Das* war der Maurice, den sie kannte. Der Maurice, der über die kleine dicke Klara hinter vorgehaltener Hand ablästerte und sich mit einem Schutzwall aus ‚engen Freunden‘ umgab. Doch so schnell der alte Maurice aufgetaucht war, so schnell verschwand er auch wieder.

„Entschuldige“, sagte er schuldbewusst. „Ich… wollte dich nicht ärgern…“ Er blickte zu Boden, und als hätte er ihre Gedanken gelesen, fügte er hinzu: „Es hat sich einiges geändert, seit wir in der Schule waren.“

Ja… das hatte es…

„Vielleicht erzählst du mir einfach ein bisschen von deiner Arbeit, was meinst du?“, fragte Maurice. „Ihr sollt da ja gerade einen spannenden Fall mit der Katholischen Kirche haben.“

Max nahm auf einen Wink von Giessen auf einer gemütlichen Ottomane Platz. Der Pastor reichte ihm einen Kaffee und setzte sich dann ihm gegenüber. „Nun Herr Krämer, wie kann ich Ihnen weiterhelfen.“

„Naja“, stotterte Max. „Ich… mache mir ein bisschen Sorgen, Herr Pastor. Was Ihnen passiert ist, passiert hier im Ort, wie Sie schon selber sagten, nicht alle Tage.“

„Wie gesagt, ich denke wir hatten einfach Pech. Aber es ist kein Schaden, der sich nicht beheben lässt. Die Stadt hat uns ihre Hilfe zugesagt, die Polizei hat die Kirche wieder freigegeben, die städtischen Arbeiter werden uns morgen beim Aufräumen helfen und auch einige Gemeindemitglieder haben bereits Hilfe angeboten. So ist das Ganze ja auch zu was

Gutem nütze. Die Menschen kommen ins Gespräch, sie erinnern sich daran, wie gut es tut, anderen zu helfen und Hilfe anzubieten. Alles was entstanden ist, ist ein materieller Schaden, und der lässt sich ersetzen."

„Und eine Küsterin, die zu Tode erschreckt ist", fügte Max hinzu.

Giessen bedachte ihn mit einem strengen Blick. „Na Herr Krämer, Sie kennen doch unsere Irmlinde. Sie wird zwar in zehn Jahren noch immer davon erzählen, aber wenn der erste Schreck erst einmal vorbei ist, dann wird sich die Geschichte zu einem hübschen Schauermärchen entwickeln, an das Irmlinde zwar glauben mag, vor dem sie aber keine wirkliche Angst hat."

Er sah Max' zweifelnden Blick. „Kommen Sie schon. Irmlinde ist eine treue Seele, doch es ist nicht eben spannend, tagein tagaus die Kirche auf und zu zuschließen, die Messe und Trauungen und Taufen vorzubereiten und einem störrischen alten Pastor das Mittagessen zu kochen. Da muss irgendwie der Pepp ins Leben und das funktioniert entweder mit Schmonzetten im ZDF und der ARD oder aber mit einem kleinen, feinen, aber bitte nicht allzu schaurigen Krimi. Aber, wenn möglich, auch *den* bitte mit Happy End."

Nun musste Max lachen. Giessen und seine Haushälterin waren seit so vielen Jahren ein eingespieltes Team, er war sich sicher, dass keiner dem anderen noch wirklich etwas vormachen konnte. Ebenso wenig wie er. Giessen wusste genau, warum er gekommen war, mochte er sich noch so winden, vorsichtig annähern und um den heißen Brei herumreden.

„Sie macht sich Sorgen um Sie, Herr Pastor", sagte Max frei heraus.

Der alte Mann seufzte: „Ja, das macht Sie sich seit jeher… Ich bin der Sohn, den sie niemals hatte, sagt sie selber immer, auch wenn dieser Sohn noch ganze zwei Jahre älter ist als sie. Ich lasse ihr seit ich denken kann graue Haare wachsen, und das sagt sie mir auch oft genug. Aber glauben Sie mir, es gibt keinen Zusammenhang zwischen dem, was in der Kirche geschehen ist und meiner Person."

„Was macht Sie da so sicher? Wäre es denn nicht zumindest theoretisch denkbar?", hakte Max nach.

„Ja sicher, ich bin nicht so vermessen zu denken, dass jeder hier mich mag und dass jedem das, was ich tue und lasse, in den Kram passt. Natürlich kann es sein, dass jemand mir eins auswischen wollte, aber meinen Sie nicht, dann hätten er oder sie auch einfach den Spiegel an meinem Auto abbrechen oder mir ein Furzkissen in den Beichtstuhl legen können? Mir ist in den Tagen, die ich nun Zeit hatte darüber nachzudenken, wirklich nicht *ein* Zwist eingefallen, der es wert wäre, dafür eine Kirchentür aufzubrechen und einen derartigen Kraftakt der Zerstörung hinzulegen."

„Wert mag von unterschiedlichen Menschen unterschiedlich interpretiert werden", warf Max ein.

Giessen nickte stumm. „Ich habe mich mit einigen Mächtigen hier im Ort, oder solchen, die sich dafür halten, angelegt…" Er blickte auf. „Auch mit Ihrem ‚Chef'."

Max erstarrte. „Wenn Sie denken, Kreber schickt mich, um…"

„Ach Quatsch!" Giessen winkte ab. „Wenn ich nicht wüsste, dass Sie selbst so den einen oder anderen Zwist mit diesem, pardon, *Größenwahnsinnigen* haben, dann würde ich dennoch glauben, Sie gut genug zu kennen, dass Sie sich nicht von ihm vor den Karren spannen lassen. Sie sind hier, weil Sie ein ehrliches Interesse daran haben, herauszufinden, was hier geschehen ist, und glauben Sie mir, es lässt mir auch keine Ruhe. Im ersten Moment war ich auch schockiert und wollte wissen, wer so etwas tut, aber ich habe inzwischen für mich beschlossen, dass es schlichtweg Pech war. Die Polizei hat unseren Fall schon aufgegeben, als sie ihn aufgenommen hat. Das habe ich im Gesicht der jungen Polizistin gesehen." Er seufzte. „Sie beherrscht das Pokerface noch nicht ganz so galant wie ihr Kollege."

Max sah vor seinem inneren Auge Fritzen erneut aus der Haut fahren, als er mit Hugo aneinander geraten war. Doch es stimmte, was der Pfarrer sagte. Klara war schneller mit ihren Emotionen bei der Sache, womöglich mehr als es ihr auf Dauer in diesem Beruf gut tun würde.

„Ich habe auch – Gott möge mir verzeihen – wirklich an Ernst Kreber gedacht. Er ist im Streit um das von mir angestrebte Jugendheim ziemlich ausfallend geworden, auch wenn es in der Zeitung freundlicher formuliert war."

Max erinnerte sich. Er hatte den Artikel rasch im Internet gefunden. Zwar machte Kreber seinem Unmut Luft, doch unverschämte Worte hatte es darin nicht gegeben.

„Ich traue ihm solche, verzeihen Sie, ‚Mafia-Methoden' einfach nicht zu, auch wenn er sich für den *König von Deutschland* hält. Soweit würde er nicht gehen, um seine Gegensprecher ruhig zu stellen."

„War der Streit denn so groß?"

Giessen seufzte. „Das Jugendheimprojekt war wirklich eine Herzenssache für mich. Ich weiß aber, wann ich verloren habe, auch wenn ich die Gründe dafür bis heute nicht verstehe. Es hätte die Stadt enorm aufgewertet, ein altes, wunderschönes Weingutsgebäude wäre nicht dem Verfall preisgegeben worden und letztlich hätten wir im Sinne des christlichen Glaubens noch etwas Gutes getan. Doch dafür muss man eben auch mal etwas Geld in die Hand nehmen." Er beugte sich verschwörerisch zu Max. „Wahrscheinlich hat Kreber sich geärgert, dass *er* nicht auf so eine Idee gekommen ist. Er sucht doch nur nach Projekten, die ihn in die Öffentlichkeit zerren, und dass er nach dem Verbandsbürgermeisterposten schielt, ist ja wohl ein offenes Geheimnis. Aber die Bürger im Ort waren hinsichtlich meines Vorschlags geteilter Meinung: Nicht jeder mag mich, aber auch nicht jeder mag Kreber. Ich denke, er wollte, dass er wieder schön an der Seite der Weinkönigin lächelnd im Volksfreund abgedruckt ist und nicht in einer Schlammschlacht mit einem alten Pastor. Und zumindest war ihm so viel daran gelegen, dass im stillen Kämmerlein sogar davon die Rede war, meine ‚*Kollekte etwas aufzubessern*', wenn Sie verstehen, was ich meine."

Mühsam nickte Max. Eine öffentlichkeitswirksame Konfrontation im Ort zu vermeiden, schien ja ein wirklich relevantes Projekt für den Bürgermeister gewesen zu sein, wenn er sich zu einem Bestechungsversuch an einem Pfarrer hinreißen ließ. Max war überzeugt davon, dass Giessen abgelehnt hatte, wollte jedoch nicht fragen.

Während Max noch grübelte, vernahm er mit einem Mal ein Brummen. Reflexartig griff er an seine Brusttasche, doch er hatte sein Mobiltelefon – wie üblich – gar nicht dabei. Gotthard Giessen erhob sich indes, nahm sein vibrierendes Handy vom Beistelltisch und warf Max nach einem kurzen Blick auf das Display ein entschuldigendes Lächeln zu.

Max erwiderte es, als der Pfarrer durch die Tür in den Nebenraum trat und den Anruf entgegen nahm. Unauffällig blickte Max sich um. Giessen schien ein guter Hausmann zu sein, das musste man ihm lassen. Ohne Bedenken hätte man hier wohl vom Fußboden essen können.

„Hallo", hörte Max den alten Mann fast zärtlich sagen. „Es tut mir leid, ich kann gerade nicht. Ich melde mich später, versprochen."

Ohne dass er es eigentlich wollte, spitzte Max die Ohren. Er sah Giessen in der Küche auf und ab laufen, dann nahm er etwas aus dem Regal… einen Stapel kleiner Zettel… oder… Max verengte die Augen zu schmalen Schlitzen… waren das etwa… Geldscheine?

Doch noch ehe Max etwas erkennen konnte, war das Gespräch auch schon beendet, und Giessen trat wieder in den Raum. Er zog, nun mit leeren Händen, die Küchentür hinter sich zu. Dann setzte er sich wieder hin und bedachte Max mit einem mitleidigen, fast väterlichen Blick. Abermals beugte er sich vor und griff den vorangegangenen Gesprächsfaden wieder auf: „Ich bitte Sie aber, das mit der *Kollekte* nicht weiter zu geben. Außer Ihnen habe ich noch niemandem etwas davon erzählt."

Der alte Pfarrer sah ihn eindringlich an, bis Max schließlich nickte. Dann lehnte er sich in seinem Sessel zurück und musterte mit einem leichten Schmunzeln die Verwirrung auf Max' Gesicht.

„Es ehrt Sie, Herr Krämer, dass Sie die Polizei bei dieser Sache unterstützen wollen, aber ich fürchte, ich kann Ihnen keine… *sachdienlichen Hinweise* oder wie sagt man zu dieser Sache liefern." Er zwinkerte Max schelmisch zu. „Aber bei allem, was ich bisher so gehört habe, bin ich mit Ihnen und Herrn Guthar als Privatermittlern ja nicht schlecht beraten."

Heinz Wender sog tief die Luft ein, die der frische Wind um ihn verwirbelte. Er stand auf einer der Aussichtsplattformen, mit denen die Brücke vor zehn, oder war es schon vor 15 Jahre, während ihrer ‚Generalüberholung' versehen worden war.

Hier konnte man nun wunderbar den Blick hinab auf die Mosel genießen, den Schwänen, Enten und Nilgänsen zusehen, wie sie ihre Bahnen zogen oder auch Menschen beobachten, wie sie teils sportlich, teils gemütlich am Ufer entlang flanierten.

Mit Überraschung hatte Heinz festgestellt, dass das eine Nilganspaar bereits seinen ersten Schwung Küken ausgebrütet hatte, und die kleinen Knäuel nun in Reih und Glied zwischen Mama und Papa ihre ersten Schwimmübungen unternahmen. Er fragte sich, ob das wohl jenes Paar sein mochte, das in Trarbach so manchen Bewohner mit seinem morgendlichen Gezeter in den Wahnsinn getrieben hatte. Ihr Domizil hatte eine der kleinen Familien nämlich fern der Mosel im Trarbacher Ortskern aufgeschlagen.

Langsam wandte er sich um. Sein Verdauungsspaziergang war beendet und es war an der Zeit, zu seinem Stammplatz am Trabener Marktplatz zurück zu kehren. Um diese Zeit, am späten Nachmittag, traf man hier bereits den einen oder anderen Trabener, den die Sonnenstrahlen auch nach draußen gelockt hatten, auch wenn es bereits früh am Abend dunkel wurde. Heute Abend sah es allerdings eher nach einem Unwetter aus, der Himmel hatte sich bereits ordentlich zugezogen. Mit etwas Glück würde er aber bis zum Regen noch ein paar Minuten dort sitzen können.

April… April… Der Sommer war eben noch weit entfernt, und auch wenn die Nilgänse schon Nachwuchs hatten, so steckte auch noch der Frühling in den Kinderschuhen.

Nächste Woche war ja erst Ostern, dann konnte das warme Wetter kommen.

Er grüßte das ein oder andere vorbeifahrende Auto auf seinem Weg zurück nach Traben, vorbei am ehemaligen Zollhäuschen, wo im Sommer Eis verkauft wurde, den Blick stets auf die Straße geheftet. Der rote Mini, der in den letzten Wochen ein ums andere Mal in Richtung Rißbach und wieder zurück gefahren war, hatte sich heute noch nicht blicken lassen. Das Kennzeichen **WI - MB 89** wies die Fahrerin als Wiesbadenerin aus, die Heinz auch nach mehrmaligem ganz genauem Hingucken nicht kannte. Er war sich inzwischen unsicher, ob das häufige Vorbeifahren des Autos schon Grund genug war, es ab sofort in die Reihe der zu grüßenden Wagen aufzunehmen. Naja... wenn es eine Interessentin für eines der leerstehenden Häuser im Ort war, die Assistentin eines reichen Maklers auf der Suche nach etwas Ruhe in einem moselnahen Wochenendhäuschen, dann würde er es früher oder später ohnehin erfahren.

Zischend und schnaubend schob sich ein LKW um die enge Kurve der Bahnstraße. Heinz seufzte. Immer wieder verirrten sich die großen Karossen hier her, dabei war doch extra flussaufwärts eine neue Brücke gebaut worden, um den Verkehr aus der Innenstadt fernzuhalten. Doch was half es, wenn sie zu einer Firma hier im Ort mussten?

Jaja, die Firmen. Das war so eine Sache hier in Traben-Trarbach. Er bog in die Bahnstraße ein und sah auf die trauriggleeren Schaufenster, die ihn von allen Seiten umgaben. Auf der Trarbacher Seite sah es in der Brückenstraße nicht viel erfreulicher aus. In den Zeiten von Amazon und Internet hielt doch nichts mehr einen dazu an, im Ort selber in ein Geschäft zu gehen und etwas zu kaufen. Die Menschen brauchten inzwischen schon Schrittzähler, um sich dazu zu motivieren, wenigstens 1000 Schritte am Tag zu tun. Lachhaft. Auf diese 1000 Schritte kam er morgens bereits nach einer halben Stunde, und dann blieb ihm noch immer Zeit für das eine oder andere Gespräch zwischendrin.

Erneut vernahm er laute Geräusche aus Richtung des Alten Rathauses. Heinz blickte auf, doch diesmal war es kein LKW, der sich ächzend um die Ecke quälte. Eine schwarze Limousine beschleunigte und schoss pfeilschnell mit dröhnendem Motor an ihm vorbei.

Heinz schüttelte den Kopf. „Das klingt nicht gut“, murmelte er. „Der muss wohl mal seinen Auspuff kontrollieren lassen.“

Bürgerwehr

Am Freitagmorgen erwachte Max mit fürchterlichen Nackenschmerzen und in einer mehr als unglücklichen Schlafposition vor seinem Fernseher. Er hatte sich nach seinem Gespräch mit Giessen den Kopf zerbrochen, erst alleine, dann – wie Giessen ja bereits korrekt vermutet hatte – mit Hugo und letztlich wieder alleine, als er im Bett lag.

Als er es nicht mehr ausgehalten hatte, war er mit Flipchart und Bademantel ins Wohnzimmer vor den Fernseher umgezogen, um die aufgenommenen Folgen von „Hannes und der Bürgermeister" zu schauen. Der gewitzte Hannes, dem immer etwas einfiel, und der völlig überzeichnet dargestellte Bürgermeister, der ihn mit fortschreitender Stunde trotz seines schwäbischen Dialekts immer mehr an Kreber erinnerte.

So hatte er abwechselnd das Flipchart und den Fernseher angestarrt, ob nicht ein Geistesblitz, wie beim cleveren Hannes, ihm die Lösung des Rätsels offenbaren würde. Doch es geschah… nichts.

<u>Einbruch St. Nikolaus Trarbach:</u>

- Vandalismus - *unwahrscheinlich*
- Hass auf Kirche - *unwahrscheinlich*
- Gezielter Angriff auf Pastor – *denkbar*
    - Kreber???
- Zusammenhang St. Marien Rachtig – *denkbar*
    - *Bildhauer aus TT*

<u>Hinweise / Mögliche Zeugen:</u>

- Irmlinde Kraus -> *Feinde des Pastors, schwarze Autos,*
- Gotthard Giessen -> *keine Erklärung für Geschehen*
- Turnschuhe Größe 46

So lasen sich ihre aktuellen Ermittlungsergebnisse, wenn man überhaupt von Ergebnissen sprechen mochte. Farblich aufgewertet wurde das Bild noch von den Fotos, die Hugo gedruckt hatte, sowie den beiden Zeitungsartikeln über die Kircheneinbrüche in der Region und jenem über den Zwist zwischen Giessen und Kreber.

Stadtrat entscheidet gegen Jugendheim

Von unserem Mitarbeiter Joachim Wagner

Traben-Trarbach. Im Streit um das durch den katholischen Pfarrer Gotthard Giessen angeregte Ferienheim für sozial benachteiligte Kinder und Jugendliche in Traben-Trarbach, wurde bei der nichtöffentlichen Stadtratsitzung am vergangenen Donnerstag das letzte Wort gesprochen. Die Stadt entschied sich gegen das geplante Projekt. „Pastor Giessen ist ein verdienter Mann mit tollen Ideen", erklärte Stadtbürgermeister Ernst Kreber. „Doch unser Augenmerkt liegt derzeit vorrangig auf der weiteren Erschließung der Unterwelt. Da müssen andere Projekte vorerst hintenanstehen." Giessen zeigte sich bestürzt über die Entscheidung, kündigte jedoch an diese zu akzeptieren.

Irgendwo zwischen Pfeilen, roten Kreisen, Hannes und diversen Bürgermeistern, war Max in seinem Fernsehsessel schließlich doch noch in den Schlaf hinübergeglitten.

Mühsam quälte er sich nun aus seiner doch etwas unbequemen Schlafposition und nahm erst als er in den Flur trat, das hektische Piepsen wahr, das aus seinem Schlafzimmer drang: Sein Wecker klingelte Sturm!

Erschrocken eilte Max zu seinem Nachttisch und hob das fiepende Etwas empor: 9:45 Uhr? Mit einem Mal war er hellwach. Der Wecker hatte ihm, dem Frühaufsteher, nur als Erinnerung dienen sollen, dass ihn um 10:30 Uhr eine Gruppe wissbegieriger Menschen an der Trarbacher ‚Storcke Stütz' erwartete, einem Restaurant, das auch Teil ihrer Unterweltführungen war. Doch nun hatte er es tatsächlich geschafft, zu verschlafen. Den auf Knopfdruck nun endlich verstummten Wecker aufs Bett fallen lassend sprintete er ins Bad und begann, sich mit der Linken mit Rasierschaum einzuschäumen, während er mit der Rechten versuchte, sich gleichzeitig die Zähne zu putzen. Die absehbare Folge war Rasierschaum im Mund, sowie Zahnpasta am Kinn, doch das war alles letztlich nur halb so wild.

Bereits halb rasiert eilte er weiter in die Küche, wo er seinen Kaffeeautomaten aus dem Tiefschlaf erweckte, auf dass er ihm rasch eine Tasse Kaffee zubereiten würde. Beim Jalousien hochziehen traf ihn der strafende Blick des Fasans, der mutmaßlich bereits seit 7 Uhr draußen auf der Wiese auf ihn wartete. Zwei seiner Hennen hatten seine Unpünktlichkeit bereits damit quittiert, sich auf seiner erst vor wenigen Tagen im Zuge des Frühjahrsputz, den die ersten Sonnenstrahlen nun mal so mit sich brachten, gereinigten Terrasse zu erleichtern.

„Na schönen Dank auch“, murmelte Max, während er die Tür aufschob und zwei Hände voll Hühnerfutter auf die Wiese warf. Gierig sprang das Federvieh darauf los, ebenso wie Max auf seinen Kaffee, der nun surrend aus der Maschine kam.

Er wusste nicht wie, doch er schaffte es, in der Tat noch rechtzeitig hinüber nach Trarbach – ohne Auto, verstand sich. Im Stechschritt eilte er über die Brücke, grüßte mal hier, mal da und stutzte kurz, als er das ihm wohlbekannte Bündel, das er wenige Tage zuvor am Trabener Moselufer auf der Bank hatte liegen sehen, nun auf eben jener Sandsteinbank an der Brückenschenke, wo er mit Heinz gesessen hatte, liegen sah. Die Tatsache, dass der Mann verschlafen bereits unter seiner Kapuze hervorlugte, brachte Max zu der

Annahme, dass wohl – wie auch bei ihrer letzten Begegnung – alles in Ordnung war und der Fremde offenbar gut für sich selber sorgen konnte.

Vom Kopf der Brückenstraße aus sah er bereits seine Gruppe, die sich vor dem Restaurant tummelte und machte sich nach einer kurzen Vorstellungsrunde mit ihnen auf den Weg. Der Trupp bestand aus einer Radfahrerclique, die sich in diesem Frühjahr die Mosel für ihre erste Tour ausgesucht hatte. Untergebracht waren sie noch bis zum nächsten Tag im Nachbarort Wolf.

Nun ging es für sie hinein in die Trarbacher Unterwelt, durch Felsenkeller und Flaschenlager, bis schließlich im letzten Keller das lang ersehnte Glas Wein wartete. Winkend verabschiedeten sich die Gäste nach anderthalb Stunden wieder von Max, dessen Magen ihm inzwischen das fehlende Frühstück mehr als übel nahm.

Nach kurzem Überlegen und einem Blick auf die Uhr, die inzwischen 12:13 Uhr anzeigte, entschied er sich *gegen* ein Brötchen aus der Bäckerei Wildbadmühle und *für* eine Currywurst an der Bude am Brückenkopf.

Freundlich grüßte ihn der Mann hinter der Theke. Manni Hempel war ein kahlköpfiger breitschultriger Kerl mit Dreitagebart, der stets ein kariertes Hemd unter seiner weißen Schürze trug, die vergeblich versuchte, seinen üppigen Bauch zur Gänze zu verdecken. Früher – so hatte Max herausgehört – war er mit seinem Wagen noch durch die Ortschaften getingelt, doch nun war er hier am Brückenkopf zumindest mal in den warmen Monaten sesshaft geworden, und offenbar zählte der April zu den warmen Monaten. Max' Schaden sollte es nicht sein, denn schließlich war Currywurst eine von Max' Leibspeisen.

Er setzte sich an einen der Tische und starrte gedankenverloren auf die nahe Straße und das Brückentor. Die Bank war inzwischen wieder leer, der Obdachlose hatte seinen Schlafplatz verlassen und war nun wahrscheinlich in der Stadt unterwegs.

Max blickte hinauf zu dem tanzenden Winzerpaar, das auf dieser Seite der Brückenschänke in den Sandstein geschlagen war. Ebenso wie die zahlreichen anderen Verzierungen an dem Gebäude, waren auch diese ein Werk des alten Bildhauermeisters Wendhut. Er dachte einen Moment nach, dann kam ihm der Name wieder in den Sinn. Kessler… Friedrich Kessler hatte der Traben-Trarbacher Bildhauer geheißen, der die Marienfigur an die Rachtiger St. Marien-Kirche gestiftet hatte. Ob er wohl – ursprünglich aus Traben-Trarbach stammend – seinerzeit bei dem alten Wendhut in die Lehre gegangen war?

Er betrachtete die Köpfe und das Rabennest oberhalb der Sitzbank. Möglich war es, doch was brachte ihm diese Erkenntnis? Weder Kessler noch Wendhut hatten seines Wissens etwas mit der Katholischen Kirche hier zu tun gehabt.

Mit einem Mal wurde es dunkel. Verwirrt blickte Max sich um und entdeckte, was oder vielmehr *wer* ihm da das Licht nahm.

„Tag Max, Ermittlungspause?“ Otto stand grinsend hinter seiner Schubkarre.

„Ja, wie heißt es so schön? Ohne Mampf kein Kampf.“ Er wies auf den Sitz ihm gegenüber. „Setz dich!“

„Nein, nein… ich muss weiter. Ich hatte schon Mampf, jetzt steht Kampf an. Es gibt eben noch Leute, die nicht pensioniert sind!“ Er grinste frech. Dann murmelte er verschwörerisch. „Kreber macht jetzt übrigens ernst..." Er zögerte. „War das ein Wortwitz? Kreber... ernst... Ernst Kreber?"

Max blickte ihn verständnislos an. „Ich verstehe nur Bahnhof."

Otto verzog den Mund erneut zu einem Grinsen. „Genau das. In eben diesen Minuten erfolgt die Einschwörung der neu gegründeten Bürgerwehr von Traben-Trarbach. Es haben sich tatsächlich ein paar Deppen gefunden, die jetzt ab Einbruch der Dunkelheit im Ort patrouillieren und auch tagsüber die Augen offen halten sollen. Und alles natürlich schön medienwirksam... Herr Kreber tut ja was für seine Stadt." Mit diesen Worten verdrehte Otto zynisch die Augen, dann hob er die Hand zum Gruß. „Man sieht sich, Max!"

Ernst Kreber fuhr fröhlich pfeifend mit seinem Wagen durch die Stadt. Er bog in die Poststraße ein, die Unterredung im Alten Bahnhof war beendet, die Mittagspause konnte kommen. Auf zu neuen Taten.

Die Brücke war frisch beflaggt, bereit für das Osterfest am nächsten Wochenende. In kaum einer Woche würden die ersten Touristenströme hierher kommen, und er würde sie lächelnd am Trarbacher Moselufer begrüßen.

Am Trarbacher Brückenkopf kam ihm ein alter Bekannter entgegen: Max Krämer pflegte es, wie Kreber wusste, die Wege im Städtchen zu Fuß zurück zu legen. Kein Wunder, so neugierig wie dieser Mann war, hätte ihm ja auch etwas entgehen können, wenn er mal nicht das Gespräch mit den Mitbürgern suchte. Nur gut, dass er seine Grevenburg-Ambitionen bisher noch kaum jemandem mitgeteilt hatte. So konnte Krämer seine Lauscher aufstellen und seine große

Nase hineinstecken, in was er wollte. Aus welchem Grund auch immer waren er und der Unterweltführer sich auf Anhieb unsympathisch gewesen. Genauso wie dieser Giessen, der bei seiner Amtseinführung als Bürgermeister zu den geladenen Gästen gezählt hatte. Der Pfarrer hatte ihn damals mit einem so wachsamen Blick gemustert, dass Kreber förmlich klar gewesen war, dass sie irgendwann noch aneinander geraten würden.

Und vor wenigen Wochen war es dann ja auch so weit gekommen. Die Positivschlagzeilen zum Mosel-Wein-Nachts-Markt waren noch nicht ganz verblasst, da hatte dieser dämliche Disput Wellen geschlagen und um ein Haar sein Image angekratzt. Was ein Glück, dass Wagner die Berichterstattung hatte an sich reißen und das Schlimmste verhindern können, auch wenn in den Sozialen Medien die Diskussionen nicht hatten abreißen wollen. Das Problem war, dass Giessen durchaus dazu imstande war, die Meinungen der Menschen im Ort gegen ihn aufzuhetzen. Und das konnte Kreber sich verdammt noch mal nicht leisten.

Doch Krebers Investor hatte ihn, Kreber, lächelnd zu beruhigen gewusst. „Ein Pastor kurz vor dem Ruhestand freut sich sicher über ein wenig mehr Kollekte, finden Sie nicht? Und falls das nicht zieht, habe ich auch meine eigenen Methoden, alte Querköpfe in den Griff zu kriegen."

Kreber wurde etwas unwohl bei dem Gedanken. Giessen hatte das Geld ausgeschlagen, das er ihm auf Quills Geheiß hin angeboten hatte… War nun der Einbruch in die Kirche etwa das Werk seines Investors gewesen? Dann hing er auch mit drin, auch wenn er keine Ahnung hatte, welche Methoden der Kerl vorgeschlagen hatte. Am Nachmittag würde er Quill erstmals treffen, oben, bei der Ruine… gut soweit…

denn dann konnte er ihn von Angesicht zu Angesicht zur Rede stellen.

Jetzt nur keinen Fehler machen. Die Einberufung einer Bürgerwehr mochte ihm Kopfschütteln bescheren, doch einerseits war auch schlechte Presse gute Presse und brachte Aufmerksamkeit, andererseits lenkte es jedweden Verdacht von seiner besorgten Person ab.

Er parkte seinen Wagen in der Brückenstraße direkt vor den Arztpraxen, ignorierte das Rollstuhlfahrersymbol und sprang die Stufen zum ‚Café Wichtig' hinauf, um sich einen ‚Coffee-to-Go' und etwas Kuchen zu Mittag zu leisten.

Pfeifend stieg er mit seiner Ausbeute zurück ins Auto, legte den Kuchen auf den Beifahrersitz und machte sich auf den Rückweg nach Traben. Auf der Brücke winkte ihm der alte Heinz Wender zu. Kreber nickte kurz.

Er parkte seinen Wagen auf dem Parkplatz hinter dem Alten Bahnhof. Knallend flog die Tür ins Schloss. Angenehm kitzelte die Sonne auf dem Gesicht, als er die wenigen Schritte zum Bahnhofsgebäude ging. Sie blendete fast schon ein wenig… Endlich wieder Sommer.

Den Becher noch an den Lippen erstarrte er. „Was…"

„Keine Sorge Bürgermeister, ich wollte eh gerade gehen.", sagte der Obdachlose, der sich gerade aus dem Schatten vor der Eingangstür der Touristinformation erhoben hatte.

„Hatte ich mich mit meinem Hausverbot nicht klar genug ausgedrückt?", schnaubte Kreber.

„Doch, natürlich, ich war ja auch nicht *in* ihrem Haus, die Dame war so nett mir den Kaffee aus dem Fenster zu reichen."

„Den…" Kreber starrte auf die Tasse, die der Fremde in Händen hielt. Irgendwie kam sie ihm doch bekannt vor…

„Sagen Sie mal, ist das etwa *meine* Kaffeetasse?"

„Na, sie haben zum Glück ja noch eine…" Der Fremde wies auf den Becher in seiner Hand und zwinkerte. Noch ehe Kreber reagieren konnte, klopfte der andere ihm im Vorbeigehen versöhnlich auf die Schulter, dann verschwand er um das Haus herum.

Klara Friedrichs und Tim Fritzen saßen in ihrem Auto an der Bushaltestelle der Bundesstraße 53 in der Ortsdurchfahrt Enkirch. Hin und wieder ließ Fritzen einen leisen Fluch verlauten, zeigte sein Handy doch gerade keinerlei Interesse daran, ihm ein vernünftiges Internet aufzubauen.

„Wenn WhatsApp nicht geht, wirst du dich wohl mit mir unterhalten müssen", lästerte Klara.

„Witzig", sagte Tim. „Ich warte auf eine wichtige Nachricht. Wenn du mir die auch überbringen kannst, dann nehme ich das Angebot gerne an."

„Bist du irgendwie sauer auf mich?"

„Nein", Tim blickte nicht auf. „Ich bin nur kein großer Fan von Geschwindigkeitskontrollen. Das hat für mich so den Anschein von ‚Wir haben gerade sonst nichts zu tun', und die Leute betrachten es als Schikane."

BLITZ

„Aber Herr Wachtmeister, ich war doch nur 7 km/h zu schnell, kann man da nicht was machen?"

„Na komm, was würdest du denn machen?"

„Anständig fahren."

BLITZ

Klara legte den Kopf schief… „Das machst du aber nur heimlich, wenn keiner dabei ist, nehme ich an? Ich habe dich zumindest noch nicht ordentlich fahren gesehen.“

Tim starrte zu ihr herüber. Dann hob er den Zeigefinger. „Vorsicht Fräulein... ich bin hier noch immer der diensthöhere Beamte. Ich lass mir doch von so einem Grünschnabel hier nicht sagen, wie ich meine Einsatzfahrten zu machen habe.“

Er lächelte. Klara tat es ihm gleich. „Hugo sagt immer...“

„Allmächtiger, verschone mich mit diesem Typen.“

BLITZ

„Sauber, das waren grad drei in einer Minute!“

„Was stört dich denn so an ihm? Er möchte uns nur helfen.“

„Wir brauchen aber keine Hilfe, Klara.“ Tim wirkte inzwischen ehrlich verärgert. „Ich rufe hier auch nicht meinen Dozenten aus grauer Uhrzeit an und frage: „Na? Haste Langeweile? Magste mal vorbei kommen, die Fälle diskutieren? Wir sind hier doch nicht beim Fernseh-Krimi. Dass er am Tatort rumgelaufen ist, hat mir schon grad gereicht.“

„Aber du sagst doch selber, da gab es nicht viel zu holen. Der Fall sei aussichtslos. Wir legen ihn zu den Akten. Dann kann es uns doch egal sein, ob ein Ex-Kollege...“

„Klara, hörst du dir eigentlich zu? Das, was du da vorschlägst, ist der Anfang zur Selbstjustiz. Ich verstehe, dass du jung und übermotiviert bist, die Rowdys zu finden, die den Mist da verbockt haben. Aber letztlich wurde außer ein paar alten Steinen nichts kaputt gemacht, niemand verletzt, alles Dinge, die man mit einer Versicherung und ein paar Stunden Arbeit wieder in die Gänge bringen kann. Ein Sachschaden, noch dazu kein privater, da können wir nicht viel mehr Gutes für die Menschen machen. Und da hält sich meine Motivation zugegebenermaßen in Grenzen, wir haben durchaus Wichtigeres zu tun."

Sie rümpfte die Nase. „Ach ja? Was denn zum Beispiel?"

„Zum Beispiel…"

BLITZ

„Holla…"

„Na, der hat sich mal gelohnt…" Tim legte das Handy beiseite und blickte dem schwarzen BMW hinterher, der gerade mit toleranten 143 km/h durch die 70er-Zone geschossen war. „Ist der bescheuert?"

„Verfolgen?" In Klaras Augen funkelte es.

Tim sah sie an. „Schau, genau das meine ich mit jung und über motiviert."

Am Freitagmorgen saßen Max und Hugo in Max' Wohnzimmer und hypnotisierten gemeinsam das dort aufgestellte Flipchart. Hugo hatte die Arme verschränkt und wippte in Max' Fernsehsessel auf und ab, während er den Blick nicht von der Tafel abwandte, und seine Augen immer wieder über die Worte flogen.

„Ich sollte mir auch so ein Ding zulegen", brummte Hugo.

„Was für ein Ding?", Max schaute zu ihm rüber. „Ein Flipchart?"

„Nein, so einen Sessel, der ist echt gut. Da schlaf ich bei der Sportschau glatt ein und müsste nicht so oft vergebliche Massagetermine ausmachen. Eigentlich müsstest du ihn mir als Schmerzensgeld überlassen."

Schmerzhaft erinnerte Max sich an seine Nacht auf dem Sessel. Von gehäuften Übernachtungen darauf konnte er

Hugo nur abraten. „Das könnte dir so passen“, sagte er. „Fällt dir denn auch etwas zu unserem Fall ein?“

Hugo seufzte. „Nein. Beim besten Willen nicht. Ich glaube so langsam fast, dass es keinen Fall gibt.“

Max nickte. Er konnte es ihm nicht verdenken. Womöglich hatte Giessen ja Recht und sie, also Irmlinde und er, hatten einfach nur Pech gehabt. Andererseits war da die Frage nach dem Motiv, die selbst die wildesten Spekulationen nicht so wirklich zu beantworten wussten.

„Haben wir denn gar nichts Neues?“, seufzte Hugo.

„Wir haben den Pastor, der es sich mit Kreber verscherzt hat…“

„Glückwunsch, da ist er ja in guter Gesellschaft. Sympathisch der Mann. Allerdings… dass Kreber in der Sache mit drinhängt, kommt mir unwahrscheinlich vor, dann würde er wohl kaum eine Bürgerwehr einberufen, oder?“

„…einen Einbruch in Rachtig, bei dem zwar nichts zerstört, aber eine Marienfigur entwendet wurde…“

„Von einem Bildhauer aus Traben-Trarbach.“

„…eine Küsterin, die schwarze Autos gesehen hat und glaubt, man wolle den Pastor ermorden…“

Geräuschvoll ließ Hugo die Luft zwischen den Zähnen entweichen. „Ich sage es ja nicht gerne Max, aber ich glaube, wir werden mit der Sache nicht weiter kommen. Woran machen wir fest, dass das alles einen Sinn haben muss? Vielleicht waren die Deppen einfach betrunken.“

„Mag sein“, murmelte Max gedankenverloren.

„Okay, was enthältst du mir vor?“

„Nichts“, erschrocken sah Max auf.

„Muss ich erst die Daumenschrauben holen, oder…“

„Die hast du noch? Ich dachte, die muss man zur Pension abgeben“, feixte Max.

„Du hast deinen Rohrstock auch als Rosenkugel im Garten stehen, Herr Lehrer.“

„Touchez“, lachte Max. „Nein, im Ernst, es ist nichts Dolles. Mir geht nur dieser Bildhauer nicht aus dem Kopf. Ein Friedrich Kessler, der hier geboren wurde, aber letztlich nach Rachtig gezogen ist. Ich habe mich gefragt, ob er wohl bei dem alten Wendhut gelernt hat. Also bin ich zu Wendhuts gegangen, aber es hat nicht wirklich was gebracht. Kessler war Schüler bei dem alten Steinmetz, das ging aus den alten Kassenbüchern und Aufzeichnungen hervor. Mehr aber auch nicht. Er ist dann im Jahr 1886 urplötzlich verschwunden. Wahrscheinlich hat er da seine Stelle in Rachtig angetreten.“

„Na das ist ja wirklich nichts Weltbewegendes“, erwiderte Hugo.

„Nein“, Max seufzte. „Wahrscheinlich kommen im Moment einfach nur zu viele schlechte Krimis im Fernsehen, dass ich mich langweile und gerne selber mal wieder ermitteln würde. Ich trage das Flipchart nachher wieder in den Keller, ist wahrscheinlich besser so, als dass wir uns vor lauter Kopfzerbrechen und Hirngespinsten noch lächerlich machen. Die belächeln uns eh schon alle.“

Hugo machte ein mitleidiges Gesicht. „Beim Stammtisch? Ach die haben doch selbst nichts Spannendes zu berichten. Und was deinen Ermittlungstrieb angeht: Klarer Fall von ‚Beruf verfehlt‘“, grinste er.

Max lächelte. „Ich werde später nach Trarbach in die Bibliothek oder in den ‚Mein Buchladen‘ gehen und mir neuen kriminellen Lesestoff zulegen, dann legt sich das hoffentlich mit der Unruhe im Alter. Und außerdem muss ich noch die abertausend Gedichte und Anekdoten sichten, die sich in den letzten Wochen bei mir angesammelt haben. Am Montag hat Rita mir erst wieder einen ganzen Packen Gedichte mitgebracht. Da ist bestimmt was Schönes für die Unterwelt dabei."

Hugo verzog das Gesicht zu einem Grinsen: „Na also… dann gibt es doch auch ohne Kriminalfall mehr als genug für dich zu tun…"

Ernst Kreber tippelte nervös von einem Fuß auf den anderen. Er war am Mittag zur Begehung der Ruine den Berg hinauf gefahren und nun stand er hier oben, als wüsste er nicht wozu. Später Nachmittag, Kaffee trinken, so hatten sie sich verabredet, nur hatte keiner von ihnen, weder er, noch sein Investor daran gedacht, vorab mal das Internet zu bemühen, ob die Gaststätte denn überhaupt geöffnet hätte.

Jetzt, wo er hier oben war, erinnerte sich Kreber, dass das Fehlen der Flagge am Fahnenmast bedeutete, dass die Küche geschlossen war – ein untrügliches Zeichen, das selbst der internetlose Traben-Trarbacher Ureinwohner vom Tal aus sehen konnte. Was half's, machte er den Termin halt zu einer Ortsbegehung ohne Kost und Logis. Sein Geschäftspartner sollte ohnehin erst einmal liefern, ehe er ihn auf einen Umtrunk einladen würde.

In Krebers Hosentasche begann es zu Brummen. Na super, doch nicht jetzt. Ärgerlich sah er auf die Uhr, Quill war bereits seit 5 Minuten überfällig. Kein Verlass mehr auf die...

„Kreber?"

„Quill hier, hallo Herr Kreber."

„Quill! Raten Sie mal, wer an der Ruine steht und auf Sie wartet?“

„Die Gräfin Loretta?“

„Verarschen kann ich mich alleine, wo sind Sie?“

„Ich werde es nicht schaffen, darum rufe ich Sie ja an?“

„Bitte was? Ein bisschen spät, finden Sie nicht?“

„Es tut mir sehr leid. Ich hatte einen vorangehenden Termin in Cochem, Burgbesichtigung, Informationen sammeln. Ich bin schon gefahren wie der Teufel. Ich versuche Sie auch schon seit einiger Zeit zu erreichen. In der TI sagte man mir, Sie seien womöglich in der Unterwelt?“

Kreber schnaubte. Natürlich war er die letzten zwei Stunden in der Unterwelt gewesen. Er hatte sich nach dem erneuten Besuch des Obdachlosen mit der Polizei verbinden lassen und war anschließend wutentbrannt mit dem Auto zurück nach Trarbach gefahren und im ‚Storcke Stütz‘ eingekehrt, wo ihn alle mal gern haben konnten… Was ging das diesen Fatzke an?

„Und wenn es so wäre?“, fragte er mühsam kontrolliert.

„Herr Kreber, ich vermute, Sie hatten dort unten keinen Empfang. Ich kann definitiv nicht zur Burg kommen, es tut mir leid. Wir machen in den nächsten Tagen einen neuen Termin aus, wenn es Ihnen recht ist.“

KlockKlock

Kreber starrte auf sein Telefon. Ein weiterer Teilnehmer wollte Kontakt mit ihm aufnehmen. Seit wann war er denn so ungemein gefragt im Ort?

„Hören Sie? Ich habe einen weiteren Anrufer in der Leitung, wenn Sie es nicht für nötig halten, sich an unsere Absprachen...“

„Wunderbar, ist ja auch alles geklärt. Herr Kreber, danke für Ihr Verständnis. Dann bis demnächst..."

Entgeistert starrte er sein Telefon an, dann nahm er den anderen Anruf entgegen.

„Kreber?"

„Hallo. Hier ist Ingrid von der TI, gut, dass ich Sie erreiche. Ein Herr Quill rief hier für Sie an. Ich soll sagen: Er kommt nicht."

Gotthard Giessen war nervös wie ein Schuljunge, als er an diesem Abend durch seine Wohnung wuselte. Besuch hatte sich angesagt. Zugegeben, das war nichts Neues. Als Pfarrer hatte er häufiger mal Besuch oder besuchte seinerseits die Menschen bei ihnen zu Hause, wenn sie seines Beistands bedurften.

Doch im Moment hatte eher *er* das Gefühl, dass er Beistand gebrauchen konnte. Gerade bei diesem Thema, zu dem er wirklich wenig Erfahrung hatte. Was, wenn er einen Fehler machte? Wenn er etwas Falsches sagte oder tat? Tat er womöglich schon etwas Falsches?

Nein. Er rief sich zur Ordnung. Er war doch sonst stets ein so besonnener Mann gewesen, und er hatte sich seine Entscheidung reiflich überlegt, und nun war es zu spät, um doch noch einen Rückzieher zu machen.

Er ging in die Küche und nahm das frisch gekaufte Baguette aus der Tüte. Mit bebenden Fingern nahm er das Brotmesser aus der Schublade und begann, das Baguette in dicke Scheiben zu schneiden.

Ein köstlicher Geruch durchströmte die Küche. Gotthard Giessen kochte gerne, doch seit er seinen Dienst hier im Ort angetreten hatte, kam er nur selten dazu. Irmlinde Kraus hatte das küchentechnische Zepter übernommen und duldete keinen Widerspruch. Er hoffte, dass seine Erinnerung noch ausreichte, um das Essen nicht völlig zu verbocken.

Der Pfarrer nestelte einen Löffel aus einer der Schubladen und tunkte ihn vorsichtig in die dampfende Bratensoße. Vorsichtig führte er ihn dann zum Mund und pustete, ehe er kostete. Huhh… ganz schön salzig. Noch nicht versalzen, aber doch hart an der Grenze. Verflucht, jetzt war es zu spät, um etwas Neues aufzusetzen.

Ärgerlich über sich selber, legte er das geschnittene Brot in den dafür vorgesehenen Korb und trug es zum Esstisch. Ob er wohl mit ein wenig Wasser oder Milch noch etwas verdünnen und damit die Soße retten konnte? Zum gefühlt hundertsten Mal rückte er die Messer und Gabeln zurecht und prüfte die Weingläser auf Fingerabdrücke.

Dann blickte er, ebenfalls zum gefühlt hundertsten Mal auf seine Armbanduhr. Fast fünf. Bald würde sie kommen. Er spürte das Kribbeln. Es kribbelte untrüglich in seiner Magengrube. Doch es war kein Hunger.

Ingrid Röhr legte den Hörer wieder auf die Gabel, als Kreber unter Absingen schmutziger Lieder das Telefonat beendet hatte. Wer auch immer dieser Quill war, es schien für Kreber ein wichtiger Termin gewesen zu sein.

Sie saß hinter dem Counter in der Touristinformation in Traben. So langsam war zu spüren, dass das Osterwochenende nahte. Die Anrufe nahmen zu, und auch Gäste kamen nun Tag um Tag mehr hier her. Ab Ostern würden wieder die regelmäßigen Stadt- und Mont-Royal-Führungen angeboten werden, die Unterweltführungen liefen ohnehin das ganze Jahr über wie geschnitten Brot. Und gerade erst hatte sich wieder eine Familie für die Osterhasenführung angemeldet.

So langsam hatte Ingrid die Sorge, dass sie sich letztlich Max zuliebe in das Kostüm zwängen und durch den Ort hoppeln würde, denn hinsichtlich Kandidaten dafür gingen ihr langsam aber sicher die Ideen aus.

Mit einem Summen fuhr die Eingangstür auseinander. Ingrid blickte auf und sah einen hoch gewachsenen Mann Anfang fünfzig mit hinkendem Gang auf sich zu kommen.

„Ich brauche eine Unterweltführung“, sagte der Fremde, als Ingrid gerade zur Begrüßung den Mund öffnete.

„Guten Tag erst Mal“, sie konnte sich einen spitzen Kommentar nicht verkneifen. Der Kunde war König, aber ein bisschen Höflichkeit hatte ja noch keinem geschadet. „Wann hätten Sie denn gerne eine Unterweltführung?“

„Heute.“

„Ouh… das dürfte schwer werden.“

„Ich zahle auch den doppelten Preis.“

Ingrid stutzte. „Das wären dann 160 Euro, sind Sie sicher, dass Sie…“

„Ich möchte auch nicht nur durch irgendwelche drei Keller laufen, ich möchte *alle* Keller sehen.“ Der Fremde nestelte ein Bündel Scheine aus der Tasche und begann die Fünfziger abzuzählen.

„Wie viel macht das dann?“

„Moment mal“, protestierte Ingrid. „Ich muss erst mal jemanden finden, der so eine Führung für Sie machen kann. Bezahlung ist erst dann nötig. Und es klappt auch nicht schneller, wenn Sie das Geld jetzt hier auf den Tresen legen, ich verspreche Ihnen, ich tu, was ich kann.“

„Ja, dann tun Sie das mal." Erwartungsvoll sah der Mann sie an, und so langsam wurde Ingrid ein bisschen unwohl.

„Darf ich Sie zuerst einmal nach Ihrem Namen fragen?

„Müller."

Ingrid zögerte kurz, doch dann notierte sie den Namen. „Und der Vorname?"

„Jonas."

„Sehr schön. Herr Müller, hätten Sie eine Telefonnummer für mich? Dann würde ich mich bei Ihnen melden, wenn ich einen der Unterweltführer erreicht habe und einen Termin vereinbaren konnte."

„Ich warte hier, dann kann er mich sofort hier abholen kommen."

Ingrid räusperte sich. „Herr Müller, ganz ehrlich. Es ist kurz vor 17 Uhr an einem Freitag. Ich glaube kaum, dass ich heute noch jemanden…"

„Gut", ärgerlich steckte der Mann das Geld wieder in die Hosentasche. „Dann komme ich morgen früh wieder und Sie sagen mir, wann ich den Termin habe. Ich habe durchgehend Zeit."

„Wir sind erst ab Montag wieder besetzt."

Ingrid sah dem Mann an, dass er nur mit Mühe einen Wutausbruch unterdrücken konnte. In diesem Moment surrte es abermals an der Tür und Ingrid konnte sich nicht erinnern, wann sie das letzte Mal so froh gewesen war, Kreber zu sehen, auch wenn dieser eine nicht viel bessere Laune zu haben schien, als der Mann, der sich mit Jonas Müller vorgestellt hatte und sich nun abrupt abwandte. Doch Kreber würdigte ihn ohnehin keines Blickes.

„Lassen Sie, wenn Sie Feierabend machen, die Tür auf!", sagte Kreber im Vorbeigehen. „Da kommen gleich noch zwei Freiwillige für die Bürgerwehr, die muss ich noch instruieren. Falls sie vorher kommen und ich beschäftigt bin, sagen Sie ihnen ‚Ab 20 Uhr werden nach dem Zufallsprinzip die Kirchen kontrolliert. Der Zettel mit dem bisherigen Schichtplan liegt irgendwo da bei Ihnen auf dem Tresen.“

Mit diesen Worten verschwand Kreber in seinem Büro, doch der Fremde hatte nun gesehen, dass Ingrid nicht alleine hier im Gebäude war. Sie sah förmlich, wie er sich zur Ruhe zwang.

„Dann eben Montag!“, presste er heraus, drehte sich um und hinkte wieder hinaus. Verblüfft starrte Ingrid ihm nach. Einen so unfreundlichen und eiligen Kunden hatte sie ja noch nie gehabt.

Kopfschüttelnd griff sie zum Hörer und begann die Liste an Unterweltführern durchzutelefonieren, um für Montag eine Kellerbegehung zu buchen. Sie hatte völlig vergessen, Jonas Müller zu fragen, ob er auch eine Weinverkostung wünschte. Doch wer es so eilig hatte, der hatte wahrscheinlich auch keine Zeit für ein Gläschen im schummerigen Licht der Kerzen.

Nach der dritten Absage erhob sie sich und umrundete den Tresen, um zur Toilette zu gehen. Was für ein Unsympath. Eigentlich hatte sie gar keine Lust, sich für so einen ins Zeug zu legen und zeitnah eine Führung zu beschaffen.

Ihr Blick fiel auf einen weißen Zettel, der vor dem Tresen auf dem Boden lag und offenbar jemandem aus der Tasche gefallen war. Sie hob ihn auf. Es war eine Visitenkarte mit einigen kyrillischen Buchstaben und dem in lateinischer Schrift geschriebenen Namen:

Prof. Dr. Stanislaw Zabelishenski

Das Telefon klingelte, als Max gerade dabei war, seine literarische Nachmittagsausbeute vor sich auf dem Tisch auszubreiten. Immerhin drei Kriminalromane hatten es in die engere Auswahl geschafft und den Weg mit zu ihm nach Hause gefunden. Er hatte sich nicht entscheiden können, nur einen von ihnen mitzunehmen, die Klappentexte aller drei waren zu verheißungsvoll gewesen, und ebenso schwer tat er sich nun damit, eine Auswahl für den Abend zu treffen. Für gewöhnlich schaffte Max es an einem ruhigen Tag, einen Krimi gleich komplett durchzulesen, zumindest was die meisten deutschen Krimis anging. Einen amerikanischen Psychothriller von 1000 Seiten schaffte selbst er nicht in einem Rutsch. Doch die lagen ihm auch nicht so sehr. Es musste ja nicht immer mit Mord- und Totschlag einhergehen... eine kleine perfide Intrige, ein gemeiner Diebstahl, clevere, teils tollpatschige Kommissare, das war was für ihn. Zudem ging er nicht davon aus, heute Abend noch wirklich viel vom Lesen zu haben: Die unbequeme letzte Nacht steckte ihm noch arg in den Knochen, und wenn er ehrlich war, dann wollte er eigentlich nichts lieber als schlafen.

Unschlüssig hatte Max so bereits eine Weile von einem Buch zum anderen geschaut, dann hatte der Klingelton seines Festnetzanschlusses die Entscheidung für ihn vertagt. Er machte sich ein gedankliches Memo, vor dem zu Bett gehen, an diesem Abend das Telefon auszustöpseln. Hugo würde ohnehin zur Musikprobe fahren und alle anderen würden sich schon wieder melden, wenn es wichtig war. Die meisten Menschen hatten faszinierenderweise das Talent, immer genau dann bei ihm anzurufen, wenn er sich gerade in die Badewanne gelegt oder zu einem Mittagsschlaf entschlossen hatte. Da hatte es sich bewährt, hin und wieder mal das Telefon mundtot zu machen.

Er hob ab. „Krämer?"

„'n Abend Max, ich bin es", erklang Hugos wohlbekannte Stimme am anderen Ende der Leitung. „Ich mache mich jetzt auf den Weg zur Musikstunde."

Ein Moment der Stille folgte.

„Jaaaa?", gab Max schließlich zurück. „Brauchst du dazu mein Einverständnis oder..."

„Dazu nicht, aber ich habe mir überlegt, wenn Wendhuts schon nichts zur Maria wissen, dann vielleicht Günter? Es wäre einen letzten Versuch wert, was meinst du?"

Max nickte, was Hugo logischerweise nicht sehen konnte. Die Idee war ihm auch schon gekommen. Sein in letzter Zeit vermehrt durch Abwesenheit glänzender Stammtischbruder war Restaurator hier im Ort gewesen. Kirchen gehörten sicherlich auch zu seinem Metier, wenn auch nicht die Steinmetzarbeiten darin. Dennoch war es denkbar, dass er sich mit Marienfiguren auskannte.

„Mahaaax!" Max wurde erst in diesem Moment bewusst, dass er sich so in seinen Überlegungen verloren hatte, dass Hugo bereits seit einer geraumen Weile in den Hörer geschrien haben musste, ehe er ihn wieder wahrnahm.

„Bist du eingeschlafen?"

„Noch nicht."

„Also, wenn es dich langweilt, was ich zu sagen habe..."

„Nein, nein", erwiderte Max hastig. „Ich finde die Idee gut."

„Wunderbar. Dann frage ich ihn nachher, falls er zur Probe kommt. Ach und noch was: Zwei unserer Trompeter kommen heute Abend nicht zur Probe!"

„Das... tut mir leid?", erwiderte Max, unschlüssig, was er mit dieser Information anfangen sollte.

„Sie kommen nicht, weil sie ab 20 Uhr, wenn es dunkel ist, für Kreber vor den Kirchen patrouillieren. Sind hier eigentlich alle noch ganz dicht im Kopf?"

Max schwieg.

„Hast du dir neuen Lesestoff besorgt?", wechselte Hugo mit einem Mal das Thema, als wolle er seinen Blutdruck wieder in geordnete Bahnen lenken.

„Ja."

„Lies' das Letzte zuerst."

„Bitte was?" Max konnte durch das Telefon förmlich hören, wie Hugo die Stirn vorwurfsvoll in Falten legte.

„Na, wie viele hast du dir denn gekauft? Drei? Vier? Fünf? Und jetzt stehst du wahrscheinlich mal wieder seit Stunden vor deiner Ausbeute und weißt nicht, mit welchem du anfangen sollst… bevor du also jetzt 'ne fünfseitige Münze suchen musst, um zu losen: Lies das, das du als letztes gefunden hast."

Max musste lachen. „Hugo Guthar, noch immer dein Freund und Helfer."

„Stets zu Diensten. Jetzt muss ich aber los, ich fahre Klara noch zur Musikstunde abholen."

Max zögerte. „Und weiß sie das auch?"

„Von mir mal nicht, Überraschungsmoment. Sie dürfte heute noch Schicht haben, mal schauen, ob ich sie was früher auslösen kann. Instrumente haben wir im Vereinslokal genug, falls sie ihre Klarinette nicht dabei hat. Ich bin ja…"

„…der Hausmeister…"

„…der *Materialwart*, bitte schön."

„Na dann… tu, was du nicht lassen kannst." Max blickte aus dem Fenster. Es begann bereits dunkel zu werden, Zeitumstellung hin oder her. Womöglich lag es aber auch daran, dass schon seit dem späten Nachmittag ein Unwetter am Aufziehen war. Und kalt war es wieder geworden.

„Immer… lies nicht zu viel. Bist schon schlau genug."

Wiederholungstäter

Klara und Tim saßen an diesem Abend in ihrem Büro auf der Polizeiwache. Der ursprüngliche Plan, eine allgemeine Verkehrskontrolle durchzuführen, war nach Sichtung der für den Abend gemeldeten Wetterlage rasch vom Tisch gewesen, und so hatten sie ihr Tätigkeitsfeld auf Papierkram verlagert.

Ruhestörung, eine Streiterei in einer Trarbacher Kneipe zwischen zwei Betrunkenen und ein erneuter Anruf des Bürgermeisters, der etwas von einer gestohlenen Tasse gefaselt hatte, galt es zu Papier zu bringen. Sie hatten ihn auf Montag vertröstet, in der Hoffnung, dass er bis dahin selber eingesehen hatte, dass es keinen Sinn machte, für eine Tasse, die zudem durch eine dritte Person an den vermeintlichen Dieb ausgehändigt worden war, eine Anzeige aufzunehmen.

Zum Dank hatte er angekündigt, ihnen oder dem Dieb oder Gott weiß wem seine *Bürgerwehr* auf den Hals zu hetzen, was auch immer das sein mochte, da hatte Tim bereits aufgehört zuzuhören.

Klara hatte indes Kontakt zu anderen Dienststellen aufgenommen und sich nach ähnlichen Kircheneinbrüchen erkundigt, wie es im Fall der Trarbacher Kirche geschehen war. Tim hatte es mit einem Kopfschütteln abgetan, sich jedoch wenigstens das „Ich hab es dir doch gleich gesagt" verkniffen, als sie enttäuscht immer wieder den Hörer auf die Gabel legte.

Nichts… eine gestohlene Marienfigur in Rachtig und das war es im näheren und auch im weiteren Umfeld gewesen. Aus Frust oder anderen Gründen tippte Klara nun unentwegt auf ihrem Handy herum und hatte dabei immer wieder ein – für Tims Geschmack – *verdächtiges* Grinsen auf dem Gesicht.

„Schreibst du mit deiner Flamme?“

„Was?“ Klara schrak hoch, ihr Blick klärte sich.

„Na mit dem Typen, den du triffst…“

„Ich treffe keinen Typen.“

„Ouh… eine Frau?“

„Nerv mich nicht.“

„Ahhh… aggressives Verhalten, Verleugnung… ich bin auf der richtigen Spur.“

„Also“, begann Klara. „Es ist ein Mann… aber da ist nichts… also…“

Ein kreischendes Quietschen auf dem Parkplatz ließ sie beide jäh das Gespräch unterbrechen. Tim war der Erste am Fenster.

„Das darf doch nicht…“

„Ich regel‘ das!“, sagte Klara rasch, als sie den schwarzen Peugeot auf dem Parkplatz stehen sah.

„Besser ist das… ich garantiere für nichts, werde aber auf Notwehr plädieren.“

Sie blickte ihn mahnend an, da trat Hugo auch schon in ihr Büro.

„Klara, Liebchen!“

„Wenn er es ist, mit dem du schreibst, dann krieg ich sogar Recht mit meinem rechtfertigenden Notstand“, zischte Tim.

Klara ignorierte ihn. „Was willst du hier? Wir sind am arbeiten.“

„Weiß ich, ich habe hier lange genug gearbeitet. Und ich will euch auch gar nicht in irgendwelche Ermittlungen rein pfuschen oder so. Ich wollte dich einfach nur zur Musikstunde abholen.“

Tim starrte entgeistert von einem zum anderen. „Welchen Teil von ‚Wir arbeiten‘, haben Sie jetzt nicht verstanden?

Nun ignorierte auch Hugo den Uniformierten. „Klarinette haben wir im Probelokal, Noten sind auch da.“

„Hugo, ich hab seit Jahren nicht mehr gespielt.“

„Macht nix, das ist wie Fahrrad fahren.“

„Ich kann nicht, ich habe hier noch zu tun.“

„Ach.“ Er machte eine abfällige Handbewegung. „Klara, was soll denn bitte um 19:45 Uhr hier im Ort noch groß passieren? Es regnet wie die Wutz, es ist kalt, die Menschen haben es sich drinnen vor ihren Fernsehern gemütlich gemacht, oder eben halt im Probelokal.“

„Nein, es geht wirklich nicht.“

„Klara, hier passiert nichts… tote Hose… dieses Telefon, hat schon zu meiner Zeit hier gestanden. Und die Tatsache, dass es noch immer einwandfrei funktioniert, ist sicherlich nicht dem Umstand geschuldet, dass es am laufenden Band geklingelt hätte, ich…“

Dummdideldeidideldeididummmdidideldideldeidi…

„Fritzen?“

„Faszinierend.“

„Hugo, bitte, fahr‘ alleine zur Probe, ich…“

„Ja… ja, ganz ruhig… beruhigen Sie sich… Wie war Ihr Name? Gut… ja wir sind gleich da…“

„Was…“

„Einbruch in die katholische Kirche Traben.“

„WAS?“ Der Ausruf von Klara und Hugo klang wie aus einem Munde.

„Komm Klara, wir fahren hin." Die junge Polizistin nickte. „Nichts los hier, was?", fragte Fritzen verächtlich. „So jetzt raus hier, wir schließen ab.

Hugo trottete einige Schritte hinter den beiden her zum Auto, dann: „Ähm… Dürfte ich mich vielleicht anschli..."

„NEIN!"

Hugos Peugeot kam abermals mit quietschenden Reifen zum Stehen, als er kurz nach der Polizei die katholische Kirche in Traben erreichte. Die St. Peter und Paul Kirche lag ein wenig abseits der Straße die Treppen hinauf, in den Weinbergen. Der ‚Finger Gottes', wie die katholische Kirche früher im Volksmund manches Mal genannt wurde, ragte mahnend zum schwarzen Nachthimmel auf.

Hugo verfluchte sich innerlich selbst, als er ausstieg und in den strömenden Regen hinaus trat. Warum nur hatte er neulich nach dem Einkaufen den Schirm nicht wieder ins Auto gelegt. Auch eine wasserdichte Jacke hatte er nicht mitgenommen – wozu auch, er hatte ja einfach nur zur Musikprobe gewollt. Die wenigen Meter vom Parkplatz in der Schottstraße ins Probelokal konnte er auch ohne Schirm und Jacke hinter sich bringen, aber *er war ja nicht in der Probe.*

Hoffentlich würde sich keiner Sorgen machen. Er zählte zu den regelmäßigsten Probenteilnehmern überhaupt, und war er mal verhindert, so meldete er sich ab. Doch dazu blieb nun keine Zeit. Wenn ihm nur die beiden Flachpfeifen aus dem Trompetenregister nicht über den Weg rannten. Die Bürgerwehr schien ja sauber zu funktionieren.

Mit zusammengekniffenen Augen kramte er die Stabtaschenlampe aus dem Kofferraum und sprang die Stufen hinauf. Er hatte Fritzen und Klara einen gewissen Vorsprung gelassen, wie man es bei einer guten Beschattung eben machte. Immerhin wusste er ja, wohin sie ihre Fahrt führte. Der Polizeiwagen stand einsam und verlassen vor den Stufen. Die beiden waren also wohl bereits oben in der Kirche angelangt.

An der Tür angekommen, ließ er sich in die Hocke sinken, was ihm Rücken und Knie nicht eben dankten. Prüfend leuchtete er auf das Schloss. Es war nicht aufgebrochen.

Langsam richtete er sich wieder auf und schob vorsichtig die Tür mit dem Ellenbogen auf. Er wollte sich nicht vorwerfen lassen, irgendwelche Spuren verwischt zu haben. Der Lichtschein aus dem Inneren fiel nun heraus und Hugo schlüpfte nach drinnen – ins Trockene. So halbwegs hatte sein Pullover dem Regen noch getrotzt, aber gepaart mit der Kälte konnte es draußen rasch ungemütlich werden.

Er sah Klara und Fritzen, die gemeinsam mit Jana Karlsson, einer jungen schwedischen Au-pair, vorne im Altarbereich standen. Jana war ohne Zweifel sehr aufgeregt. Sie konnte kaum auf der Stelle stehen bleiben, weinte heftig und zitterte am ganzen Körper. Schließlich nahm Klara sie in den Arm.

„Diese Männer, können Sie sie beschreiben?“

„Ich weiß nicht“, schluchzte die junge Frau. „Es war… sehr dunkel… sie waren auf der Treppe… sie haben… Streit.“

„Sie haben sich gestritten?“, hakte Fritzen nach. Hugo sah, dass er einen Notizblock gezückt hatte.

„Ja… eine Mann andere geschlagen… Streit um… Maria…“

Fritzen wechselte einen Blick mit seiner Kollegin.

„Moment, wer ist denn jetzt Maria.“

Hugo musste an sich halten, um nicht in das Gespräch mit einzusteigen. Noch hatten sie ihn nicht entdeckt, aber selbst von seinem entfernten Standpunkt aus konnte er sehen, dass der Sockel der Marienstatue leer war.

Jetzt wies auch Jana auf den leeren Platz. „Maria… Heilige Maria… Mutter Gottes…“

“Das heißt der Mann hatte die Marienstatue dabei, als Sie ihn sahen?”

„Ich… nicht weiß...“ Jana schüttelte heftig den Kopf. „Eine Mann… hatte großes… Bündel… Paket… dann hat eine Mann andere schlagen. Mann mit Paket gefallen, dann rannte weg... mit Paket.“

„Und Sie? Was haben Sie gemacht?“

„Ich sehen Männer laufen in Weinberg… höre Auto... lautes Auto... aber kommt nicht gefahren aus Weinberg... dann plötzlich still… ich gehen in Kirche und sehen... Maria weg.“

Erneut wechselten Klara und Tim vielsagende Blicke. „Bleib du bei ihr“, sagte Tim schließlich. „Ich gehe draußen nachsehen, ob jemand auf dem Weinbergsweg liegt.“

Hugo wandte sich rasch um. Jetzt musste er sich beeilen, wenn er nicht von Fritzen…

„Um Himmels Willen, Herr Guthar. Was ist geschehen?“

Hugo wirbelte herum und sah sich Pastor Giessen gegenüber. Der alte Pfarrer schnaufte gewaltig, nachdem er sich die Treppen zur Kirche hinaufgequält hatte.

„Ich… ähm… ich weiß nicht recht“, druckste Hugo herum und versuchte sich ungeschickt an ihm vorbei zu drücken, doch da war es schon zu spät.

„Guthar!“ Tim Fritzens Wutschrei hallte durch die Kirche. „Ich habe die Faxen dicke, Sie sind festgenommen, wegen Behinderung unserer Ermittlungsarbeit.“

„Tim!", Klara hatte sich von Jana gelöst und kam nun ebenfalls gelaufen. „Bist du bescheuert, Hugo? Was soll das?"

„Kann mich bitte mal jemand aufklären, was hier los ist?", schnaufte Giessen und mit einem Blick zu Jana „Geht es ihr gut?"

„Sie ist unversehrt. Sie hat die Täter aber wahrscheinlich gesehen. Sie sind womöglich noch in der Nähe, wenn Sie mich kurz durchlassen würden…" Fritzen drängte sich an Giessen vorbei und zog Hugo am Arm mit sich hinaus. Über die Schulter rief er noch: „Meine Kollegin erklärt Ihnen alles."

Wortlos liefen sie die Treppen hinunter. An der Straße angekommen blieb Fritzen stehen. „Also… schön… das hier heute war *mein* Fehler. Ich hätte in Ihrer Anwesenheit nicht sagen dürfen, wo wir hin gehen."

„Ich kann Ihnen helfen den Weinberg…"

„Nein, verdammt!"

„Was ist denn Ihr Problem mit mir?"

„Sie sind mir entschieden zu neugierig. Und wie man hört, kann sich ihr Nachbar auch nicht aus den Angelegenheiten der Polizei heraushalten. Sie befragen hier Zeugen, die anschließend was von den Illuminaten und sonstigem Irrsinn erzählen. Oder streiten Sie das etwa ab."

„Den Schwachsinn hat sich Irmlinde ganz ohne uns ausgedacht", murrte Hugo.

„Hören Sie. Sie und ich, wir wollen beide, dass dieser Fall geklärt wird. Wir wissen beide, wie schlecht die Chancen dafür stehen. Also machen Sie mit Ihren Spielereien nicht noch das letzte bisschen einer Chance zunichte, indem Sie den halben Ort aufmischen!"

„Die Bürgerwehr war Krebers Idee", gab Hugo nochmals maulend zurück.

Fritzen starrte ihn an. „Welche Bürgerwehr... von diesem Kreber? Wegen seiner Tasse?"

„Welche Tasse? Er will die Kirchen bewachen."

Fritzen packte sich kopfschüttelnd an die Stirn. „Sie machen mich wahnsinnig. Ganz im Ernst. Ich bin froh, wenn ich hier wieder weg bin, und Sie sehen jetzt zu, dass Sie Land gewinnen!"

Mit diesen Worten wandte Fritzen sich um und stapfte mit gezückter Taschenlampe den Weinberg hinauf. Hugo verzichtete darauf ihm zu folgen oder aber darauf hinzuweisen, dass diese Straße ein öffentlicher Ort war, von dem er nicht so einfach verwiesen werden konnte. Es hatte keinen Sinn, und womöglich würde Fritzen ihn dann tatsächlich eine Nacht in Gewahrsam nehmen. Zudem würde man in dem strömenden Regen, der noch immer niederprasselte, im Weinberg wie auch auf der Straße ohnehin keine verwertbaren Spuren mehr finden, soviel war klar.

Hugo wandte sich um und ging zurück zu seinem Auto. Er beneidete Fritzen… Das musste er sich zweifelsohne eingestehen. Vorrangig um seine Regenjacke.

Am Samstagmorgen wanderte Max gut gelaunt und ausgeschlafen in die Stadt hinunter. Nach einer geruhsamen Nacht stand ihm nun der Sinn nach einem leckeren Frühstück mit Kaffee und Brötchen und dann würde er sich wieder den Gedichten und Anekdoten widmen, denen er am Vorabend den Vorzug vor den Kriminalromanen gegeben hatte. Er musste sie ohnehin irgendwann sortieren, Brauchbares von Unbrauchbarem trennen, doch hatte er rasch gemerkt, dass er gestern Abend irgendwann nur noch recht halbherzig bei der Sache gewesen war. So hatte er seinen

Plan in die Tat umgesetzt, das Telefon ausgestöpselt und war direkt nach der Tagesschau ins Bett gegangen.

Hungrig freute er sich jetzt bereits auf die frischen Brötchen vom ‚Bääka Paul' am Trabener Marktplatz. Nach dem Schutt am Vorabend konnte man heute schon fast in die Versuchung gelangen ein Frühstück im Freien zu wagen. Doch er konnte sich beherrschen. Gerade im April musste man vorsichtig sein, sonst hatte man sich mir nichts dir nichts eine saftige Erkältung eingefangen, wenn man all zu früh schon in der Radlerhose draußen herumsprang.

Beim Weg durch die Kirchstraße wurde er stutzig. Rot-weißes Flatterband wehte am Treppenaufgang der Katholischen Kirche. Warum war ihm das die Tage zuvor noch nicht aufgefallen? Oder hatte er einfach nur nicht darauf geachtet. Einige Monate zuvor war der Aufgang schon einmal gesperrt gewesen, da sich irgendetwas unterhalb der Treppe abgesenkt hatte, und die Treppe vorübergehend als ‚nicht sicher' eingestuft worden war. Ob sich durch den Regen wohl wieder Erdreich gelöst hatte?

Schulterzuckend ging er weiter. Wahrscheinlich würde er es früher oder später beim Stammtisch in Erfahrung bringen.

In der Bäckerei angekommen, wurde er freundlich begrüßt. Noch bevor er etwas sagen konnte, hatte die Dame hinter der Theke ein Milchhörnchen und ein Körnerbrötchen in eine Tüte gesteckt und reichte sie ihm herüber, ebenso wie das abgezählte Wechselgeld. Er bedankte sich lächelnd und wandte sich zum Gehen, als…

"Haben Sie schon gehört von der Kirche? Von dem Einbruch?"

„Ja, schlimm. Wer macht nur so was?"

Sie nickte. „Es gibt immer wieder solche Idioten, dabei sind die doch am Montag erst in der Kirche in Trarbach eingebrochen."

Max zuckte zusammen. „Was?"

„Am Montag. Die Trarbacher katholische Kirche. Haben Sie davon nichts gehört?"

„Doch, doch… natürlich", Max räusperte sich. „Ich dachte das wäre der Einbruch, von dem Sie sprachen."

„Nein… ich… ich meinte gestern Abend… direkt hier oben." Sie wies mit der Hand durch die Schaufensterscheibe den Berg hinauf. Die Erkenntnis schoss wie ein Blitz durch seinen Kopf. Natürlich! Darum das Flatterband. Nicht der Regen hatte dazu geführt, dass die Kirchentreppe gesperrt war. Es hatte einen neuerlichen Einbruch gegeben! Ob Hugo wohl schon davon wusste? Wohl kaum, er war ja in der Probe gewesen...

„Schrecklich, oder?"

„Bitte was?", er blickte aus seinen Gedanken gerissen auf. „Ja… schrecklich. Der arme Pastor Giessen. Dass ihm das auf seine alten Tage noch passieren muss."

Verschwörerisch beugte sie sich zu ihm herüber. „Man munkelt… dass es genau darum geht: Dem Pfarrer eins auszuwischen… Ich meine… die Trarbacher Kirche total verwüstet, aus der Trabener Kirche haben sie eine Marienfigur gestohlen… wir haben hier *fünf* Kirchen im Ort… warum trifft es immer nur die katholischen?"

Max brauchte keine drei Sekunden, um wieder in seinen am Vorabend noch angelegten und mitsamt dem Flipchart in den Keller verbannten Ermittlermodus zurückzufinden.

„Was soll das heißen?", fragte er mit gespielter Unwissenheit. „Pastor Giessen hat doch keine Feinde, oder?"

Mit einem Klingeln schwang die Tür auf und ein eigentümlicher Geruch wehte herein. Max und die Bedienung blickten sich um, und Max sah in ein ihm inzwischen wohlbekanntes Gesicht. Der Bankschläfer, dem er schon einige Mal begegnet war, betrat die Bäckerei. Er roch ein wenig wie ein nasser Hund – kein Wunder, dachte Max, hatte der Arme die Nacht während des Regens doch wahrscheinlich im Freien verbracht. Aber warum hatte er sich dann nicht ein trockenes Eckchen gesucht?

„Guten Morgen!", lächelte die Bedienung. „Kleinen Moment, ich habe etwas für Sie." Sie sah noch kurz zu Max, dann verschwand sie in einem angrenzenden Raum.

„Morgen", schnarrte der Fremde in seine Richtung.

„Morgen", erwiderte Max und nickte ihm zu. Dann war die Bedienung zurück und reichte eine große Tüte über den Tresen.

„Bitte sehr, stimmt so. Guten Appetit", nickte sie.

Der Mann nickte wortlos zurück, dann wandte er sich zum Gehen und verschwand mit eben jenem Klingeln, mit dem er auch gekommen war.

Klara rann der Schweiß in Strömen über die Wangen, doch sie biss die Zähne zusammen. Nur keine Schwäche zeigen, mahnte sie sich, als sie stur weiter den Berg mit ihrem Mountainbike hinaufkraxelte. Himmel, was war das ein Ritt. Dabei war sie es selber gewesen, die den Mountainbike-Trail für einen gemeinsamen Ausflug vorgeschlagen hatte. Wahrscheinlich hatte sie dem schönen Maurice zeigen wollen, wie fit sie inzwischen war. Und nun war sie kurz davor, bereits am ersten Anstieg schon schlapp zu machen.

Der Kopfsteinpflasterweg, der vom Bernkasteler Weg in Trarbach steil in die Weinberge abbog, hatte es aber auch in sich. Sie hörte Maurice inzwischen nicht mehr hinter sich. Entweder deshalb, weil sie selber pfiff wie ein Teekessel, oder aber sie hatte ihn abgehängt. Als der steilste Teil des Weges vorbei war, riskierte sie einen Blick nach hinten und musste fast ein wenig grinsen. Maurice schob sein Fahrrad hinter ihr den Berg hinauf. Tja der feine Herr... da posierte er so stolz auf Facebook beim Krafttraining im Münchner Fitnessstudio... und dann das... da siehst du, was die dicke Klara aus der Schule inzwischen drauf hat... also außer schwitzen und stinken... Himmel, wenn der Weg so weiter ging, dann würde sie vor einem gemeinsamen Essen wohl noch duschen müssen.

„Bist du irre?", Maurice kam langsam aber sicher den Berg hinauf. „Wenn du nicht bei der Polizei wärst, würde ich vermuten, du willst mich umbringen."

Sie lachte. „Sollen wir eine Rast machen?"

„Jaaa... das wäre was. Immerhin sind wir schon zweieinhalb Kilometer gefahren."

„Ich weiß einen Platz. Da oben ist ein kleiner Unterstand. Da kann man sehr schön sitzen", rief Klara.

„Fahr ruhig schon mal vor", Maurice hielt an und schnaufte nochmals durch. „Ich merke an: Ich muss mehr Ausdauersport treiben. Immerhin hab ich mir gestern schon extra neue Turnschuhe gekauft."

Klara lachte, dann fuhr sie weiter den nun bald nur noch ebenen Weg entlang. Ein kleines Stück ging es sogar sanft bergab, dann hatte sie den Aussichtspunkt erreicht. Prüfend fühlte sie an den Bänken. Der Regen des Vortags hatte sie gut durchnässt, wahrscheinlich ebenso wie die Waldwege, auf denen sie weiterfahren wollten. Was für eine bescheuerte Idee heute Mountainbike zu fahren. Doch sie hatten sich verabredet, als sie dem April noch zugetraut hatten, ein paar Tage Sonnenwetter durchzuhalten. Zudem waren die Aussichten für diesen Samstag gut gewesen, was hatte sie da auf den Vorabend geachtet, an dem sie ohnehin in der Polizeiwache rumsaß.

Wobei... rumgesessen hatte sie nicht. Im Gegenteil – sie hatten sogar Überstunden geschoben. Um kurz vor acht waren sie in der Katholischen Kirche angekommen und auf Jana getroffen, die ihnen unter Tränen von ihren Beobachtungen berichtet hatte. Sie stammte aus Alingsås, einer schwedischen Ortschaft und war ein Jahr lang als Au-Pair bei einer Traben-Trarbacher Familie wohnhaft. Da sie nah an der Katholischen Kirche in Traben wohnte, hatte sie bereits das ein oder andere Mal das Gotteshaus auf- und wieder zugeschlossen, wenn die Küsterin verhindert gewesen war.

Ihr Jahr in Deutschland war nun bald vorüber, und Jana sprach inzwischen verdammt gut deutsch. Klara kannte Jana nicht, doch sie war ihr auf Anhieb sympathisch. Unter anderen Umständen hätte sie Jana sicher auf einen Kaffee eingeladen und zu ihrer Heimat ausgefragt, doch gestern waren andere Fragen dringlicher gewesen. Nachdem Jana ihre Beobachtungen nochmals detailliert zu Protokoll gegeben hatte, hatten sie versucht, am Computer ein Phantombild der Männer zu erstellen, die mutmaßlich etwas mit der verschwundenen Marienfigur zu tun hatten.

Anders als in der Trarbacher Kirche hatte es in Traben keinerlei Verwüstung gegeben. Lediglich die Figur war verschwunden, genau wie knapp zwei Wochen zuvor in Rachtig. Dank des Regens hatte Fritzen im Weinberg zwar keine Spuren mehr sicherstellen können, doch zumindest hatte man im Bereich um den Mariensockel schlammige Fußspuren erahnen können, die einer Schuhgröße von etwa 43 entsprachen. Wahrscheinlich hatte der Täter seinen Wagen im Weinbergsweg geparkt gehabt und war dann zur Kirche hinunter gelaufen. Zwei Tatorte, zwei Schuhgrößen, zwei Täter?

Zumindest hatte Jana zwei gesehen. Doch leider hatten sie mit den Phantombildern kein Glück gehabt. Ein bärtiger Mann in seltsamer Kleidung... ein zweiter großer Mann mit dem Bündel auf dem Arm, dessen Gesicht gänzlich verhüllt gewesen war. Das war alles, was Jana hatte sagen können. Die einzige nahe Laterne hatte kurzzeitig den Geist aufgegeben, pünktlich zur Zeit des Einbruchs, so hatte es zumindest Jana berichtet. Auch als sie mit dem Polizeiwagen eintrafen, war die Laterne noch finster gewesen, hatte später aber wieder gebrannt.

„Technischer Defekt", hatte Fritzen gemurmelt. „Oder jemand hat sie ausgetreten..."

Praktisch, obgleich man bei diesem Wetter ohnehin keinen Hund auf die Straße gejagt hätte. Jana Karlsson wiederum war hinausgegangen, weil sie die Kirche hatte abschließen wollen. Es war der ausdrückliche Wunsch von Pastor Giessen gewesen die Kirche trotz der Vorkommnisse in Trarbach nicht dauerhaft zu verriegeln. So war sie des Tags offen gewesen, und erst gegen 20:00 Uhr hatte sie verschlossen werden sollen. Auch von einer Art Bürgerwehr zur Sicherung der Kirchen hatte Jana etwas erzählt. Eine Gruppe Männer, die mit ihren Autos zwischen den Kirchen patrouillieren und nach dem Rechten sehen wollten. Doch diese waren ihr nicht zu Gesicht gekommen.

Zwei Kircheneinbrüche in einer Woche, in einer Stadt, in der sonst im spannendsten Fall mal eine Butte mit Trauben umkippte? Und dann noch in einem nicht allzu fernen Nachbarort? Das konnte doch kein Zufall sein. Kopfzerbrechen machte ihr nur das unterschiedliche Vorgehen und die unterschiedlichen Ziele in den beiden Fällen:

Trarbach - Schloss aufgebrochen, Wände aufgestemmt, Maria da gelassen.

Traben - Schloss nicht aufgebrochen, Maria gestohlen.

Nun gut, wozu sollte man eine Kirche aufbrechen, die netterweise bereits offen war? Womöglich hatten die Diebe den Zeitpunkt am Vorabend ja auch ganz bewusst gewählt, *weil* die Kirche noch offen und unbewacht gewesen war? Inzwischen hatte Klara gehört, dass sich im Ort rasch herumgesprochen hatte, dass ab diesem Freitagabend die ersten besorgten und aufmerksamen Bürger auf Privatstreife gehen wollten – ein Unterfangen, von dem sie mal gerade so gar nichts hielt... Diesen Kreber würden sie sich noch vorknöpfen, soviel stand fest. Bevor die ersten Bürgerwehrmitglieder hier aber ihre Stellung hatten beziehen können, hatte die Diebesbande ihre Chance nochmal zu nutzen gewusst: Ein riskantes Unterfangen, doch der starke Regen und das fehlende Licht der Laterne in der Abenddämmerung hatten ihnen offenbar Schutz genug geboten, die Kirche zu betreten und die Marienfigur zu entwenden. Ebenso wie in Rachtig, wo man jedoch keine Schuhabdrücke oder andere verwertbare Spuren gefunden hatte.

Aber warum hatten sie in Trarbach die Maria nicht mitgenommen und stattdessen alles zerschlagen? Vielleicht waren die Diebe dort ja gestört worden? Doch Irmlinde Kraus hatte beteuert, niemanden gesehen zu haben. Klara schnaubte: Hätten sie wenigstens ein Phantombild gehabt, dann hätten sie es Irmlinde zeigen können. Womöglich hätte es ja tatsächlich mal ihre Erinnerung und nicht nur ihre Fantasie beflügelt.

„Puh... Also das letzte Stück Weg war ganz in Ordnung“, lachend kletterte Maurice von seinem Fahrrad.

„Vielleicht solltest du dir besser ein E-Bike kaufen.“

„Nicht so frech, Frau Hauptkommissarin.“

„Ouh, bin ich aufgestiegen?“

„Für mich schon lange...“

Sie wandte sich ab, damit er ihr nun nicht mehr nur vor Anstrengung rotes Gesicht nicht sehen konnte. Wie gut er aussah, in seinen schnieken Sportklamotten und mit dem farblich passenden Helm und der Designer-Sonnenbrille… Wobei, so sonnig war es heute gar nicht. „Mit dem Sitzen wird es hier etwas schwierig. Die Bänke sind nass.“

„Wir können meine Regenjacke unterlegen... die reicht zwar nicht für die ganze Bank, aber dann müssen wir halt was enger zusammen rücken.“

Sie lächelte. „Ich packe mal unseren Proviant aus.“

Dicht an dicht setzten sie sich an der Schutzhütte des Taubenhausberges auf die Bank und begannen schweigend die mitgebrachten Knabbereien zu vernichten. Schließlich ergriff Maurice wieder das Wort.

„Woher kennst du dieses schöne Plätzchen?“

„Mumkvrn.“

„Bitte was?“ Er lachte. Klara wurde erneut rot, dann schluckte sie den Bissen herunter und musste ebenfalls lachen. „Musikverein!“, sagte sie. „Wir spielen von hier aus an Heiligabend Choräle ins Tal hinab.“

„Ach wie schön... das stelle ich mir wunderbar vor.“

„Das ist es auch. Es gehört irgendwie dazu. Für mich war

früher immer erst Weihnachten, wenn wir hier oben gespielt haben. Der Berg heißt Taubenhaus."

„Ahhh... eine Weinlage, die habe ich schon mal gehört. Kennst du noch andere Weinlagen hier? Irgendwas Spannendes? Ich meine", er zwinkerte „für ‚Weinzeit'?"

Sie sah ihn an. „Ist das ein Geschäftstermin oder…" Sie brach ab. Sie konnte es doch nicht Date nennen, oder doch?

Doch Maurice kam ihr zuvor. „Nein, du hast ja Recht. Aber es ist doch schön, wieder in der alten Heimat zu sein, oder?"

„Naja, mal sehen, wie lange noch."

„Gefällt es dir hier nicht?"

„Doch... schon... ich wollte ja hierhin... ich werde auch sicher ein paar Jahre bleiben... aber wirklich spannend geht es hier wahrscheinlich auf Dauer nicht zu."

Maurice runzelte die Stirn. „Na hör mal. Ihr habt grad einen doppelten Kirchenraub aufzuklären. Ist das nicht spannend?"

Sie sah ihn an. „Was weißt du dazu?"

„Nichts... ich..."

„Woher weißt du überhaupt, dass es noch einen Einbruch gab?"

„Ich höre den Polizeifunk ab."

„Was?"

„Mensch Klara, was denkst du denn? Die halbe Stadt weiß es schon, ich habe heute Morgen unsere Proviantbrötchen geholt, und da haben sie es schon erzählt. Und bei Facebook und Co. ist der Informationsfluss natürlich auch in vollem Gange."

„Ja, das ist ja immer besonders wichtig. Facebook."

„Du hast wahrscheinlich gar keinen Account, oder?"

Sie wurde rot. „Doch. Ich hab einen."

„Ja cool. Dann muss ich dich nachher gleich mal adden. Ganz viele Leute aus unserer alten Klasse sind da zu finden."

Klara merkte, wie sie sich langsam wieder beruhigte. Die kurze Nacht hatte ihre Spuren hinterlassen, der fehlende Schlaf beeinträchtige ihre Fähigkeit, klar zu denken und sonderlich charmant war sie übermüdet wohl auch nicht.

„Habt ihr schon eine Spur?"

„Nicht wirklich", erwiderte sie. „Wir haben ein paar Schuhabdrücke, und das war es auch schon. Es ist auch schwierig, in einem solchen Fall etwas rauszufinden. Vandalismus ist immer ungerichtet, ein klares Motiv außer der blinden Zerstörungswut gibt es nicht. Keine Ahnung, was in solchen Leuten vor sich geht."

„Sieht die Trabener Kirche auch so schlimm aus, wie die in Trarbach?"

Sie schüttelte den Kopf. „Nein... hier haben die Täter glücklicherweise nicht gewütet. Aber dafür haben sie eine Statue gestohlen."

„Aber ihr denkt dennoch, dass es dieselben Täter sind?"

„Naja, ich meine... wie oft passiert es, dass jemand hier in eine Kirche einbricht."

„Wahrscheinlich eher selten", nickte Maurice. „Dafür muss erst die Superpolizistin Klara herkommen."

Er strich ihr eine Strähne aus dem Gesicht und sie lächelte. „Abwarten. Das Vorgehen in den beiden Fällen spricht allerdings eher dagegen, dass es dieselben Täter waren. Ich werde daraus einfach nicht schlau."

„Ach ich bin mir sicher, dass du die Schurken fasst."

„Das ist lieb von dir." Sie sah ihn nun zum ersten Mal direkt an und er erwiderte ihren Blick, soweit sie das hinter der Sonnenbrille erkennen konnte.

„Pass bloß auf dich auf... ich zähle da unten noch zwei Kirchtürme. Nicht, dass die Verbrecher nochmal wiederkommen und du in Gefahr gerätst."

Nun begann Klara zu lachen. „Meinst du, die sind so bescheuert und rauben jetzt der Reihe nach alle Kirchen aus? Oder verwüsten sie?"

„Du hast doch selber gesagt, man weiß nicht, was in solchen Leuten vor sich geht", schmollte Maurice und fügte leise hinzu. „Ich meine, das was die da treiben, geht ja über die normale Kleinkriminalität auf dem Dorf mit Kühe umschubsen und Laternen austreten schon hinaus. Das sind ja keine Schuljungenstreiche mehr. Aber immerhin hat euer Bürgermeister ja bereits eine Bürgerwehr auf den Plan gerufen."

„Oh ja, was ein Glück. Wo die Polizei machtlos ist, kommt die rettende Bürgerwehr. Die hat ja gestern auch bereits super funktioniert", brummte Klara.

„Vielleicht sollte ich mich denen anschließen", feixte Maurice.

„Bloß nicht... so ein alberner Quatsch."

„Aber dann könnte ich dich beschützen. Ich mache mir halt Sorgen um dich."

„Musst du nicht", lächelte Klara. „Ich hab 'ne Dienstwaffe."

„Warum finde ich das jetzt irgendwie heiß?"

„Keine Ahnung..." Aber heiß wurde Klara gerade auch. Sie wagte nicht, sich zu rühren, als Maurice Lippen immer näher kamen, doch dann zuckte sie zurück.

„Ich... ich glaube das geht mir hier alles gerade ein bisschen schnell."

„Oh, kein Ding... ich..."

„Alles gut...", sie versuchte zu lächeln. Dann entstand erneut dieses Schweigen. Klara spürte, wie ihr Po kalt wurde, als sie von Maurice weg- und damit von der Regenjacke runter rutschte.

„Wollen... wollen wir morgen vielleicht irgendwo Mittagessen gehen? Vielleicht in einem alten Weinkeller? Storcke Stütz?", fragte Maurice.

„Ich würde ja gerne, aber ich muss arbeiten", langsam wich die Hitze wieder aus ihrem Gesicht, doch ihr Herz raste... sie wollte sich innerlich ohrfeigen.

„Es ist Sonntag!"

„Ja… das Schicksal des Schichtdienstes."

„Aber Frau Kommissarin", startete Maurice eine vorsichtige erneute Charmeoffensive „dann bin ich ganz alleine in diesem unterirdischen Kellerrestaurant... in dieser Unterwelt… wo doch so viele Verbrecher in der Stadt lauern."

„Die tummeln sich ja derzeit eher in Kirchen- als in Kellergewölben."

„Ein altes Gewölbe bleibt ein altes Gewölbe."

Mit einem Mal beugte Klara sich vor und drückte ihm einen Kuss auf die Wange. „Du schaffst das schon."

Max Krämer öffnete die Haustür, als es klingelte. Im Türrahmen stand sein Nachbar Hugo, in einen dicken Schal gehüllt und mit einem Stofftaschentuch vor der Nase. Max dämmerte, warum Hugo ihn bei seinem aufgeregten Anruf vor wenigen Stunden mit verschlafener Stimme und den

Worten „Ich meld mich später", abgefertigt hatte.

„Darf ich reinkommen?", schniefte sein Nachbar.

„Klar doch", Max trat einen Schritt beiseite. „Männerschnupfen?" Er musterte Hugo von Kopf bis Fuß.

„Sehr witzig!" Hugo schnäuzte sich geräuschvoll in das Taschentuch.

„Hast du den ganzen Tag das Bett gehütet?"

„Bis gerade eben, ja."

„Hast du mitbekommen, was gestern an der Kirche passiert ist?"

„Ja... live und in Farbe oder was meinst du, woher ich die Freck habe?"

„Du warst da? In der Kirche?"

„Der Notruf ging bei der Polizei ein, als ich gerade Klara abholen wollte."

„Und da haben sie dich mitgenommen?" Hugo sah Max schief an. „Okay, doofe Frage."

„Sie haben mich im Regen vor der Kirche stehen lassen!"

„Ouh", Max presste mit schmerzverzerrtem Gesicht die Lippen aufeinander.

„Ich war ohnehin pitschnass, also habe ich mich noch ein wenig umgesehen, aber nichts Spannendes gefunden. Da bin ich irgendwann dann heim, habe heiß geduscht und bin danach noch eine Stunde zum Musikverein. Ich wollte doch mit Günter reden, aber nicht einmal der war da. Ob der auch bei dieser Bürgerwehr mitmischt oder…"

„Warum hast du mir nicht Bescheid gesagt?", unterbrach Max seinen Nachbarn.

„Dass ich krank bin? Hättest du mir dann eine Hühnerbrühe gekocht und Salbeibonbons vorbeigebracht."

„Du weißt genau, was ich meine.“

"Sind dir die etwa zwanzig entgangenen Anrufe auf deinem Handy aufgefallen?"

"Nein, das ist leer."

"Ach was... Seit wann?"

"So... drei Tage?"

„Sieh an... und zuhause warst du gestern Abend auch nicht zu erreichen.“

„Ich...“ Max sah betreten zu Boden. „Ich hatte das Telefon ausgesteckt.“

„Ja, so was in der Art habe ich mir gedacht.“ Hugo ließ sich erschöpft und kopfschüttelnd auf den Sessel fallen. Dann blickte er zu Max. „Was weißt du denn schon alles?“

„Naja. Was man sich im Dorf so erzählt, wurde dieses Mal nicht so arg gewütet, nur die Maria gestohlen?“

Hugo seufzte. „Wenn sich dieser Fritzen noch einmal beschwert, dass ich zu neugierig bin. Als ob ich irgendwelche Internas verraten oder gar herausfinden würde, die nicht ohnehin schon der halbe Ort kennt.“

„War das Schloss aufgebrochen?“, fragte Max.

„Gute Frage“, schniefte Hugo. „Nein, es war unversehrt. Die Kirche war aber auch offen. So eine junge Schwedin... eine Jana Irgendwas hatte gerade abschließen wollen. Sie wohnt bei Fallers unten im Mittelweg, gleich bei der Kirche. Wahrscheinlich hat sie die Täter sogar gesehen.“

„Im Ernst?“

„Ja, zwei dunkle Gestalten. Sie haben sich gestritten und geschlagen und hatten ein großes Bündel dabei, wo wahrscheinlich die Maria drin eingeschlagen war.“

Max legte die Stirn in Falten. „Aber das ist doch seltsam.

Warum brechen die abends in die Kirche ein? Wo sie befürchten müssen, dass sie jemand überrascht?"

„Naja. Auch den Dieben wird wohl nicht entgangen sein, dass hier ab 20 Uhr Krebers Miliz patrouilliert. Vorher, im Schutz der Dämmerung und bei strömendem Regen kannst du einfach hineinmarschieren und gut ist."

„Und eine Marienstatue mitnehmen?"

„Naja... so riesig war die ja nun nicht. Man muss nur dreist genug sein."

Max nickte stumm. „Also haben wir eine gestohlene Maria in Rachtig, eine zerstörte Kirche in Trarbach und eine gestohlene Maria in Traben."

„Zumindest wird ein Zusammenhang jetzt doch nochmal wahrscheinlicher", brummte Hugo. „Bandenkriminalität... das ist dann wohl was für die Kripo in Trier."

Max stand auf und verließ das Wohnzimmer in Richtung der Kellertreppe.

„Holst du mir jetzt endlich eine Hühnerbrühe?", fragte Hugo fast flehentlich.

„Ja... und das Flipchart."

Ernst Kreber klickte sich an diesem Samstagnachmittag im Café Wichtig sitzend versonnen auf seinem Tablet durch den Online-Bericht des Trierischen Volksfreunds.

Kirchenkriminalität an der Mosel reißt nicht ab

Von unserem Mitarbeiter Joachim Wagner

Traben-Trarbach In der vergangenen Nacht ist es erneut zu einem Fall von Kirchenkriminalität in Traben-Trarbach an der Mosel gekommen. Erst Anfang der Woche, in der Nacht von Sonntag auf Montag, hatte es einen Fall von Vandalismus im Ort gegeben (der TV

berichtete). Nun wurde eine Marienfigur aus der Katholischen Kirche in Traben entwendet. Ob eine Verbindung zum Diebstahl der Marienfigur in der St. Marien Kirche in Rachtig besteht, ist unklar.
Stadtbürgermeister Ernst Kreber betonte in diesem Zusammenhang wie wichtig es sei, dass der Ort zusammenstehe und alle ein wachsames Auge auf die Gotteshäuser hätten. Es sei ein Unding, wie mit Kirchengütern umgegangen und die Religion mit Füßen getreten werde. Eine von Kreber initiierte Bürgerwehr soll in den kommenden Tagen der stellenmäßig deutlich dezimierten und im Nachtdienst nicht mehr besetzten Traben-Trarbacher Polizei unter die Arme greifen. „Es ist mir eine Herzensangelegenheit, dass sich meine Bürger und die Gäste unserer Doppelstadt sicher fühlen können“, betonte Kreber.
Eine ausführliche Berichterstattung folgt.

Er wippte auf seinem Schreibtischstuhl hin und her. Na das passte doch wunderbar: Marienfigur geraubt, Kirche geschändet, ein Bürgermeister, der für Zucht und Ordnung sorgte und der Kirche seine Anteilnahme aussprach. Dieser Wagner war wirklich sein Geld wert, bisher hatte noch jeder der in Auftrag gegebenen Artikel den Nagel auf den Kopf getroffen.

Er hielt einen Moment inne und überlegte. Er hoffte wirklich nicht, dass Quill etwas mit den Einbrüchen zu tun hatte. Klar, sie machten Giessen mürbe, aber wenn ihnen dabei jemand auf die Schliche kam, dann konnte es unschön für Kreber und seinen Geschäftspartner werden. Andererseits war Quill ein gewitzter Geschäftsmann, er würde schon seine Mittel und Wege haben, wie er unliebsame Kritiker mundtot machte, ohne, dass es auf ihn zurückfiel. Und wenn man ehrlich war: Heiligenfiguren wurden doch allenthalben gestohlen, oder etwa nicht?

Er hörte, wie mit großem Hallo am Nachbartisch die offenbar letzte ausstehende Dame einer Altweiberrunde eingetroffen war, und man sich mit Küsschen links und rechts ausgiebig begrüßte. Er saß in einer Nische, was ihm ein wenig den Blick versperrte, aber anhand der Stimmen glaubte er zumindest einige der Frauen identifizieren zu können: Die eine war unverkennbar Fredericke Groll, die Leiterin des Ikonenzentrums der Trarbacher ‚Museums-Zeile'. Eine weitere schien ihm Pia Arns zu sein, die ein kleines Bekleidungsgeschäft im Ort betrieb. Und die dritte – man musste schon taub sein, um sie nicht zu erkennen – Irmlinde Kraus, die komplett übergeschnappte Trarbacher Küsterin.

Krebers Expertise nach gehörte diese Frau zu jenem Schlag Weiber, dem in ihrem Leben ein Ehemann gut getan hätte, der ihr zu Zucht und Ordnung hätte verhelfen können. Doch eine Frau mit einer solchen Stimme und Umtriebigkeit galt sicher selbst bei den erfolgreichsten Partnerbörsen als ‚nicht vermittelbar'.

Gerade wollte Kreber sich wieder seinem Tablet widmen, als das Gespräch am Nachbartisch nicht wie erwartet seinen Lauf in Richtung Rheumadecken, Blutdruckmedikamente und Kaffeefahrten nahm, sondern ganz unverblümt auf die Einbrüche in den Kirchen zu sprechen kam. Wie hatte er auch denken können, dass es derzeit irgendein anderes Thema im Ort geben konnte. Er spitzte die Ohren, um aus dem kreuz und quer durcheinander erklingenden Salat an Frauenstimmen einzelne sinnvolle Sätze zu entnehmen.

„Schrecklich."

„Ja wirklich, ganz schrecklich."

„Und jetzt auch noch in Traben."

„Nein so was."

„Was ein Glück warst du da diesmal nicht dabei, Irmlinde."

„Ja furchtbar, das junge Ding, diese Jana, soll die Täter auf frischer Tat ertappt haben."

„Was? Nein…“

„Doch… Um ein Haar hätten sie sie niedergeschlagen und entführt.“

„Schrecklich.“

„Das hätte der Irmlinde ja auch passieren können.“

„Mich würden die im Hellen ganz schnell wieder zurückbringen.“

Kichern.

„Hat die Polizei denn schon eine Spur?“

„Sie wollten Phantombilder anfertigen lassen.“

„Wirklich?“

„Wie im Krimi.“

„Vielleicht musst du als Zeugin dann ja zu einer Gegenüberstellung.“

Kreber verlor das Interesse. Hier gab es nichts Neues zu erfahren, hier galt es offenbar nur, sich gegenseitig mit den wildesten Gruselgeschichten zu überbieten.

„Aber ich habe ja gar nichts gesehen.“

„Also ich hatte ja neulich ein mulmiges Gefühl. Stellt euch vor, ich dachte, da hat einer Kleider unter dem Stadtturm abgelegt. Aber in Wahrheit war das ein Mensch! So ein Obdachloser.“

Jetzt war Kreber wieder voll dabei.

„Ja, den habe ich auch schon gesehen.“

„Meint ihr der bricht in die Kirchen ein und verwüstet sie?“

„Aber wozu sollte er das machen? Es wurde ja nichts von Wert gestohlen.“

„In Traben ist die Maria weg.“

„Und die war wertvoll?“

„Ja bestimmt."

„Mariendarstellungen haben immer einen gewissen Wert. Das sieht man ja an meinen Ikonen. Stellt euch vor, bei mir war am Montag ein Professor für Ikonologie. Das muss ich euch unbedingt erzählen. Er schreibt ein Buch und will unsere Ikonen hier…"

„Ich denke ja immer noch, da hat es jemand auf den Pastor abgesehen. Diese großen, schwarzen Autos. Die fahren immer noch hier herum. Sind die noch keinem von euch aufgefallen?"

„Was für Autos?"

„Wie von der Regierung. So Limousinen."

„Also dieser Professor kam mit einem Geländewagen, den hatte er sich geliehen, hat er gesagt. So eine Riesenkarre mit Reifen hinten drauf und einem Frankfurter Kennzeichen…"

„So eine hat neulich beim Neukauf auf dem Behindertenparkplatz gestanden. So ein Jungspund ist eingestiegen. Da hätte ich ja beinah was gesagt."

„Ein Geländewagen?"

„Nein, eine schwarze schwere Limousine."

„Und was hat die Regierung gegen den Pastor?"

„Naja, zumindest der Bürgermeister Kreber mag ihn ja nicht so sonderlich."

Jetzt wurde es interessant. Ernst Kreber schloss die Augen, um sich besser konzentrieren zu können.

„Na der Pastor ist Anfang des Jahres doch mit ihm aneinander geraten, wegen dieses Jugendheims, das er bauen wollte."

„Ja, das war doch eigentlich eine schöne Sache."

„Ja, aber Kreber hat ihn ausgebremst und einige unschöne

Sachen gesagt. Vielleicht will er den Pastor jetzt endgültig wegekeln."

Wie nah Genie und Wahnsinn doch manches Mal beieinander lagen. Wenn diese Kraus gewusst hätte, wie sehr sie mit ihrer Theorie ins Schwarze…

„Darf es für Sie noch etwas sein, Herr Kreber?" Die Stimme der Kellnerin ließ Kreber die Augen aufreißen. Mit einem Mal wurde es stumm am Nebentisch. Unbehaglich drückte sich der Bürgermeister noch etwas weiter in die Nische, ehe er „Nein, zahlen bitte" sagte.

Max machte sich, nachdem er Hugo dick mit Schal verpackt und mit reichlich Vitamin C, Salbeibonbons und Tee versorgt wieder nach Hause geschickt hatte, am späten Nachmittag auf den Weg nach Trarbach. Der Stammtisch stand an, und vielleicht wusste ja der eine oder andere schon etwas Neues zu dem neuerlichen Kircheneinbruch, auch wenn ihm klar war, dass es wohl eher *er* sein würde, der ins Kreuzverhör geriet.

Er hatte es vorgezogen, für den Abend einen dicken Mantel anzuziehen, denn, auch wenn Hugo darauf beharrte, dass nur der Regen am Vorabend und der hundsgemeine Fritzen, der ihn diesem Regen ausgesetzt hatte, schuld an seiner Erkältung waren, so glaubte Max doch insgeheim, dass es vielmehr der Abend vor einigen Tagen im Pullover auf seiner Terrasse gewesen war, der Hugo die Freck beschert hatte.

Max entschied sich, von der Brücke die Treppen hinunter ans Moselufer zu nehmen. So konnte er nach dem Schwanennest sehen, das hinten an der Mündung des Kautenbachs gelegen und randvoll mit dicken weißen Eiern gewesen war.

Er öffnete den Reisverschluss seiner Jacke. Es war nun doch wieder erstaunlich warm geworden, keine Spur mehr vom Regen des Vortags.

Am Kautenbach angekommen, spähte er hinüber. Doch Vater und Mutter Schwan taten das ihre, um das Nest gut vor neugierigen Augen abzuschirmen. Max sah die rot-weiß-gestreifte Absperrung hinter dem brütenden Paar und erinnerte sich, dass Otto erzählt hatte, sie hätten den Schwänen einen Schutz vor Hunden gebaut.

Nach einer Weile wandte er sich wieder zum Gehen, als er eine ihm wohl bekannte Frau sah, die ihm eilig über den Kreisverkehr entgegenlief. Ihre Hände hatte sie vor dem Bauch ineinander gelegt, als versteckte sie etwas darin. Hektisch schwenkte ihr Blick von links nach rechts, dann überquerte sie den letzten Teil der Straße.

„Rita?“, rief Max. Sie schien ihn gar nicht bemerkt zu haben. Nun blickte sie erschrocken auf.

„Max!“

„Fall nicht hin“, mahnte er sie, als sie die letzten Schritte auf ihn zu stolperte.

„Hast du die Nilgänse gesehen?“, fragte sie außer Atem und sah sich erneut zu allen Seiten um. Nein. Er hatte nur nach den Schwänen gesehen, die Nilgänse waren ihm auf seinem Weg entlang des Ufers nicht begegnet, obwohl...

Mit einem Mal hob das ihnen bekannte unverkennbare Schnattern an, als ein Nilganspaar mitsamt seiner Brut unter der Brücke über den Kautenbach herangepaddelt kam.

Rita trat näher zu Max und öffnete vorsichtig ihre Hände.

„Ach du je“, Max hob die Brauen. Rita hatte ein tschilpendes Entenküken dabei.

„Diese Radaumacher haben doch oben in der Kirchgasse gebrütet. Heute Morgen sind sie anscheinend endgültig raus aus dem Nest und runter an den Fluss. Und den Kleinen hier haben sie dabei wohl vergessen.“

Wie zur Bestätigung tschilpte das Küken erneut. Mit einem Mal wurde es unruhig am Ufer. Ein aufgeregtes Geschnatter hob an, als sich die Nilgansfamilie das Ufer herauf bewegte und direkt auf Rita und Max zu hielt.

„Ich glaube, du hast die Familie gefunden“, grinste Max.

Behutsam setzte Rita das Küken auf den Boden. Es schüttelte sich ein paar Mal, dann flitzte es auf die übrigen Nilgänse zu.

Max lächelte. Ganze sechs Küken hatte die kleine Familie nun. Na das konnte ja was werden, wenn die alle groß waren. Das freudige Geschnatter wurde unterbrochen vom Klang des Glockenspiels am Trarbacher Stadtturm.

Rita blickte auf ihre Uhr. „Schon sechs... Ach herrje, wie die Zeit rumgegangen ist. Wolltest du zum Stammtisch?“

„Ich hatte es mal vor“, erwiderte Max.

„Dann können wir zusammen gehen. War bei Mariannes Sachen was Schönes für dich dabei?“

Max biss sich auf die Lippe. „Ich habe die Gedichte bisher nur überflogen. Aber da sind ein paar nette Schmankerl dabei. Mal schauen, wie ich die einbauen kann.“

Rita nickte zufrieden, dann machten sie sich auf den Weg in die Goldene Traube. Otto rutschte sogleich auf der Eckbank ein wenig zur Seite, als sie die Gaststätte betraten. Max nahm dankend Platz und winkte dem Wirt zu, der gerade einem bärtigen Mann am Tresen Wein nachschenkte.

„Na Max, was macht die Kunst?“

Max zog eine Grimasse. „Muss… hat immer noch keiner von euch Lust mir den Osterhasen zu spielen?“

Die anderen winkten ab. „Frag mal Günter, der wollte heute auch mal wieder vorbei kommen“, erwiderte Otto. „Vielleicht hat der Lust solch eine ehrenvolle Aufgabe zu übernehmen.“

„Mit Sicherheit. Ich kann mich ja jetzt vor Interessenten schon kaum retten“, kommentierte Max seufzend.

Sie schwiegen eine Weile.

„Aber da hast du ja mal wieder den richtigen Riecher gehabt, was?“, begann schließlich Fritz, nachdem Max von selber nicht das Wort ergreifen wollte. „Offenbar hat es mit dem Vandalismus im Ort ja doch etwas auf sich. Jetzt ist die Maria weg… Ich frage mich, warum die die Maria hier aus unserer Kirche nicht mitgenommen haben.“

Max nickte. Genau das hatte auch Hugo und ihm den Nachmittag über Kopfschmerzen bereitet – zugegeben, bei Hugo war es sicher mehr die saftige Erkältung, als die Grübelei gewesen, die ihn in die Migräne getrieben hatte. Doch so sehr sie es auch drehten und wendeten, sie kamen nicht darauf, was die drei Einbrüche sinnvoll miteinander in Zusammenhang brachte. Dass es eine Verbindung geben musste, stand für sie wiederum außer Frage.

„Vielleicht ist sie nicht so wertvoll, wie die Maria in der Trabener Kirche“, sagte Pia. „Wir hatten heute Treffen von unserem Frauenclub. Die Fredericke hat erzählt, dass am Montag ein Ikonologie-Professor bei ihr im Ikonenzentrum war.“

„Und der wollte eine Maria klauen?“, lachte Otto.

„Nein.“ Pia strafte ihn mit einem missbilligenden Blick. „Er schreibt an einem Buch und sucht dafür ganz besondere

Marienbilder. Die Maria soll in weiß und rot gehüllt sein, nicht wie üblich in blau und rot."

„Und ist er fündig geworden?"

Pia schüttelte den Kopf. „Leider nein. Er ist extra aus Russland hier her gereist, aber leider umsonst."

„Ist der bescheuert?", fragte Werner. „Da schickt man eine Mail und fragt ‚Haben sie weiß-rote Marienfiguren? Nein? Danke, das war's.' Wozu reist man dann denn bitte aus Russland an?"

„Keine Ahnung. Wahrscheinlich ist er als Professor generell an Ikonenbildern interessiert und wollte sie sich gerne ansehen. Und ein Kurzurlaub an der Mosel hat ja auch noch keinem geschadet. Er soll mit einem Geländewagen vorgefahren sein, vielleicht geht er damit jetzt ja noch auf ‚Moselsafari'."

„Das macht man in der sibirischen Steppe wahrscheinlich so", lachte Fritz.

„Ich wollte ja nur sagen, dass die Leute für Marienbilder offenbar bereit sind, einiges auf sich zu nehmen. Wenn die Diebe also einen wirklich eingefleischten Sammler finden, dann kann die ihnen bestimmt einiges an Geld bringen. Die Fredericke meint, sie hätte einen Obdachlosen im Ort gesehen, vielleicht dachte der sich ja, er könnte sich ein bisschen was dazu verdienen."

Max folgte dem Gespräch schweigend und versuchte sich alles zu merken, was Pia berichtete. Ikonologie-Professor, Obdachloser…

„Irmlinde meinte wiederum, Kreber stecke hinter allem", fuhr Pia unbeirrt fort. „Und dann saß der auf einmal am Nebentisch. Na, wir haben doof geschaut."

Sie schlug sich die Hände vors Gesicht, als könnte sie es immer noch nicht fassen, dass der Bürgermeister ihr gesamtes Gespräch mitangehört haben musste.

Die Tür schwang auf, als der Wirt Max und Rita ihre Getränke vorsetzte. Nun war der Stammtisch vollzählig: Günter, der seit so vielen Abenden säumig gewesen war, wurde mit großem Hallo als ‚der verlorene Sohn' begrüßt. Immerhin wohnte er quasi neben ihrem Stammlokal, da war es schon mehr als schändlich dem Stammtisch an so vielen Abenden in Folge fern zu bleiben.

„Himmel, Arsch und Wolkenbruch, ist das kalt da draußen", war die Antwort, ehe er sich zur Theke wandte. „Einen Glühwein bitte."

Der Wirt zog eine Grimasse und wandte sich dann seinem Gläserregal zu.

„Du bist nicht Mal zwanzig Meter über die Straße gelaufen."

„Stimmt, darum habe ich auch keine Jacke angezogen."

Die Frauen in der Runde, wechselten einen vielsagenden Blick.

„Jaja, sagt nichts", sagte Günter und ließ sich neben Max auf der Bank nieder. „Wir Männer, wir halten so was aus."

„Damit wir Frauen euch dann von eurem Männerschnupfen kurieren müssen, ist klar", Rita verdrehte die Augen.

„Darum trinke ich jetzt einen schönen Multivitaminsaft, damit das nicht passiert", erwiderte er, als der Wirt ihm eine Tasse mit Wein und einer Kerze vor die Nase stellte. „Was ist das?"

„Glühweinbausatz", sagte der Wirt mit bierernster Miene. „Gibt es neu bei Ikea."

Die anderen brachen in schallendes Gelächter aus. Kopfschüttelnd hob Günter die Tasse und nahm einen großen Schluck.

„Komm, ich bring dir ein Glas“, sagte der Wirt, doch Günter winkte ab.

„Du brauchst eine Frau, die dir dem Wetter entsprechend mal die Kleidung raus legt!“, grinste Pia. „Dann brauchst du auch im April keinen Glühwein mehr.“

„Wenn das mal so einfach wär, mit der Frauenwelt“, brummte Günter und nahm einen weiteren Schluck.

„Och komm, es ist Frühjahr, da wird sich doch auch für dich was finden lassen“, feixte Fritz.

„Na, da warte ich aber schon seit vielen Frühjahren drauf“, gab Günter zurück.

„Du hättest dir ja die Klara schnappen können… Jung, hübsch, im Staatsdienst… das wäre doch mal ein Fang gewesen, aber da warste ja mal wieder zu langsam“, sagte Otto mit einem Zwinkern.

„Ja sicher, die Klara. Ich könnte deren Opa sein.“

„Manche Männer mögen das ja“, gab Pia zu bedenken.

„Ja, aber die haben dann meist mehr auf der hohen Kante als Günter“, lachte jetzt auch Werner.

„Wem's gefällt.“

Max sah von einem zum anderen. „Redet ihr von Klara Friedrichs? Der Polizistin?“

„Genau die. Ist mir neulich fast in die Schubkarre gerannt, als sie ganz verträumt an der Mosel entlangjoggte. Und in der Probe lässt sie sich auch nicht blicken, obwohl Hugo ihr Kommen groß angekündigt hat. Sie scheint ihre Abende wohl lieber mit diesem adretten Schnösel zu verbringen, als mit uns."

Max blickte ihn verwirrt an. „Welchem Schnösel?"

„Na, da läuft doch die letzten Tage so ein anscheinend recht solventes Bürschchen durch den Ort. Lederschuhe, rosa Hemdchen, weißer Pulli, na du weißt schon. Der lungert mit so 'nem anderen gegelten Vogel hier rum. Und anscheinend kennen Klara und der sich."

„Ja, zumindest waren sie vor ein paar Tagen erst zusammen Radfahren", warf nun Rita ein, biss sich aber sogleich auf die Lippen, als sie Max' Blick sah.

„Nun soll nochmal einer hier sagen, ich sei neugierig!", maulte Max und blickte kopfschüttelnd von einem zum anderen.

„Na aber seht ihr? Was habe ich gesagt? Natürlich ein Mann mit Geld an den Füßen", rief Werner.

„Ein aufkommendes Liebesglück, ein junges Paar, das ist doch toll. Das bringt neues Leben in den Ort. Der Kerl kann sich sicher hier ein Häuschen leisten oder eine der dutzenden neuen Wohnungen, die sie hier am bauen sind und dann…" Mit einem Mal verstummte Otto, als die Tür aufschwang und ein junger Mann eintrat.

Max begriff sofort, doch Werner brauchte etwas länger. „Was und dann? Macht er ihr viele kleine reiche Kinderchen in rosa Stramplern und mit kleinen Lederschühchen?"

Betreten sah Otto zu Boden, als Werner – unter dem Tisch von Ritas Stiefel getroffen – kurz aufjaulte und dann ebenfalls verstummte. Der Neuankömmling gesellte sich zu einem jungen Mann, der in einer anderen Ecke der Kneipe offenbar schon auf ihn gewartet hatte.

„Apropos Frauen“, Max räusperte sich. „Wo wir hier ja jetzt den Fachmann direkt vor Ort haben…“

Er sah Günter vielsagend an. „Was ich? Fachmann für Frauen?“

„Naja, für diese spezielle Sorte vielleicht schon.“

Otto verschluckte sich prustend an seinem Bier. Max ignorierte ihn.

„Es geht um die gestohlene Marienfigur aus der Trabener Kirche. War die… wertvoll?“

„Aha“, war das einzige, was Otto halbwegs triumphierend heraus brachte, ehe er sich weiter in einer erneuten Hustenattacke erging, verzweifelt bemüht, das eingeatmete Bier wieder aus seinen Lungen zu befördern. Immerhin hatte Max sich gerade verraten: Er war noch immer am Ermitteln.

„Wie man es nimmt. Heiligenfiguren haben immer einen gewissen Wert. Gerade bei Sammlern sind sie sehr beliebt. Der ideelle Wert ist in diesem Fall wahrscheinlich aber um ein Vielfaches höher, als der wirkliche Wert.“

„Weißt du, von welchem Künstler sie stammte?“

„Puh, nein… keine Ahnung. Ich hatte mit den Figuren in der Katholischen Kirche in Traben noch nicht wirklich viel zu tun“, grübelte Günter nach.

„Und die in Rachtig?“

„Ist das ein Verhör Max?“ Günter sah ihn forschend an. „Oder ein Quiz? Kann ich was gewinnen, wenn ich alle Fragen richtig beantworte?“

„Du kannst seinen Osterhasen spielen“, presste Otto mühsam hervor. Der Wirt stellte ihm ein Glas Wasser vor die Nase, das er dankend annahm. Max zog es vor, ihn weiterhin zu ignorieren.

„Nein… ich bin nur… interessiert."

Günter hob eine Augenbraue. Dann grinste er. „Verstehe… wenn ich jetzt nicht umfassend aussage, steht morgen wahrscheinlich Hugo bei mir vor der Tür und will sein Saxofon repariert haben oder liefert sonst einen fadenscheinigen Grund, um mich zu besuchen. In der Probe bin ich ihm ja gestern schon entwischt, da war ich nämlich anderweitig unterwegs."

Max bezweifelte stark, dass Hugo sich die nächsten Tage nochmal aus dem Haus bewegen würde, doch er ließ Günter, der nun schon wieder eine nachdenkliche Miene aufgesetzt hatte, vorerst in dem Glauben. Schaden konnte es ja nicht.

„Heiligenfiguren sind leider nicht so wirklich mein Metier", fuhr Günter schließlich fort. „Aber der Pastor Reimann von Rachtig soll ein recht kunstverständiger Mann sein. Wenn ich recht informiert bin, sammelt er sogar Krippen. Es gab mal eine Ausstellung vor ein paar Jahren, da hat er viele schöne Exemplare zur Verfügung gestellt. Er kann dir sicher Näheres über Marienfiguren erzählen, denen ist doch auch erst kürzlich eine abhandengekommen, oder?"

Mit einem Mal veränderte sich der Ausdruck auf Günters Gesicht, und Max war es, als könne er hörbar den Groschen fallen hören. „Du denkst, da gibt es einen Zusammenhang? Die Maria in Traben und die in Rachtig?"

„Du hast davon gehört?"

„Man mag es kaum glauben, aber ich lese hin und wieder auch Zeitung", gab Günter lächelnd zurück.

Hinter ihnen hob mit einem Mal ein Gemurmel an, dann erhob sich ein junger Mann in jener Ecke, in die kurz zuvor noch der vermeintliche Schwarm von Klara Friedrichs abgebogen war. Mit einem strahlenden Lächeln und ineinander gelegten Händen baute er sich nun vor ihnen auf.

„Ich grüße Sie, die Damen, die Herren", er machte eine leichte Verbeugung. Otto räusperte sich erneut, ob noch immer wegen des Bieres in der Luftröhre oder wegen dem Bedürfnis, die überschwängliche Höflichkeit mit Verachtung zu quittieren, blieb unklar. Der Fremde in jedem Fall störte sich nicht weiter daran und fuhr lächelnd fort: „Wenn ich Sie richtig erkenne, dann sind Sie doch der berühmte Traben-Trarbacher Unterweltführer... Herr Krämer, richtig?"

Nun war es an Max sich zu räuspern. „Ich bin einer der Unterweltführer hier im Ort, das ist korrekt. Und mein Name ist Krämer."

„Wunderbar, Sie suche ich!" Ohne ein weiteres Wort abzuwarten, trat der Neuankömmling an den Tisch heran. „Bastken ist mein Name, Elmar Bastken. Mein Geschäftspartner und ich sind für ein paar Tage in unsere alte Heimat zurückgekehrt. Wir handeln mit extravaganten Weinen, Weinpräsenten und Weinevents. Hier... unsere Karte."

Er zog ein blinkendes Vistienkartenetui aus der Tasche und reichte Max eine Karte hinüber.

Weinzeit

Bachmann&Bastken

„Wir dachten, wir kommen in der Osterzeit mal nett hier her, mein Geschäftspartner besucht seine Familie in Pünderich, und zeitgleich wollen wir natürlich viele neue tolle Angebote für unser Projekt gewinnen. Die Unterwelt hat es uns natürlich sofort angetan, und was man so hört, können Sie uns Zutritt dazu verschaffen? Das hört sich ja gefährlich an."

Er zwinkerte den Damen zu. Otto wandte sich mit einem Gesichtsausdruck ab, der befürchten ließ, dass ihm gleich noch so manch anderes, als sein Bier aus dem Gesicht fallen würde.

„Sie wollen kurzfristig eine Führung machen?"

„Oh ja, das wäre wunderbar. Wir zahlen auch gut", er lächelte verbindlich.

„Na dann… Die Preise sind allerdings festgelegt. Wie wäre es mit Montag, dann kann ich die Führung noch bei der Touristinfo anmel…"

„Montag erst?" Bastken zog ein schmollendes Gesicht. „Wir hatten gehofft gleich morgen?"

Max spürte förmlich, wie in ihm die Charaktereigenschaft „Zu gut für die Welt" gegen das Gefühl „Dieser Mensch ist mir unsympathisch" rang und letztlich die Oberhand gewann.

„Nun gut, dann also morgen", er konnte Ingrid in der Früh anrufen und den Termin privat durchgeben. Sie würde es dann am Montag nachtragen. Außerdem hatte er sich – von einem potentiellen Besuch bei Pfarrer Reimann in Rachtig und dem Plan, seinen Krimi weiter zu lesen abgesehen – für den Sonntag noch nichts vorgenommen.

„Wunderbar", Bastken schlackerte mit den Armen. „Dann treffen wir uns morgen Mittag?"

„Um drei?"

„Ja gerne. Wo denn genau?"

„Hotel Anker in Traben? Dann können wir von dort in die Keller gehen… Sie wissen wo Traben und wo Trarbach ist?"

„Das weiß ich." Er lächelte verschwörerisch… „Wir sind ja quasi Einheimische."

Aus dem Augenwinkel nahm Max eine Bewegung wahr. Als er sich umwandte, hatte sich ein Mann vom Tresen erhoben und stand nun ebenfalls direkt an ihrem Tisch. Er hatte einen langen Bart, war groß und sportlich leger gekleidet. „Würde es Ihnen etwas ausmachen, wenn ich mich anschließe?“, brummte er mit heiserer Stimme? „Diese Unterwelt würde mich auch interessieren. Aber alleine kriegt man ja nicht so leicht eine Führung.“

„Und schon gar nicht so schnell“, lächelte Bastken weiter, doch sein Lächeln wirkte nun wie eingefroren. Nach einem kurzen Blick zu Max fing er sich aber rasch wieder: „Natürlich können Sie mitkommen. Einer mehr oder weniger, macht in diesen – wenn man den Gerüchten glauben darf – *gigantischen* Kellern ja keinen Unterschied, oder?“

Klara Friedrichs hatte Mühe, die Augen offen zu halten, als sie an diesem Samstagabend vor ihrem PC in der Dienststelle saß und ein weiteres Mal die Bilder vom letzten Abend öffnete. Ein erneuter Schuhabdruck, eine fehlende Maria und sonst nichts… *gar nichts*… keine umgestoßenen Gegenstände, keine beschmierten oder gar aufgestemmten Wände…*nichts*.

Sie seufzte. Pfarrer Giessen hatte versprochen, ihnen ein Bild der Statue zu geben, das sie am Morgen auch sogleich im Briefkasten der Polizeidienststelle gefunden hatte. Lächelnd hatte sie das Foto in den Scanner gelegt und digitalisiert. Das Datum auf der Rückseite verhieß, dass es bereits aus dem Jahre 1988 und wohl noch von einem seiner Vorgänger stammte. Es passte zu dem Eindruck, den Klara von dem alten Pfarrer hatte… traditionsbewusst, den neuen Medien nicht allzu sehr zugetan. Nicht etwa verbohrt oder starrsinnig, aber alles, was bisher auch ohne Internet, Facebook und sonstige Dinge funktioniert hatte, tat es eben immer noch so. Es hätte sie gewundert, wenn der alte Herr ein Handy oder einen großen Flachbildfernseher besessen und ihr das Bild gemailt oder per WhatsApp gesendet hätte.

Tim erwischte sie bei ihrem versonnenen Lächeln. „Hallo! Du bist bei der Arbeit… Knutschi mit Schatzi ist nachher dran!"

Sie warf ein zusammengeknülltes Papier nach ihm, doch er wich ihr aus. „Bist du eigentlich deinen Stalker losgeworden?"

„Wen?"

„Diesen Guthar."

„Er ist nicht mein Stalker. Er hat den Anruf gehört und ist uns gefolgt. *Du* musstest ja vor seinen Ohren preisgeben, *was genau wo* passiert ist. Kein Wunder, dass er uns gefolgt ist."

„Schuldig", Fritzen hob abwehrend die Hände. „Er kann sich ja rumtreiben, wo er will. Nur hier braucht er so schnell nicht mehr aufzutauchen."

„Ich vermute, der nimmt seit gestern Abend durchgehend ein heißes Bad… so nass wie der arme Kerl war."

„Na, vielleicht war ihm das eine Lehre." Tim erhob sich. „Was macht man denn als Rentner so? Bücher lesen, durch die Welt reisen, Vogelhäuschen bauen… Warum muss der mit diesem Krämer zusammen den Ort aufmischen?"

„Ich weiß es nicht", erwiderte Klara. „Aber was ich gehört habe, haben sie vor einiger Zeit tatsächlich schon mal bei der Aufklärung eines Verbrechens geholfen."

„Du meinst diesen Toten in der Unterwelt?"

Klara nickte, doch Tim winkte ab. „*Vor* meiner Zeit… ich hatte es immer für eine Inszenierung von diesem Kreber gehalten."

Sie zog eine Grimasse. „Das würde ich bei diesen komischen Kircheneinbrüchen auch fast denken. Wenn da nicht die Geschichte mit der Kirche in Rachtig gewesen wäre. Und die Tatsache, dass der Typ jetzt eine Bürgerwehr auf den Plan ruft. Er denkt, dass dieser ominöse Obdachlose eine Gefahr für den Ort darstellt."

Fritzen nickte. „Nur, dass ich den bewusst noch nie irgendwo hier gesehen habe. Und auch sonst hat sich keiner über ihn beschwert. Die Küsterin wiederum meinte, dass der Bürgermeister hinter den Einbrüchen stecken könnte, um dem Pastor eins auszuwischen. Aber das scheint mir doch ein sehr maues Motiv für insgesamt drei Einbrüche… zumal der Pastor mit Rachtig nichts zu schaffen hat."

„Ablenkung?", warf Klara ein.

„Naja… Der einzige Vorteil, wenn wir den Bürgermeister in U-Haft nehmen wäre, dass er uns nicht mehr ständig anrufen und irgendwelche Bürgerwehren gründen kann. Tja und mit diesen Marienfiguren... Heiligenbilder haben einen großen Markt… Sammler, Liebhaber…"

„Ja, ich habe Preise nachgelesen. Dafür reichen unsere Gehälter nicht aus."

„Stimmt… da muss man sich eine *gute Partie* angeln, wenn man da mitmischen will. Einen erfolgreichen Start-Up-Unternehmer vielleicht." Verstohlen und frech grinsend sah er zu ihr hin.

Sie streckte ihm die Zunge heraus. „Wenn auf meinem Schreibtisch demnächst statt dem Pferdefoto eine Marienstatue steht, weißt du Bescheid."

„Logisch, wirste gleich verhaftet."

„Eher nicht", sie grinste. „Dann sind Schatzi und ich schon in der Karibik."

Ernst Kreber saß vor seinem Fernseher und zappte sich gelangweilt durch das Abendprogramm. Der Samstagabend war schon lange nicht mehr das, was er mal gewesen war. Das eine Drittel von Deutschland suchte zum hundertsten Mal einen Superstar, ein weiteres Drittel erging sich unter dem Vorwand ‚nur die wunderschönen Landschaftsaufnahmen sehen zu wollen' in romantischen Schmonzetten, deren Ende schon vom Text in der Fernsehzeitung abzusehen war, und das restliche Drittel sah sich auf diversen Sendern die Wiederholungen amerikanischer oder norwegischer Krimis an, in denen Menschen zerstückelt, in Säure aufgelöst, gegessen oder alles zusammen wurden.

Er schaltete den Fernseher aus und erhob sich, um ein Bier aus dem Kühlschrank zu holen. Bier war und blieb eindeutig sein alkoholisches Lieblingsgetränk. Ganz gleich ob Kirner, Bitburger oder sonst was, es mundete ihm so viel besser als der Wein, den er hier immer lächelnd und prostend vor aller Augen zum Munde führen und loben musste. Er machte ihm Sodbrennen... und Kopfschmerzen.

Was hatte er sich damit nur angetan? Ernst Kreber merkte, wie seine alljährliche Frühjahrsmüdigkeit mal wieder drohte in eine kleine aber feine Depression abzugleiten. Was wollte er in diesem trostlosen Kaff irgendwo zwischen Winzern und Trachtengruppen, Wein-Nachts-Markt und Weinfest, Burgruine und Jugendstil. Er hatte sich eingebildet, etwas aus diesem Ort machen zu können, sich ein Denkmal zu setzen und verdammt, *das wollte er immer noch! Und das würde er verdammt nochmal auch tun.*

Am liebsten wäre er schon zu Wendhut gegangen und hätte ihn Maß nehmen lassen für eine Statue ihm zu Ehren, wie es sie von Dr. Ernst Willen Spieß oder dem Fährmann gab. Er würde sich hier einen Namen machen, und er würde diesen Namen über die Ortsgrenzen und die Kreis- und Landesgrenzen hinaus bekannt machen.

Ernst Kreber, der Mann, der die Grevenburg wieder zum Leben erweckt hatte. Doch er musste noch warten. Wenn alles in trockenen Tüchern war, dann... ja erst dann würde die Bombe platzen. Gedankenverloren griff er nach einer Karte, die auf dem Tisch lag und drehte sie zwischen den Fingern hin und her.

Fritz Quill

Investmentbanker

Wenn sich dieser blöde Kerl nur endlich mal melden würde. Immerhin hatte er ihm bereits schlappe 5.000 € für erste Behördengänge, Denkmalschutzerkundigungen und vieles mehr gegeben. Aus seiner Privatkasse, verstand sich. Den Stadtrat ging das Ganze noch lange nichts an. Aber seit ihrem geplatzten Treffen herrschte nichts als Funkstille.

Stattdessen hatte sich vor wenigen Stunden ein Reporter bei ihm gemeldet. Nicht Wagner, sondern irgendein Vogel von einem Luxemburger Fernsehsender, zumindest hatte er mit einem seltsamen, fast französisch klingenden Akzent gesprochen. Er hatte sich als Jean Schmit vorgestellt. Offenbar plante sein Sender einen halbstündigen Bericht über die Traben-Trarbacher Unterwelt, zu dem Schmit vorab Erkundigungen einholen sollte.

Er sei der ‚Location-Scout' und müsse sich unbedingt sämtliche Keller vorher ansehen, so hatte er Kreber erklärt, denn nur die schönsten würden es dann letztlich in die Sendung schaffen. Natürlich würde es auch ein Interview mit ihm, Kreber, geben, das hatte ihm der Fernsehmann zugesichert und wäre am liebsten am Samstag noch zur Besichtigung angereist. Seltsame Arbeitszeiten hatten die da beim Luxemburger Fernsehen, aber das konnte ihm ja egal sein.

Zeit hätte er sogar gehabt, doch gab es da ein Problem: Er wusste selber nicht, wo die ganzen Keller der Traben-Trarbacher Unterwelt zu finden waren. Dieser Krämer schaffte es immer wieder neue Keller aufzutun, wie sollte er da einen Überblick behalten. Am Einfachsten wäre es daher wohl gewesen, Krämers Nummer an den Mann weiterzugeben, schließlich ging es vorerst nicht um Aufnahmen, sondern nur um die Keller, doch Kreber fürchtete, dass der Journalist – wie bereits so oft in der Vergangenheit geschehen – einen Narren an Krämer fressen würde und dann wäre mal wieder er es, der in dem Fernsehbeitrag zu Wort käme.

Aber nicht mit ihm! Er hatte sich bis Montag Zeit erbeten, dann wollte sich Jean Schmit noch einmal melden. Und bis dahin würde er schon rauskriegen, welche Keller es hier in seiner Stadt so alles zu besichtigen gab. Hatte dieser Krämer nicht eine Internetseite mit seinen Informationen bestückt. Die würde er sich jetzt mal schön ausdrucken und zu Gemüte führen.

St. Marien

Am Sonntagmorgen war Max zu seiner gewohnten Uhrzeit um 5:00 Uhr in der Früh schon putzmunter und aus den Federn.

Die Hühnerbande in seinem Garten staunte nicht schlecht, als sie um sieben Uhr ihr Futter bereits verzehrbereit auf der Wiese vorfand, denn Max war schon nach Traben hinunter gewandert, um Brötchen zu holen. Als er kurz hinter der Alten Ratsschenke auf den Marktplatz einbog, staunte wiederum Max nicht schlecht, als er auf den winkenden Heinz Wender zulief.

„Bist du aus dem Bett gefallen?“, fragte er.

„Das gleiche könnte ich dich auch fragen“, kam die Antwort zurück.

„Ich lauf hier jeden Morgen um sieben lang, um Brötchen zu holen. Das kannst du natürlich nicht wissen, weil du da sonst noch immer in den Federn liegst und nicht auf deinem Posten sitzt.“

„Morgens um sieben bin ich schon zweimal nach Trarbach und zurück patrouilliert“, grinste Heinz zurück.

„Na dann“, Max lachte, dann ging er in die Bäckerei. Kurz darauf kam er beladen mit einer Tüte Brötchen wieder heraus.

„Na dann, guten Hunger.“

„Ist nicht alles für mich. Auch für Hugo. Der Arme hat ‘nen fiesen Männerschnupfen.“

Heinz lachte, dann winkte er Max zu, während er zeitgleich einen roten Mini in Augenschein nahm, der auf dem Weg nach Rißbach war. Doch in seinem Blick blitzte kein Erkennen auf.

Kurzentschlossen bremste die Fahrerin plötzlich ab und stellte ihr Auto rechts an den Straßenrand. Es war eine junge, hübsche Frau, Mitte zwanzig mit dunklem Haar. Rasch rannte sie über die Straße zur Bäckerei hinüber.

„Viele Fremde derzeit im Städtchen“, brummte er kopfschüttelnd. „Und dann noch so früh am Morgen unterwegs. Die da fährt hier inzwischen fast jeden Morgen lang.“

Max sah zur Bäckerei hinüber. Die Tür öffnete sich erneut und die Fremde lief mit einer Tüte Brötchen im Arm zurück zu ihrem Auto. „Kenne ich auch nicht“, sagte er kopfschüttelnd. Dann kam ihm eine Idee. „Sag mal, Irmlinde Kraus hat berichtet, es führen hier ungewöhnlich viele schwarze Autos herum?“

Heinz Wender hob eine Augenbraue. „Also die Farben der Autos, die hier vorbei kommen, merke ich mir noch nicht.“

Max lächelte.

„Aber es stimmt. Hier sind zwei so dicke Karossen aus München unterwegs. Die habe ich schon ein paar Mal gesehen. Vielleicht suchen die ein Wochenendhäuschen bei uns?“

„Es soll unser Schade nicht sein“, lächelte Max. „Sie sollen nur alle schön zu den Unterweltführungen kommen!“

Damit nickte er Heinz zu, der zum Abschied die Hand hob. Schnellen Schrittes lief er wieder den Berg hinauf. Vor der katholischen Kirche bog er nach links in den Weinberg ein. Das Flatterband war noch immer dort und Max fragte sich, wo an diesem Tag wohl der Gottesdienst stattfinden würde, jetzt, wo ja beide Kirchen eigentlich nicht zur Verfügung standen.

Ein paar Meter weiter bog er in den schmalen Wingertsweg ein, der ihn hinauf zu seinem Haus führte, besann sich dann aber eines Besseren und lief den asphaltierten, breiten Alten Brauerweg weiter entlang, bis die Straße schließlich in Schotter überging. Zu seiner linken erstreckte sich nun das Moseltal. Vier Köpfe, Skulpturen aus Sandstein standen hier und starrten ihn und den Ort zu ihren Füßen an. Er erinnerte sich, was der Doppelkopf im Kreisel auf der Trarbacher Seite für Diskussionen im Ort hervorgebracht hatte. Viel zu teuer sei er gewesen, aber von einem lokalen Künstler. Kunst hatte wohl immer ihren Preis… auch Kirchenkunst… eine Marienstatue etwa.

Den Blick von nun an fest auf den Boden geheftet, wanderte er weiter den Berg hinauf. Doch wenn er gehofft hatte, hier die Spuren irgendwelcher Reifen, die Hinterlassenschaften eines Fluchtfahrzeuges zu finden, das die Diebe hier geparkt und dann für ihren Weg durch den Weinberg genutzt hatten, dann hatte er sich wohl getäuscht. Das wechselhafte Wetter und vor allem der Regen am Freitagabend hatten das ihre getan, um alles zu verwischen. Eine vielversprechende Spur war es wahrscheinlich, sich an der Autowaschanlage in Rißbach zu postieren. Früher oder später würde der Fluchtwagen hier womöglich gewaschen werden. Oder eben irgendwo privat mit einem Gartenschlauch. Max verwarf den Gedanken ebenso schnell, wie er ihn gefasst hatte.

An der Weggabelung oben im Weinberg angekommen, blickte er sich um. Nach rechts führte der Weg zurück zur Römerstraße und dem Wasserturm. Hier ging es sowohl wieder in den Ort hinein, als auch weiter den Berg hinauf ins Industriegebiet. Zur Linken konnte man über Kopfsteinpflasterwege hinunter zum Kräuterhausweg gelangen. Alle Wege standen dem geneigten Dieb offen, nirgends gab es Schranken oder andere Hindernisse, die eine Richtung vorgegeben oder ausgeschlossen hätten.

Er seufzte und wandte sich nach rechts, um zurück in den Brauer zu gehen. Auf dem Weg die Römerstraße runter, klingelte er bei seinem Lieblingsnachbarn.

Es dauerte eine gefühlte Ewigkeit, bis sich hinter der Haustür etwas rührte. Schließlich schwang sie einen Spalt auf.

„Es ist acht Uhr morgens“, flüsterte eine Stimme.

Max blickte auf seine Uhr. „Das ist korrekt.“

„Witzig. Machen wir jetzt Uhrzeitvergleiche, Herr Krämer?“

„Ich habe Brötchen für dich.“

„Ich esse nichts, was auch nur im Entferntesten Anstalten macht, an meinen Mandeln und meinem Hals vorbeizuschrappen.“

„Es sind Milchbrötchen… quasi für Zahnlose.“

„Mein Held.“

Ohne ein weiteres Wort nahm Hugo die Tüte entgegen und machte Anstalten, die Tür gleich wieder ins Schloss fallen zu lassen.

„Ich fahre heute nach Rachtig“, sagte Max. „Ich vermute du magst nicht mitkommen?“

Hugo schüttelte den Kopf. „Wenn ich mich gut fühle, fahre ich heute vielleicht aufs Polizeirevier. Mit ein bisschen Glück schaffe ich es, diesen Fritzen anzustecken. Ich würde es ihm ja gönnen. Aber alle weiteren Aktivitäten spielen sich bei mir heute ausschließlich auf der Couch und vor dem Fernseher ab.“

Max grinste. „Besser dich!“

Hugo nickte, dann schloss er die Tür.

Gegen elf Uhr erreichte Max die St. Marien-Kirche in Rachtig. Der Gottesdienst war soeben zu Ende gegangen und wie telefonisch vorher besprochen, erwartete Hans Reimann ihn bereits in der Sakristei. Er hatte dem Pfarrer am Telefon von den Vorkommnissen in Traben-Trarbach berichtet, auch von dem Einbruch am Freitagabend, der in der gedruckten Tageszeitung noch nicht aktenkundig geworden war, mit Sicherheit aber am Montag erscheinen würde.

Als Max sich vorstellen wollte, winkte der Mann mittleren Alters lächelnd ab. „Nicht nötig, ich kenne Sie. Sie werden sich zwar vielleicht nicht unbedingt an mich erinnern, aber ich habe schon einmal mit dem Presbyterium eine Führung bei Ihnen besucht.“ Zwinkernd kam er näher. „Durch die verwegene Unterwelt.“

Max war baff. Der Pfarrer lachte. „Ich glaube Ihnen gerne, dass Sie sich nicht mehr an jeden erinnern können, den Sie bereits geführt haben. Aber jetzt habe ich die Chance, mich zu revanchieren. Haben Sie Lust auf eine kleine Kirchenführung?“

Max nickte.

„Unsere Kirche stammt ursprünglich aus dem Jahr 1725“, begann Reimann zu erzählen, während er aus der Sakristei heraus in den Altarraum trat. „Anfang des 20. Jahrhunderts war sie jedoch so baufällig, dass beschlossen wurde, nach den Plänen von niemand Geringerem als dem Trierer Dombaumeister Julius Wirtz eine neue Kirche zu errichten. Einzig der Turm ist uns von der alten Kirche noch geblieben, er ist knapp 65 Meter hoch. Auch die hölzerne Empore wurde übernommen. Der Baustoff für die neue Kirche war, wie hätte es an der Mosel auch anders sein können, Schiefer. Die Säulen sind aus Granit, gleich so wie in einem Ihrer Unterweltkeller, wenn ich mich recht entsinne.“

„Basalt“, erwiderte Max. „Im Keller unter dem Moselschlösschen.“

„Vulkan ist Vulkan“, lächelte Reimann. Dann blickte er in das Gewölbe hinauf. „Ein solches Kreuzrippengewölbe dürften Sie auch kennen. Die evangelische Peterskirche in Traben sieht von innen recht ähnlich aus. Das Prachtstück hier, der Altar, stammt ebenfalls aus den Anfängen des 20. Jahrhunderts und wurde mit der Kirche zusammen neu errichtet.“

Max lauschte andächtig. Dann sprang Reimann mit lockeren Schritten die Stufen hinunter in das Kirchenschiff hinein.

„Aber wenn ich es recht verstanden habe, dann interessieren Sie sich weniger für den Bau selber, als für die Heiligenfiguren.“

„Ja, das stimmt. Ich habe gelesen, dass sich kürzlich erst jemand ein bisschen *zu sehr* dafür interessiert hat.“

„Das haben Sie nun wirklich freundlich ausgedrückt“, presste Reimann hervor. Er wandte sich nach rechts. Eine Nische – ein Nebenaltar, war hier in die Wand eingelassen. Er war leer.

„Tja, hier stand sie, unsere Heilige Maria. Nun ist sie spurlos verschwunden. Nicht *einen* kleinen Hinweis hat die Polizei finden können.“

„Wurde die Kirche aufgebrochen?“

Reimann schüttelte den Kopf. „Ich praktiziere das Konzept der offenen Gotteshäuser. Eine Kirche soll ein Zufluchtsort für Menschen sein… Für alle Menschen, ganz gleich welchen Glaubens sie sind und ob sie in Not herkommen oder aus Dankbarkeit und Freude. Es ist ein Gotteshaus und meiner Meinung nach ist es nicht rechtens, dass wir es verschließen oder Eintritt dafür verlangen, dass man es betreten darf. Die Kirche war offen und ist es noch. In all den Jahren hat niemand etwas gestohlen oder verwüstet. Aber schwarze

Schafe gibt es wohl überall.“

Max nickte. „Wurde denn auch etwas zerstört? Wurden die Wände aufgebrochen oder Bänke umgeschmissen.“

Der Pfarrer lachte. „Sie können gerne einmal versuchen, die Bänke zu bewegen. Sie sind im Boden verankert, da wünsche ich Ihnen viel Freude mit.“ Dann wurde er wieder ernst. „Ich habe gelesen, was in der Trarbacher Kirche geschehen ist, die Wände, die Verwüstung. Soweit ist es hier zum Glück nicht gekommen.“

„Sind die Diebe gestört worden?“

„Nein, wohl kaum. Wir haben am Morgen das Fehlen der Maria bemerkt. Bis dahin war niemand von uns in der Kirche, und auch sonst hat sich kein Zeuge gemeldet, der etwas bemerkt oder jemanden in der Kirche überrascht hätte.“

Max erinnerte sich daran, was Hugo über das schwedische Au-pair gesagt hatte. Womöglich hatte sie durch ihr Zusammentreffen mit den Dieben verhindert, dass die Trabener Kirche nun ebenso verwüstet war, wie ihre ältere Schwester in Trarbach. Aber in Trarbach war augenscheinlich niemand gewesen, der die Diebe gesehen oder gestört hatte, und dennoch war die Maria noch da.

„Was grübeln Sie?“ fragte Reimann mit einem forschenden Blick und riss Max aus seinen Gedanken.

„Naja“, Max zögerte. „Verschiedene Dinge ergeben bei diesen ganzen Einbrüchen keinen Sinn.“

Reimann stemmte die Arme in die Hüften und lauschte.

„In Trarbach wurde die Kirche verwüstet, aber die Maria nicht gestohlen. In Traben wurde die Maria gestohlen und die Kirche nicht verwüstet. Bei Ihnen wurde die Maria gestohlen, nichts zerstört und ein Dutzend andere Figuren“

Er sah sich um „wurden einfach hier gelassen? War diese Maria denn so wertvoll?“

Der Pfarrer räusperte sich. „Für uns war sie wertvoll, sicherlich. Sie war ein Geschenk an meinen Vorgänger und wurde zum Bau der neuen Kirche im Jahr 1906 gestiftet. Ein junger Bildhauer, Friedrich Kessler, hat sie damals geschaffen, und man kann sagen, sie war etwas ganz Besonderes.“ Er schwieg. „Ein Sammler zahlt je nach Figur mehrere tausend Euro. Sie war keine Berühmtheit, die in irgendwelchen Katalogen auftaucht oder der Wunder nachgesagt würden. Wir sind kein Wallfahrtsort, sie war einfach ein Dank des jungen Mannes für alles, was Pastor Meinert für ihn getan hatte.“

„Stimmt es, dass Kessler aus Traben-Trarbach stammte?“

Reimanns Blick hellte sich auf. „Ja, da haben Sie recht, aus Trarbach, um genau zu sein. Schau an, dann gibt es ja tatsächlich eine Verbindung. Nur ob die den Dieben bekannt gewesen sein mag?“

„Glauben Sie, es waren die gleichen Diebe?“

„Davon gehe ich mal aus. Für gewöhnlich sind es Banden. Die rauben sich dann einmal quer durch einen Landstrich, bis die Menschen zu wachsam werden. Dann ziehen sie weiter. Irgendwann tauchen manche Figuren dann in Erbschaften oder bei Sammlern wieder auf oder verschwinden auf ewig in irgendeinem Privatbesitz.“

„Aber warum nur die Maria?“

Reimann zuckte die Schultern. „Die Maria ist sicherlich die begehrteste Figur unter den Heiligen. Begehrter noch als ihr Sohn. Mit den anderen kann man aber sicher auch gutes Geld machen. Vielleicht hatten die Täter nur einen Kleinwagen, ich kann es Ihnen beim besten Willen nicht sagen.“ Er lachte, doch Max sah ihm an, dass ihm eigentlich nicht zum

Lachen zumute war. Der Einbruch war ein Vertrauensbruch für den Pfarrer gewesen. Max bewunderte ihn, dass er noch immer die Kirchentüren offen ließ. Wenn er da an das Fort Knox von Irmlinde Kraus oder an die Bürgerwehr von Kreber dachte.

„Friedrich Kessler ist übrigens hier begraben", riss Reimann ihn aus seinen Gedanken. „Wollen Sie sein Grab sehen? Morbiderweise hat er das Gedicht auf seinem Grabstein selber verfasst."

„Sein Grab existiert noch?", fragte Max.

Reimann nickte. „Pastor Meinert hat verfügt, dass Kessler und seine Frau in jenem Bereich beigesetzt werden, in dem auch die alten Pfarrer ihre letzte Ruhestätte gefunden haben. Das Grab *läuft nicht ab*, wenn man es so sagen will. Es gibt kein Verfallsdatum, an dem es aufgelöst würde."

„Ich würde es gerne sehen", sagte Max. Reimann ging voran, durch die Sakristei hinaus auf den Friedhof, der gleich hinter der Kirche gelegen war.

Sie schritten vorbei an Kreuzen und Steinen, an frischen Blumengedecken und Marmorplatten, bis sie schließlich einen kleinen abgetrennten Bereich mit einem Zaun betraten. Der Pfarrer drückte die Klinke hinunter, und sie traten ein. Auf den teils schon arg verwitterten Steinen konnte Max Namen lesen.

Adolf Meinert

Hans Wagner

Friedhelm Grüner

Maria Kessler
geb. Weinmann

Friedrich Kessler

Sie blieben stehen. „Das hier“, sagte Reimann, „sind meine Vorgänger der letzten Jahre. Es gibt ein Stammbuch, in dem sie alle, bis zum Jahr 1725 zurück datiert sind. Viele von ihnen sind hier bestattet, doch teils sind die Grabsteine so ausgewaschen, dass man ihre Namen nicht mehr lesen kann. Wir hatten immer Spenden sammeln wollen, um neue Steine zu beschaffen, aber nun sammeln wir wohl eher für eine neue Maria.“

Er verzog das Gesicht. Dann wies er auf das Grab mit den Namen Friedrich und Maria Kessler. „Das ist er, der Troarbacher Jung mit seiner Trabener Braut.“

Max blickte ihn verwundert an. „Wirklich? Schwieriges Thema zu der Zeit.“

„Wem sagen Sie das?“, erwiderte Reimann seufzend. „Sie kennen unsere Operette „Zeltinger Himmelreich“? Solche Geschichten haben nicht immer ein Happy End. Bei Zeltingen und Rachtig war es wie bei Traben und Trarbach. Pack schlägt sich, Pack verträgt sich. Und noch heute bekommen Sie ganz schön böse Blicke ab, wenn sie in Zeltingen sagen ‚Wir sind doch hier in Rachtig!‘ oder umgekehrt.“

Max nickte. Er erinnerte sich nur allzu gut an die Ankerfehde, eine von unzähligen Geschichten, die den Disput zwischen den einst eigenständigen Weinorten Traben und Trarbach beschrieb. Der Streit um einen in der Mosel entdeckten alten Anker hatte im Jahr 1903 viele blutige Nasen gefordert und manch einem eine Nacht im Gefängnis beschert.

„Bei den Kesslers scheint es auch eine Weile gedauert zu haben, bis sie zueinander finden durften. Und letztlich hat es sie aus ihrer Heimat vertrieben.“

Max blickte den Pfarrer verwundert an. „Sie sind der Liebe

wegen aus Traben-Trarbach weggegangen?"

„Aus Traben und Trarbach, ja. So liest es sich in unseren Kirchenbüchern. Die Geschichte ist mündlich aber auch überliefert. Maria Kessler, geborene Weinmann, war eine Winzerstochter aus gutem Haus. Sie lebte auf der Trabener Seite, die Eltern waren wohlhabend, hatten – dem aufstrebenden Weinhandel sei Dank – eine riesige Jugendstilvilla direkt an der Mosel gebaut, mit reichlich Weinkellern unten drunter. Friedrich Kessler war ein armer Schlucker, ein Künstler und Bildhauer, aber… wo die Liebe nun mal hin fällt. Er hat die Steinmetzarbeiten an der Villa vorgenommen."

„Das hat Marias Eltern dann wahrscheinlich nicht besonders gefallen."

„Nein", lächelte Reimann. „Erst stehlen die bösen Trarbacher die Weinhandelskunden, dann auch noch die Töchter. Sie hatten andere Pläne mit ihr, Heiratspläne, so wird es berichtet. Aber Maria und Friedrich brannten in einer Nacht- und Nebelaktion durch. Ohne Geld, ohne Hab und Gut, ohne alles. Weit kamen sie nicht, dann merkten sie, wie schwer es war ohne ein Dach über dem Kopf. Zurück wollten sie nicht und zumindest Marias Eltern hätten sie ob der Schande, die sie über sie gebracht hatte, wohl auch nicht mehr zurück genommen."

„Sie war schwanger?"

Reimann nickte lächelnd. „Bei Pastor Meinert fanden sie schließlich eine offene Tür. Er nahm die beiden auf, er traute sie sogar. Maria half seiner bereits greisen Haushälterin, Friedrich vermittelte er an allerlei Kirchen in der Umgebung, bis schließlich auch die in Rachtig zum Neubau anstand. Dann schenkte Friedrich ihm zur neuen Kirche die

Maria zum Dank für alles."

Max musste unwillkürlich an die Filme denken, die samstags abends gerne auf einem der ersten drei Kanäle liefen und vor Kitsch und blühenden Landschaften nur so trieften. Womöglich war diese Geschichte über die Jahre von dem ein oder anderen ausgeschmückt worden und nicht mehr ganz so nah an der Realität, falls jedoch nicht, hätte man sie wohl eins zu eins so verfilmen und senden können.

„Legenden… Anekdoten…" Reimann lachte, als er Max' Blick sah. „Aber davon werden ja auch Ihre Führungen so herrlich lebendig. Und zugegeben, der Grabstein lässt der Fantasie auch freien Lauf, finden Sie nicht?"

Max trat einen Schritt darauf zu, um die verblichenen Buchstaben lesen zu können.

Unsre Tränen mögen trocknen,
Rosen und Reben vergeh'n,
doch der Bund unserer Herzen
bleibt auf ewig besteh'n.

Wir nahmen ns r Schi ksal a   a er n Händen
Und f den iebe nd Zuflu t b i i
U   ret ten ein Marias h   ge Tr en
Un wir rett n si vor er and   n Gier.

Wen u   die F ste is um hließt
wartet   ria schon,   t uns n h H us
u d der S ein ihrer T   en
f rt uns   s den dunklen Hall hi au .

Er runzelte die Stirn. Die Worte kamen ihm irgendwie… bekannt vor. Nur woher?

„Die Sätze sind leider teilweise arg der Verwitterung anheimgefallen. Ein Jammer und ein Grund mehr, die Grabsteine bald wieder in neuem Glanz erstrahlen zu lassen“, sagte Reimann.

Gedankenverloren blickte Max weiter auf den Stein. „Sie sagten, Pastor Meinert hat Kessler Aufträge in der ganzen Region beschafft? Hat er noch weitere Marienfiguren angefertigt?“

Reimann zuckte die Schultern. „Ich glaube nicht. Sicher, er hat Steinmetzarbeiten überall verrichtet, da wird wohl auch die eine oder andere Heiligenfigur dabei gewesen sein. Aber es war eher nicht sein vorrangiges Schaffensfeld. Seine Marienfiguren sind aber leicht zu erkennen, denn anders als die herkömmlichen Marienfiguren sind seine nicht in blau und rot gewandet, sondern in rot und weiß.“

Max zuckte zusammen und blickte Reimann verwundert an.

„Warum?“, fragte er dann.

Reimann zuckte die Schultern. „Mal schrieb jemand wegen der Farben des Weines, mal wegen dem Trarbacher Wappen mit dem rot-weißen Schachfeld der Sponheimer. So genau weiß es wohl niemand.“

Max zögerte, dann fragte er: „Haben… haben Sie vielleicht ein Bild von der Marienfigur?“

Reimann runzelte die Stirn. „Ihnen ist es aber wirklich ernst mit ihren Recherchen. Gibt es demnächst eine Krimiführung durch die Unterwelt? Wie in Hamburg diese ‚Kerkerführungen‘ am Hafen, wo man Klaus Störtebeker treffen kann.“

„Vielleicht“, zwinkerte Max. „Und ich verspreche: Wenn es so ist, erfahren Sie es als erstes!“

Irmlinde Kraus huschte unsicher die Treppen zum ‚Café Wichtig' in der Trarbacher Brückenstraße hinauf. Alleine beim Weg die Fußgängerzone entlang hatte sie sich bereits so viele Male umgesehen, dass sie das Gefühl hatte, langsam aber sicher einen steifen Nacken zu bekommen.

Das schlechte Gewissen plagte sie, doch sie konnte nichts dagegen tun. Die Sorge trieb sie um und letztlich hierher. Im Inneren spähte sie angestrengt umher, bis sich schließlich eine Gestalt in einer Ecke weiter hinten im Café erhob und winkte. Irmlinde schenkte der Dame hinter der Theke einen flüchtigen Blick, murmelte etwas von „Ich habe keinen Hunger" und huschte dann weiter in das Café hinein.

Der Mann lächelte sie freundlich an, doch alles, was Irmlinde zustande brachte, war ein nervöses Zucken rund um ihre Mundwinkel.

„Um eines klar zu stellen, ich bin nicht gerne hier!", sprudelte es anstelle einer Begrüßung aus ihr heraus.

„Und dennoch tun Sie das Richtige!", lächelte er. „Setzen Sie sich." Er wies auf den Stuhl neben sich.

Unsicher nahm sie Platz, ihre Handtasche verkrampft in Händen auf ihrem Schoß.

„Möchten Sie etwas trinken, ich lade Sie …"

„Nein. Ich habe keinen Durst, keinen Hunger und bestechen lasse ich mich auch nicht."

„Ich habe Sie nicht gezwungen hier her zu kommen."

„Tsüh… das wäre ja noch schöner."

Der andere schwieg.

„Sehen Sie, es ist zu Pastor Giessens Bestem. Sie sagen doch selber er übernimmt sich. Sein Herz…"

„Hach, wenn er sich aufregt, dann denke ich jedes Mal, gleich ist es vorbei."

„Und er regt sich häufig auf…"

„In letzter Zeit… Sie haben doch mitbekommen, was hier im Ort passiert ist. Man hat fast das Gefühl, es gehe mit dem Teufel zu. Jemand scheint einen Hass auf uns zu haben, da machen Sie sich keine Vorstellung von."

„Nein, gewiss nicht." Der Mann nippte an seinem Kaffee, derweil Irmlinde nun so richtig Fahrt aufnahm.

„Sind Ihnen die schwarzen Autos im Ort aufgefallen?"

„Bitte was?"

„Die Autos. Schwarze Autos… Inzwischen frage ich mich, ob die vom Vatikan sein könnten."

Für einen kurzen Moment huschte der Zweifel über das Gesicht des Fremden, doch Irmlinde Kraus war inzwischen derart in ihrem Element, dass sie ihrem Gegenüber nun jeden Gedanken haarklein ausbreitete, den sie sich in den letzten Tagen gemacht hatte, tags, wie auch nachts.

Mit wachsender Ungeduld lauschte ihr der andere, rasch merkend, dass alle Versuche sie zu unterbrechen zum Scheitern verurteilt waren. Eine kurze Atempause der Küsterin nutzte er jedoch sogleich aus.

„Das ist ja schrecklich, was Sie mir da erzählen."

„Ja, nicht wahr, ich…"

„Haben Sie dem Bischof geschrieben?"

Ihre Miene versteinerte sich. „Nein. Das habe ich nicht… ich…"

„Sie sorgen sich doch um Pastor Giessen."

„Ja, natürlich… aber… dieses Amt… es ist sein ein und alles."

„Natürlich, das verstehe ich. Aber was hilft ihm das, wenn er nächste Woche mit einem Herzinfarkt im Krankenhaus liegt? Er kann ja noch weiter als Seelsorger im Ort tätig sein, verstehen sie? Er hat nur etwas mehr Ruhe."

Irmlinde Kraus begann mit einem Mal zu zittern. Die Knöchel ihrer Hände wurden weiß, als sie sich um die Tasche verkrampften. „Ich kann so etwas nicht schreiben", presste sie hervor.

„Das dachte ich mir", der andere griff neben sich und zog ein Papier hervor. „Ich habe es für Sie vorbereitet."

„Ich… ich habe meine Brille nicht dabei."

„Kein Problem", er lächelte. „Darin steht nur, dass Sie sich Sorgen um die Gesundheit von Gotthard Giessen machen. Dass Sie seine Haushälterin sind und beobachtet haben, wie sehr er unter den ganzen Einbrüchen und der Belastung in den letzten Monaten und Wochen leidet. Sie machen sich Gedanken, da sie beide ja nicht mehr die Jüngsten sind und ersuchen den Bischof um eine Prüfung und Ablösung von ihrem Herrn Pastor."

Irmlinde schwieg, dann schüttelte sie den Kopf. „Ich kann das nicht."

„Ja Frau Kraus. Ich verstehe, dass das schwer ist, aber Sie wollen nur das Bes…"

„Ich muss los." Irmlinde Kraus sprang auf. In ihrem Kopf drehte sich alles. Pastor zu sein war Giessens Lebensinhalt, sein Lebenswerk. Bis zum letzten Atemzug wollte er dieses Amt bekleiden, so wie es auch der Papst, das Oberhaupt ihrer Kirche tat. Sie bekreuzigte sich, als sie dem Ausgang entgegen eilte.

„Weiß der Pastor eigentlich, dass Sie hier sind? Hat er Kenntnis von unseren Treffen und dem, was Sie mir so erzählt haben?“

Die Worte trafen Irmlinde wie ein Pfeil in den Rücken. Hastig blickte sie zur Theke, doch die Bedienung schien draußen die Stühle zu richten oder was auch immer. In jedem Fall war sie nicht da.

„Schreien Sie nicht so rum!“, erwiderte sie mit zitternder Stimme.

„Geht es Ihnen nicht gut?“ Der Mann stand nun neben ihr. „Warten Sie“, er zog sein Handy aus der Tasche. „Ich rufe Pastor Giessen an, er soll Sie abholen kommen, nicht, dass sie unterwegs stürzen oder…“

„Nein!“, sie schrie es förmlich heraus. Zitternd starrte sie ihn an.

„Es ist zu Ihrem Besten“, flüsterte er beschwörend. Dann führte er Irmlinde Kraus zurück zum Tisch.

Mit wehenden Fahnen schaffte Max es gerade noch so um kurz nach 14:30 Uhr auf dem Parkplatz am Hotel Anker in Traben anzukommen. Eilig sprang er, mit diversen Feuerzeugen bewaffnet, aus dem Auto und flitzte von einem Keller zum nächsten und von einer Kerze zur anderen. Himmel, was hatte er sich mit dem Rachtiger Pfarrer verquatscht. Aber Max war nie abgeneigt eine neue Anekdote aus der Moselregion zu erfahren, und wenn es dabei um ein Liebespaar aus Traben-Trarbach ging, dann umso mehr.

Darum also war Friedrich Kessler aus Trarbach fortgegangen. Er wunderte sich, dass er die Geschichte noch nie gehört hatte, doch sie schien den Menschen in der neuen Heimat des Ehepaares Kessler, in Rachtig, deutlich geläufiger zu sein, als hier. In Gedanken sandte Max ein Stoßgebet gen

Himmel, das Kreber niemals Wind von dieser Geschichte bekommen würde. Wahrscheinlich würde er ein Musical oder etwas Ähnliches dazu in Auftrag geben, um dem Ort neue Besucherströme zu bescheren.

Max hatte am Morgen, wie geplant, mit Ingrid telefoniert und sie hatte – nicht zum ersten Mal – ordentlich Dampf über ihren Chef abgelassen.

„Er plant etwas, Max. Das sehe ich an dem irren Flackern in seinen Augen. Irgendwas ist da im Busch“, hatte sie gesagt.

Er würde es schon früh genug erfahren, notfalls mal wieder aus der Zeitung, wenn Kreber sich breit grinsend auf die Titelseite zu mogeln versuchte. Eigentlich war es verwunderlich, dass er noch kein N24-Interview zur Kircheneinbruchsserie im Ort und der von ihm einberufenen Bürgerwehr gegeben hatte.

Ein wenig außer Atem erreichte Max schließlich wieder sein Auto. Der Blick auf die Uhr sagte 14:58 Uhr, doch noch war er alleine auf weiter Flur.

Im ersten Moment dachte er, Pastor Giessen sei auf den Parkplatz eingebogen, als er plötzlich ein dröhnendes Motorengeräusch hinter sich hörte. Doch dann entdeckte er statt dem weißen Volvo zwei dicke schwarze Limousinen, ein Mercedes und ein BMW, deren Auspuffe mutmaßlich wohl so klingen sollten. Ihnen folgte ein tarnfarbener Landrover, womöglich aus irgendeinem Bundeswehrbestand.

Max erkannte hinter dem Steuer den Tresensitzer vom Vorabend mit seinem langen Rauschebart, der den weiteren Abend über unendlich langsam immer mal wieder an seinem Wein genippt und auf seinem Handy herum getippt hatte. Die Scheiben der Limousine wiederum waren so reflektierend, dass Max nichts dahinter erkennen konnte. Beide

Fahrzeuge kamen nun auf dem weitläufigen Parkplatz an der Mosel zum Stehen.

Die Fahrertür des BMW schwang auf und mit dem gleichen strahlenden Lächeln wie am Vorabend schälte sich Elmar Bastken aus der tiefer gelegten Karosserie. Er breitete die Arme aus, sodass Max im ersten Moment befürchtete, er wolle ihn umarmen, doch der anfängliche Überschwang blasste nach wenigen Schritten zu einem intensiven Händeschütteln und zahlreichen Dankesbekundungen ab, dass der Termin so schnell funktioniert hatte.

Nun tauchte hinter Bastken auch der andere junge Mann auf, der sich modisch mit einer Sonnenbrille dekoriert hatte. Ob er wohl am Vorabend noch lange in der Gaststätte ausgeharrt und etwas zu viel getrunken hatte? Max hoffte, dass es tatsächlich das war, was ihn zum Tragen der Brille veranlasst hatte und nicht irgendein fragwürdiges Modebewusstsein, denn dann würde es für den jungen Herrn in der Unterwelt wohl ziemlich dunkel werden.

Bei genauerem Hinsehen kam Max der junge Mann mit einem Mal aber sehr bekannt vor, was offenbar auf Gegenseitigkeit beruhte, denn jetzt begann auch er – zugegebenermaßen etwas gequält – über beide Ohren zu strahlen.

„Nein so was… Mein Lieblingslehrer, Max Krämer! Ich habe das gestern Abend gar nicht richtig registriert. Wie toll Sie wieder zu sehen."

Bachmann, schoss es Max durch den Kopf… Moritz… oder…

„Maurice Bachmann! Erste bis vierte Klasse Grundschule Reil bei Ihnen."

Ein Traum. Max erinnerte sich, dass Maurice in den besagten vier Jahren mehr Zeit *vor* der Tür, als *in* seiner Klasse verbracht hatte. Zum Teil, weil er ihn rauskomplementiert hatte, zum anderen, weil Maurice es nicht für nötig befunden hatte, die Schulbank zu drücken, bis er schließlich mit Ach und Krach die Grundschule hinter sich gebracht hatte.

„Naja und dann hab ich Sie verlassen… als ich die Vierte wiederholen musste. Aber wie Sie sehen, es hat mir nicht geschadet, ein ‚Wiederholungstäter' zu sein", er lachte laut auf und Max war mit einem Mal froh, nicht mit Maurice alleine in die Keller hinabsteigen zu müssen, wurde er doch das Gefühl nicht los, dass ihm der Kerl am liebsten den Hals umgedreht hätte.

Lächelnd nickte er ihm zu, dann gesellte sich auch der Bartträger mit dem Geländewagen zu ihnen.

„Guten Morgen" strahlte Elmar, der offenbar ein Honigkuchenpferd gefrühstückt hatte, denn er kam aus seiner guten Laune und dem Grinsen gar nicht mehr heraus. „Schöner Wagen. Ein Defender… die kriegt man nicht mehr so leicht, habe ich gehört. Und offenbar auch im Geländeeinsatz, wenn ich ihn mir so ansehe?"

„Das ist ein Geländewagen und keine Limousine", brummte der andere mürrisch. „Wenn Sie meinen, sich in Ihrer Karre spiegeln zu müssen, ist das Ihr Ding."

„Sachte!" Max sah, wie das Lächeln auf Maurice' Gesicht erlosch und auch Elmar hatte sich für einen kurzen Moment nicht mehr gänzlich unter Kontrolle. Doch er fing sich schnell wieder.

„Na wir wollen ja nicht streiten. Mein Wagen könnte auch mal wieder einen Besuch in der Waschanlage vertragen. Ist doch teils ziemlich schlammig hier", sagte er dann etwas unbeholfen. „Nun, wollen wir das Finanzielle dann gleich klären? Dann haben wir das schon mal erledigt. Aber nicht, dass Sie uns dann abhauen."

„Keine Sorge, Ihr Auto dürfte um einiges schneller sein, als meins."

Max entging nicht, dass Maurice ein verächtliches Lachen nicht vollständig zu unterdrücken vermochte, doch er ignorierte es, nahm die 100 € entgegen, bedankte sich für das nachgereichte „Stimmt so", gefolgt von einem „Und den Herrn hier, laden wir ein" und wandte sich dann der Tür zum ersten Keller zu.

Er schritt die Rampe rasch hinunter, ohne einen Blick nach links oder rechts, hatte er doch hinter den Gitterstäben des Flaschenlagers dereinst den ermordeten Winzer August Haußmann gefunden – ein Anblick, der ihm bis heute nicht gänzlich aus dem Kopf gegangen war.

Die kleine Gruppe folgt ihm und lauschte andächtig seinen einleitenden Worten. Max entging es nicht, dass der Einzelgänger vom Vorabend sich bereits etwas weiter in den Keller hineinbewegte, doch er sagte nichts.

„Wenn Sie mir nun folgen würden", lief nun auch Max in das lange Tonnengewölbe hinein. Er sah, wie Maurice sich mürrisch seiner Brille entledigte und glaubte nun, trotz des Halbdunkels, auch den Grund für das modische Accessoire zu sehen: Ein dickes Veilchen prangte außen an seinem linken Auge.

„Seit wann gibt es den Weinhandel hier in Traben-Trarbach schon?", erkundigte sich Elmar.

„Hui, gute Frage. Den Weinbau gab es hier in den Anfängen schon zur Keltenzeit. Wirklich organisiert wurde das Ganze in der Zeit der Römer, und einen wirklichen Höhepunkt hat der Weinhandel um die Jahrhundertwende zum 20. Jh. Bekommen. 1904 wurden wir dann offiziell eine Doppelstadt."

„Stammen aus der Zeit auch die Keller?"

„Manche von ihnen ja, einige sind aber auch deutlich älter."

„Werden wir sie sehen?"

Max lächelte. „Alle gewiss nicht. Dazu sind es zu viele. Wir schauen uns heute bei der Führung drei Keller an."

„Gibt es denn eine Auflistung aller Keller, die die Stadt zu bieten hat?", der Mann vom Vorabend stand nun wieder dicht bei ihnen.

Max hielt inne und versenkte suchend eine Hand in dem kleinen Fach seines Rucksackes. Bis vor einigen Jahren hatte noch niemand überhaupt zu ahnen gewagt, welche Schönheiten unter der Stadt schlummerten. Nun waren sie so sehr ins Interesse der Öffentlichkeit gerückt, dass er auf diese Frage durchaus vorbereitet war. „Aber sicher. Hier: www.unterwelt-ausflug.de, da finden Sie alle Keller, die wir bei den Führungen besichtigen können."

Er übergab dem Mann die Karte, der sogleich sein Smartphone zückte und den QR-Code scannte.

„Damit werden Sie hier unten kein Glück haben", mutmaßte Max.

„Hätten Sie wohl noch so eine Karte für mich?", fragte Elmar. Max gab sie ihm. „Sind das alle Keller in Traben und Trarbach?"

„Nein, manche sind ja auch noch in Betrieb, und da ist es nicht immer gewünscht, dass wir dort hindurch marschieren. Andere werden von Familien als Lagerkeller benutzt, und auch da will auch eher keiner Besucher drin haben. Viele der Keller, die wir heute besichtigen können, mussten dazu erst einmal entrümpelt werden."

„Aber jetzt können sie sich ja durchaus sehen lassen", es war abermals Elmar, der offenbar das Bedürfnis nach ein bisschen mehr Harmonie und Behagen in der Gruppe verspürte und diese sogleich freudestrahlend versprühte.

„Das kann man wohl sagen", griff Max seine Worte auf und begann über Gewölbebau, Elektrizität und das eine oder andere Gedicht zu referieren. Im hinteren Teil des Kellers angekommen, bewunderten sie die großen Betontanks und machten sich schließlich wieder an den Rückweg.

Kurz vor dem Ausgang hielt die Gruppe inne. Neugierig zückte der bärtige Mann sein Smartphone und leuchtete in die abgetrennten Flaschenlager hinein, die Max beim Eingang mehr oder weniger ignoriert hatte.

„Was versteckt sich denn hier?", fragte Elmar.

„Das, meine Herren", eilte Max mit etwas Unbehagen herbei „sind die Lager der Flaschenweine. In manchen Kellern sind sie abgetrennt, denn eine Flasche ist leichter zu stehlen als ein Fass…"

„…das, wie wir gelernt haben, mehr als 1000 kg wiegt", referierte Elmar. Maurice rollte mit den Augen.

„Rutsch nicht aus", zischte er ihm zu. „Die Rampe ist verdammt glatt."

„Aber wir müssen doch nett zu Herrn Krämer sein. Ich könnte mir zumindest sehr gut vorstellen, auch in Zukunft mit ihm zusammen zu arbeiten. Diese Keller würden doch wunderbar in unser Konzept passen."

„Die Zukunft ist die Zukunft und jetzt ist jetzt. Wir haben gerade andere Probleme!"

Damit verstummte der Streit zwischen den beiden jungen Geschäftspartnern. Schweigend liefen sie an der Mosel entlang zum nächsten Keller. Dabei kamen sie nur recht langsam voran, da der Mann vom Vorabend sich, wie er sagte, den Knöchel verknackst hatte und nur humpelnd vorankam.

Genervt lief der junge Maurice, nun wieder mit Sonnenbrille auf der Nase, vorneweg.

„Wir hatten eine Meinungsverschiedenheit, da hab ich ihm eins auf die Nase gegeben", kicherte Elmar. „Nein, Spaß beiseite. Er hat sich im Weinkeller seiner Eltern gestoßen. Da sind die Decken ähnlich niedrig wie bei dem Keller eben."

Max lächelte bemüht. Dann erreichten sie den großen Tankkeller der Firma Langguth und stiegen durch das kleine Tor abermals hinab in die Unterwelt.

„Ich habe mal ein Bild gesehen, ich denke es war vom Mosel-Wein-Nachts-Markt, da lagen ganz viele Fässer, auf denen waren die Weinlagen des Ortes aufgelistet", sagte Elmar, als Max seine Erklärungen zu den verschiedenen Lagerungsmöglichkeiten des Weines abgeschlossen hatte.

Max dachte kurz nach, dann nickte er. „Ich vermute Sie sprechen von dem Keller des Weinguts Emert. Da liegen solche Fässer."

„Sind das alle Weinlagen, die es hier gibt?", klinkte sich nun auch Maurice wieder in das Gespräch ein.

„Jawohl. Leider können wir nicht mit solch spektakulären Namen wie ‚Kröver Nacktarsch' aufwarten, aber letztlich kommt es ja nicht auf das an, was außen drauf steht, sondern auf das, was drin steckt."

„Gab es denn auch mal andere Weinlagen", die Frage war nicht viel mehr als ein heiseres Röcheln, das zwischen den Tanks hervordrang. Der Landroverfahrer trat aus einem Nebengang hervor.

„Mit Sicherheit. Da, wo jetzt Bäume am Hang stehen, waren früher überall Weinberge. Aber ich kann Ihnen keine komplette Auflistung dazu liefern. Da müssen Sie ins Stadtarchiv gehen.“

Der Mann nickte und wandte sich ab. Eine solch wissbegierige Truppe hatte Max wirklich schon lange nicht mehr gehabt. Für einen kurzen Moment sah er das Handy des Fremden in dessen Hand. Eine Uhr zählte darauf hoch… zeichnete der Fremde seine Führung etwa auf? Doch dann ließ der Mann es hastig in die Tasche gleiten.

Klara Friedrich saß neben ihrem Kollegen Fritzen im Streifenwagen und fuhr durch die Stadt. Ihre Hand ruhte auf dem Mobiltelefon in ihrer Hosentasche, als könne ihr etwas entgehen, wenn sie es nicht ständig überwachte. Allein der blöden Kommentare ihres Kollegen wegen widerstand sie dem Drang, es herauszuziehen und unablässig anzustarren, als könne sie damit eine Nachricht erzwingen.

Nach dem ersten Hochgefühl am Vortag, hatte Maurice sich heute lange Zeit gelassen, ihre SMS zu beantworten, in der sie ihm – möglichst unaufdringlich, wie sie hoffte – nach einem erneuten Treffen heute gefragt hatte.

‚Sorry Süße, habe die Woche viele Geschäftstermine :-*‘ hatte die Antwort gelautet. Nach der ersten Enttäuschung hatte sie sich rasch wieder gesammelt und auf die Arbeit zu konzentrieren versucht. Was half es, sie hatte ja schließlich auch ungünstige Arbeitszeiten. Vielleicht musste er Kaffee trinken mit einem reichen Investor, Kontakte pflegen, was auch immer. Es ging sie letztlich nichts an.

Auch wenn sie es nicht wollte, ging ihr zudem die Kirchengeschichte nicht aus dem Kopf. Sie wollte es vor Fritzen nicht zugeben, doch sie hatte das Gefühl, dass Hugo, ebenso wie sie, mehr in der Sache sah und womöglich gemeinsam mit Max Krämer eine Spur ausgemacht hatte, die ihnen bisher entgangen war. Hugo war im Ort bekannt und beliebt, Krämer ebenso – ein Status, den sie und Fritzen sich erst einmal verdienen mussten. Klar, sie waren die Polizei, doch womöglich sagte man ihnen dennoch nicht alles.

Sie beschloss, Hugo am Abend anzurufen. Es konnte nicht schaden, ein wenig mit ihm zu plaudern, immerhin war er ihr nach der Aktion mit dem USB-Stick etwas schuldig.

Nun fuhren sie am Moselufer entlang und passierten die zahlreichen Villen, Zeitzeugen längst vergangener, wohlhabender Zeiten, die der Ort durchlebt hatte. Trotz, dass das Wetter recht gut war und in einer Woche das Osterwochenende ins Haus stand, lag der Ort noch immer recht ausgestorben da. Wahrscheinlich würden am Montag die ersten Osterurlauber eintreffen, was bedeutete: Fahrradunfälle, erhöhtes Aufkommen an Fußgängern und zahlreiche Autofahrer, deren Navigationsgeräte sie entgegen der vorgeschriebenen Fahrtrichtung in die Bahnstraße navigieren wollen.

Der große Parkplatz am Hotel Anker lag ebenfalls noch recht verlassen da. Nur wenige Autos standen dort. Sie sah sie, wie unterhalb einer Villa ein Kellertor ins Schloss gezogen wurde. Na immerhin in der Unterwelt schien schon Leben zu herrschen.

Joachim Wagner saß in der Küche seiner Wohnung in Wittlich und nippte an seiner Teetasse. Sein Laptop stand neben ihm auf dem Küchentisch. Er hatte die letzten Stunden damit verbracht, einen vorläufigen Artikel zu erstellen, Titel:

Eine neue Burg für Traben-Trarbach

Er wusste, das Thema stand noch lange nicht an, doch begannen sich die Worte zu einem Bericht in seinem Kopf erst einmal zusammen zu setzen und entstanden die ersten Formulierungen, dann mussten sie auch raus. Das war schon immer so gewesen.

Also hatte er sich hingesetzt und mit allem, was er bisher wusste, einen Artikel zusammengeschrieben, den man genauso morgen schon hätte veröffentlichen können – hätte Kreber ihn nicht zum Stillschweigen verdonnert. Auf was für einen Kuhhandel er sich doch eingelassen hatte. Er mochte seinen Job bei der Zeitung, doch die Zeiten waren nicht eben leicht für freie Journalisten. Allerorts wurde gespart, und so ließen sich die Zeitungen lieber auf freie Mitarbeiter, ‚Hobbyschreiberlinge' ein, als auf fest angestellte, ausgebildete Fachkräfte. Sein Job beim Trierischen Volksfreund war einer von vielen, und wenn dieser größenwahnsinnige Bürgermeister dachte, dass seine stetigen Berichte über ihn ihm halfen und im Wahlkampf etwas bringen würden, und auch noch bereit war, sich das etwas kosten zu lassen, dann wäre er ein Idiot gewesen, es abzulehnen.

Für Wagner war es weniger Bestechung die Unwahrheit zu schreiben, als vielmehr eine Anpassung seiner subjektiven Wahrnehmung. Man konnte Kreber mögen oder auch nicht… seine finanzielle Unterstützung trug dazu bei, dass Wagner ihn in seinen Texten mochte – jedoch nur da.

Er machte sich – anders als der Bürgermeister offenbar – keine großen Hoffnungen in dieser Region irgendeine grandiose Sensation an Land ziehen zu können. Der Wiederaufbau einer mittelalterlichen Burg würde aber gewiss überregionale Beachtung finden, und *er* würde die Story mit exklusiven ersten Interviews bereits in der Schublade haben und sicherlich nicht nur dem Volksfreund zum Druck anbieten.

Zudem hatte er nun noch ein weiteres Ass im Ärmel. Er drehte den Umschlag in Händen, in den er das von Irmlinde Kraus unterzeichnete Schreiben, Pastor Giessen betreffend, hinein gesteckt hatte. Die Küsterin mochte glauben, dass Sie einen Brief an den Bischof unterschrieben hatte, in dem sie anstelle von Giessen um dessen Berentung bat, mit bestem Wissen und Gewissen. Die dusselige Kuh war einfach zu gut für die Welt.

Was sie ihm in Wahrheit unterschrieben hatte, war ein Brief an den Bischof, in dem sie Giessen als seine Haushälterin aufs Schärfste angriff und bezichtigte, sie belästigt zu haben, seine Pflichten in der Kirche zu vernachlässigen und Unzucht mit jungen Frauen zu treiben. Wenn sie gewusst hätte…

Doch so abwegig war sein Schreiben nicht einmal. Die Idee war ihm überhaupt erst gekommen, als er auf dem Rückweg von seinem Treffen mit Kreber die junge Frau hatte aus dem Haus des Pfarrers kommen sehen. Zunächst hatte er sich nichts dabei gedacht, dann war er stutzig geworden, als sich die beiden mit Küsschen links und rechts verabschiedeten. Und schließlich hatte er in Rißbach Stellung bezogen und gemerkt, dass die brünette Schönheit mit ihrem roten Mini fast täglich zu Gast in Giessens Haus war.

Und nun gab es genügend Bilder, die Irmlinde Kraus besorgtes Schreiben an den Bischof noch untermauerten. Doch noch war Joachim Wagner sich unschlüssig, was er mit diesem Schatz anfangen sollte. Es gab drei Optionen:

Option A: Er würde Kreber von seinem Trumpf erzählen und ihn gegen klingende Münze an ihn weitergeben, mochte er damit machen, was er wollte.

Option B: Er selber würde den Brief an das Bistum senden

und damit diesem unsäglichen Pfarrer zeigen, wie es war, wenn einem auf einen Schlag alles genommen wurde, oder

Option C: Er würde Giessen zahlen lassen, nicht zu knapp und das Ganze in der steten Angst, doch noch irgendwann aufzufliegen.

Er nahm noch einen Schluck Tee. Jetzt nur nichts überstürzen. Der nächste Schritt wollte wohl überdacht sein.

Als Max an diesem Abend nach Hause kam und auf die Uhr blickte, war er mehr als überrascht. Es war bereits nach 18 Uhr, mehr als drei Stunden hatte er mit der seltsamen Runde in der Unterwelt verbracht. So viele Fragen, wie an diesem Nachmittag, hatte er noch selten beantworten müssen, andererseits freute es ihn auf derart interessierte und wissbegierige junge Menschen gestoßen zu sein. Er war gespannt, wie sie die Unterwelt in ihr Unternehmen einbauen konnten. Einzig der – ebenfalls interessierte – bärtige Mann mit seinem Mobiltelefon hatte ihn doch ein wenig aus dem Konzept gebracht. Max hatte Mühe gehabt, seine Augen überall da zu haben, wo der Fremde auf einmal hin verschwand, Fotos machte oder – dem Kellerrecht zum Trotz an die Fässer und Wände klopfte, wenn er sich unbeobachtet fühlte.

Kopfschüttelnd goss Max sich ein Glas Wein ein, schmierte sich ein paar Brote und setzte sich an seinen Schreibtisch. Es war an der Zeit, endlich Ordnung in die vielen Gedichte und Bücher zu bringen, die er in den letzten Wochen unter anderem von Rita bekommen hatte. Danach würde er Hugo anrufen und ihm von seinem Besuch bei Pfarrer Reimann berichten.

In diesem Moment klingelte es an der Haustür. Max runzelte die Stirn, erhob sich und ging in den Flur. Er betätigte den

Lichtschalter für das Außenlicht und öffnete die Tür.

„'nabend", hauchte Hugo. „Kann ich reinkommen?"

„Geht es dir besser?"

„Es wird."

Max gab den Weg frei und Hugo steuerte zielstrebig ins Wohnzimmer, wo er sich in Max' Fernsehsessel fallen ließ.

„Deswegen bist du also hier?", grinste Max.

„Nein", näselte Hugo. „Ich dachte, es interessiert dich vielleicht, dass Klara sich gemeldet hat."

Max wurde augenblicklich hellhörig. „Gibt es was Neues?"

„Wie man es nimmt. Sie hat mir ein Bild von der gestohlenen Maria aus der Trabener Kirche gemailt und verraten, dass sie diesmal Schuhabdrücke Größe 43, irgendwelche Treckingschuhe oder so, gefunden haben. Ich dachte vielleicht ergänzt das ganz gut unser Flipchart. Ich habe es leider nur in schwarz-weiß ausdrucken können, die Farbpatronen sind leer, aber ich habe es dir gemailt.

Max hob die Daumen. „Ich werde es nachher ausdrucken."

Er zog das Flipchart ins Wohnzimmer.

<u>Einbruch St. Nikolaus Trarbach:</u>

- Vandalismus - *unwahrscheinlich*
- Hass auf Kirche - *unwahrscheinlich*
- Gezielter Angriff auf Pastor - *denkbar*
    - Kreber???
- Zusammenhang St. Marien Rachtig – *denkbar*
    - *Bildhauer aus TT*
- Kirche verschlossen, Wand aufgebrochen, Maria da

<u>Einbruch Peter und Paul Traben:</u>

- Kirche unverschlossen, Wand intakt, Maria weg
- Zusammenhang St. Marien Rachtig - *wahrscheinlich*

Einbruch St. Marien Rachtig:

- Kirche unverschlossen, Wand intakt, Maria weg

Hinweise / Mögliche Zeugen:

- Irmlinde Kraus -> *Feinde des Pastors, schwarze Autos,*
- Gotthard Giessen -> *keine Erklärung für Geschehen*
- Au-pair -> *keine genaue Beschreibung, Täter gestört?*
- Hans Reimann -> *keine Beschreibung*
- Turnschuhe Größe 46, Outdoorschuhe Größe 43
- Friedrich Kessler -> *Marienfigur Rachtig*

Es dauerte eine Weile, bis er alles ergänzt und Hugo über seine Erkenntnisse, die er am Morgen bei Pfarrer Reimann eingeholt hatte, informiert hatte.

„Also fassen wir zusammen“, krächzte Hugo schließlich. „Wir haben zwei entwendete Marienfiguren in zwei unverschlossenen Kirchen. Einen Bildhauer, der mit seiner Frau, die witziger weise auch Maria heißt, von Trarbach nach Rachtig geflohen ist und eine dieser Figuren hergestellt hat. Und dann haben wir noch eine verschlossene Kirche, die aufgebrochen und verwüstet wurde.“

„So kann man es zusammenfassen, ja.“

Hugo begann in der Tasche zu kramen. „Das Bild“, murmelte er. Schließlich zog er ein gefaltetes A4-Blatt aus der Tasche und reichte es Max.

Sorgsam strich der den Schwarz-Weiß-Ausdruck glatt und heftete ihn neben die Notizen zur Rachtiger Kirche. Dann stutzte er. Sein Blick wanderte von einer Maria zur anderen.

„Das gibt es doch nicht“, Max eilte in sein Arbeitszimmer hinüber.

„Was ist los?“ Hugo starrte verwirrt das Flipchart an.

Max verfluchte sein Laptop, das inzwischen so langsam war, dass selbst das Schlusslicht beim Kröver Mitternachtslauf es wohl überholt hätte. Endlich hatte sich das E-Mail-Programm aufgebaut.

„Hier ist keine Mail von dir!“, rief er Hugo zu, der sich nun ächzend aus dem Sessel im Wohnzimmer erhob.

„Schau im Spamordner!“, rief dieser zurück.

Tatsächlich wurde Max hier fündig. „Bingo!“

„Was?“

„Schau sie dir an.“

„Ich hab dir das Bild gemailt, ich weiß, wie die Maria aussieht!“

„Fällt dir nichts auf?“ Hugo schwieg. „Sie ist weiß-rot!“

„Pommes Schranke?“

„Wunderbar, dein Appetit ist zurück. Nein, schau sie dir doch an. Die meisten Marienfiguren sind rot und blau.“

„Was du nicht alles weißt.“

„Diese Maria hier ist von Kessler, ganz sicher. Dem Bildhauer aus Trarbach.“

„Ach schau an“, nun beugte auch Hugo sich interessiert vor. „Und was sagt uns das?“

„Ich wette mit dir, die Figur in Trarbach ist nicht rot-weiß. Sie stammt von einem anderen Künstler und darum wurde sie auch nicht mitgenommen.“

„Und vor lauter Wut haben die Diebe die Wände aufgestemmt?“

„Keine Ahnung, ich weiß es nicht. Aber irgendwas muss besonders sein an diesen Marienfiguren. Wir müssen morgen unbedingt zu Fredericke Groll.“

„Was willst du denn von der? Die hat doch nur Bilder.“

„Ikonen, ja. Aber auch bei ihr hat sich jemand nach rot-weißen Marienbildern erkundigt. Das kann doch kein Zufall sein."

Hugo zog freudestrahlend die Luft ein. „Endlich kommt mal etwas Action in die Sache!"

Zugriff

In dieser Nacht kam Max kaum zur Ruhe. Unruhig wälzte er sich hin und her, sah Marienfiguren und die Inschrift von Kesslers Grab vor seinem inneren Auge vorbei ziehen. Er war froh, als die Morgendämmerung endlich so weit fortgeschritten war, dass er guten Gewissens aufstehen konnte.

Als Hähnchen und Hühnchen in seinem Garten versorgt waren und die Küche angenehm nach Kaffee zu duften begann, setzte er sich mit einer Tasse des heißen Wachmachers ins Wohnzimmer, wo noch immer das Flipchart aufgebaut war. Er seufzte, als er wieder und wieder ihre Notizen überflog.

Hugo hatte angekündigt, Klara auf die Spur mit dem Trarbacher Bildhauer hinzuweisen, obgleich – wie er betonte – Fritzen es nicht verdient hatte, Hilfe zu bekommen. Doch seine Kollegen stocherten im Trüben, wenn sie denn überhaupt noch stocherten. Wahrscheinlich gab es – selbst im beschaulichen Traben-Trarbach – für die Polizei Wichtigeres zu tun.

In Gedanken ging Max die Erkenntnisse noch einmal durch. Es ärgerte ihn, dass er das Gedicht von Kesslers Grab nicht mehr zusammen brachte. Hugo hätte ihn in diesem Moment wohl auf die Vorzüge eines Handys mit Kamerafunktion hingewiesen, doch er hatte ja zwei gesunde Beine und ein Auto mit ausreichender Tankfüllung, um notfalls noch einmal nach Rachtig zu fahren. Ihm war noch immer nicht eingefallen, warum ihm die Worte so bekannt vorgekommen waren, doch vielleicht würde der Groschen ja noch fallen.

Max erhob sich und sah auf die Uhr. Zeit zum Bäcker zu gehen. Um zehn Uhr hatte er einen Termin zu einer Stadtführung, es blieb also noch genug Zeit für ein leckeres Frühstück.

Heinz Wender wandte sich um, als er das Zollhäuschen auf der Trabener Moselseite gerade passiert hatte. Seine traditionelle morgendliche Route endete hier, nun ging es zurück zum Marktplatz in Traben. Dort angekommen, setzte er sich auf seinen angestammten Platz und lehnte sich zurück.

Das leise Ringen der Türglocke in der gegenüberliegenden Bäckerei verhieß, dass offenbar ein Kunde den Laden verließ. Er wandte den Blick und sah jenen Mann, der in den letzten Tagen des Öfteren schon an ihm vorbei marschiert war: Dick eingepackt in mehrere Lagen Kleidung, buschiges Haar und ein Vollbart – ein Obdachloser, wie er vermutete. Er trug eine Tüte mit Brötchen im Arm und begann bereits im Gehen, das erste herauszuziehen, in das er sogleich auch herzhaft hinein biss. Ein spätes Frühstück, dachte Heinz. Es ist ja schon halb elf.

Da ihre Begegnungen in den letzten Tagen bereits zur Routine geworden waren, ließ Heinz sich nicht lumpen und hob freundlich die Hand zum Gruß. Der andere erwiderte den Gruß mit einem Nicken.

„Morgen."

„Morgen."

Dann machte sich der Fremde kauend auf den Weg die Kirchstraße hinauf. Heinz wartete geduldig auf seinem Posten, bis sich ein Auto näherte und an ihm vorbei fuhr. Lächelnd grüßte er den ihm bekannten Winzer. Der Kleinwagen einer Kindergärtnerin folgte. Dann wurde es vorerst wieder ruhig auf der Straße, ehe aus Richtung Rißbach wieder ein Motorengeräusch nahte. Er blickte sich um und erkannte den schwarzen Peugeot von Hugo Guthar, dem er nun ebenfalls grüßend nachwinkte.

Es verging keine Minute, als erneut ein vertrautes Motorengeräusch an sein Ohr drang. Der alte Volvo von Giessen kam die Straße entlang. Wahrscheinlich war er bereits auf dem Weg zu Irmlinde Kraus, die dem Pastor stets das Mittagessen kochte. Obwohl, eigentlich war es dafür noch ein bisschen früh am Tage.

Heinz sah sich um und erkannte den Pastor hinter dem Lenkrad. Doch auch auf dem Beifahrersitz saß jemand. Mit zusammengekniffenen Augen musterte Heinz die junge Frau, dann wusste er mit einem Mal, welches Ziel in Rißbach der rote Mini aus Wiesbaden in den letzten Wochen angefahren hatte.

Max Krämer wartete geduldig, bis auch die letzten Gäste seiner Gruppe es die Poststraße hinauf geschafft hatten. Lächelnd dachte er an eine Kollegin, die es sich zur Angewohnheit gemacht hatte, den steilen Anstieg mit kleinen Traubenzuckerherzchen zu belohnen. Schnaufend erreichten schließlich alle die evangelische Kirche und das kleine Fachwerkhäuschen daneben, sodass Max seine Ausführungen begann: „Hier sehen Sie unsere evangelische Kirche zu Traben. Im ganzen Ort gibt es insgesamt fünf Kirchen, jeweils eine evangelische und eine katholische auf jeder Seite, zudem eine neuapostolische auf der Trabener Seite. Während diese Kirche hier unsere älteste Kirche im Ort ist, ist die etwas weiter die Straße entlang gelegene katholische Peter und Paul Kirche die jüngste Kirche, die wir haben. Sie wurde erst 1908 nach der Aufhebung des sogenannten Simultaneums gebaut. Vorher wurde diese Kirche hier für beide Konfessionen genutzt."

Die ersten Fotoapparate begannen zu klicken, doch Max erkannte schnell, dass es seinen Gästen weniger um das Gotteshaus, sondern vielmehr um das kleine Fachwerkhaus auf der anderen Straßenseite ging, sodass er seine Erzählungen dazu fortführte. Anders als im nahegelegenen Bernkastel-Kues, waren die meisten Fachwerkhäuser hier im Ort den Stadtbränden zum Opfer gefallen.

Sie überquerten die Straße und nahmen die Kerben in Augenschein, die man dereinst ins Holz geschlagen hatte, um es vollständig verputzen zu können. Der lose Putz hatte an dem ebenen und glatten Holz nicht gehalten, sodass man sich hatte behelfen müssen, wollte man die Gebäude vor Stadtbränden schützen.

Auch der Maulbeerbaum an der Kirche fand seine Beachtung, dann liefen Max und seine Gäste weiter die Straße entlang zur katholischen Kirche. Max legte sich indes Worte zurecht, um das Flatterband zu erklären, doch zu seiner Erleichterung war es verschwunden.

Aus dem Augenwinkel sah er einen Mann die Straße hinauf kommen. Er erkannte ihn sofort – der Obdachlose, der offenbar soeben sein Frühstück, die Vortagsbrötchen, in der Bäckerei abgeholt hatte. Der Mann blickte kurz von seinem Mahl auf, als sie vorbei gingen, dann verharrte er und lauschte, als Max seine Erzählungen zur katholischen Kirche begann.

Er war noch kaum soweit gekommen, den Bruchsteinbau zu erklären, der hier auch das gesamte Straßenbild prägte, als ein spitzer Schrei seine Ausführungen jäh unterbrach.

„Dieb… Dieb… das ist er!"

Max blickte verstört auf und sah die junge Schwedin auf der Straße stehen und aufgeregt in seine Richtung zeigen. Verwirrt wandte er sich zu seiner Gruppe um, die nicht minder verwundert hinter ihm stand. Erst als der Obdachlose die Brötchentüte fallen ließ und zu laufen begann, verstand Max, dass der Schrei nicht ihm gegolten hatte.

Klara Friedrichs schob sich nervös die Strähnen blonden Haars hinter die Ohren, die aus ihrem straffen Pferdeschwanz heraus gefallen waren. Ein Verhör stand an. Sie hatten einen Verdächtigen festgenommen. Hätte sie ihre Pulsuhr getragen, sie hätte ihr wohl geraten, eine Ruhepause einzulegen.

Dabei war es weniger die Nervosität, sondern vielmehr auch die Freude. Aller Schwarzmalerei Fritzens zum Trotz hatten sie einen Verdächtigen identifiziert und festgenommen. Die Ergreifung Maximilian August Kammers war dabei keine große Sache gewesen. Der Mann mit seinem buschigen Vollbart und den diversen Kleidungslagen fiel auf. Gleich nach dem Anruf waren sie losgefahren und waren auf zahlreiche weitere Zeugen getroffen, die ihnen sagen konnten, in welche Richtung Kammer gelaufen war.

Zu Klaras und Fritzens Leidwesen war einer dieser Zeugen auch Ernst Kreber gewesen, der sich – noch ehe er einen sinnvollen Hinweis zur Richtung abgegeben hatte, in die der Verdächtige gelaufen war – in süffisanten „Habe ich es Ihnen doch gesagt“–Tiraden erging. Letztlich hatten sie Kammer am Moselufer aufgegriffen und in Gewahrsam genommen.

Jana Karlsson hatte bestätigt, dass dies einer der Männer war, die sie in der Nacht an der Kirche im Streit gestört hatte und die dann in die Dunkelheit der Weinberge entkommen waren. Kleider und Bart waren auffällig genug gewesen, dass sie sie nun, auch im Hellen, wiedererkannt hatte.

Als Wohnsitz war in dem zerkratzten und abgelaufenen Ausweis Kammers Trier angegeben, doch es war offenkundig, dass er schon lange nicht mehr an einem festen Wohnsitz gelebt hatte.

„Können wir?“ Fritzen stand in der Tür.

Klara nickte.

„Soll ich, willst du?“

„Fang du an“, sagte sie, erleichtert über das Angebot ihres Kollegen. „Wenn mir was Kluges einfällt, ergänze ich dich.“

Er grinste, dann gingen sie gemeinsam zur Gewahrsamszelle. Kammer hatte sich auf der Pritsche hingelegt und starrte an die Decke. Als er die beiden Polizisten kommen hörte, hob er kurz den Kopf, dann ließ er ihn wieder auf das Kissen zurück sinken.

„Herr Kammer?“

„Jou.“

„Wir würden gerne mit Ihnen reden.“

„Tun Sie ja schon.“

Fritzen ignorierte den Kommentar und wertete ihn als Einverständnis, dass er weiter sprechen durfte. Was blieb ihm auch anderes übrig.

„Wie wir Ihnen bei Ihrer Verhaftung bereits mitgeteilt haben, stehen Sie in dem dringenden Tatverdacht mehrere Einbrüche in der Region verübt zu haben, bei denen Heiligenfiguren aus Kirchen entwendet wurden. Sie müssen sich nicht selber belasten, können sich aber dazu äußern und auf Wunsch auch einen Anwalt hinzu ziehen.“

Nun richtete Kammer sich auf. Er begann in seiner Jackentasche zu kramen. Die meisten seiner unzähligen Lagen an Kleidung hatten sie ihm abgenommen und nach Waffen durchsucht. Nun trug er nur noch die normale Grundkleidung aus Hose, Shirt und Jacke am Körper. Er verströmte einen Geruch der längeren Abstinenz von Seife und Waschmitteln, was auch zu der etwas vergilbten Farbe der Kleidung passte.

Als er in den Taschen seiner Jacke nicht fündig wurde, verlagerte er seine Suche auf die Hosentaschen, doch auch hier kamen die Hände leer wieder zum Vorschein. Wie zur Entschuldigung hob er sie hoch und blickte Fritzen an.

„Tja schade. Nix da. Keine Maria."

„Woher wissen Sie, dass es sich um Marienfiguren handelt, die wir suchen?", fragte Klara sofort.

Kammer musterte sie. „Ich verrat Ihnen ein Geheimnis, junge Dame. Mit Zeitungen kann man sich nicht nur vortrefflich zudecken. Sie sind auch noch zu was anderem nütze."

„Sie scheinen ja ein interessierter Leser zu sein, der Bericht erschien erst heute Morgen. Da haben Sie sich gleich die neue Tageszeitung zum zudecken gekauft, nehme ich an."

„Man muss ja informiert sein", erwiderte Kammer und sah Fritzen gleichgültig an. „Aber", er grinste frech „jetzt habe ich ja erst mal ein Dach über dem Kopf. Da kann ich ja mal ein paar Tage auf meinen Lesestoff verzichten."

„Darf ich fragen, wo sie am Freitagabend waren?", nahm Fritzen das Verhör wieder auf.

„Sie dürfen." Er schwieg, dann blickte Kammer auf. „Ach ich soll Ihnen auf die Frage auch antworten?", sagte er mit überraschter Unschuldsmiene.

„Treiben Sie es nicht zu weit. Sie mögen es hier ja vielleicht recht bequem finden, aber das kann sich rasch ändern."

„Oh ja. Wie schnell sich ein bequemes Heim ändern kann, habe ich selber erlebt", erwiderte Kammer. Er seufzte: „Ich war hier. In Traben, um genau zu sein."

„In der katholischen Kirche?"

„Nein."

„Sondern?"

„Am Freitag war doch dieser unglaubliche Schutt. Da habe ich mich ins Trockene zurückgezogen. In die Bauruine hinten beim Hotel Anker."

„Gibt es dafür Zeugen?"

„Ein dutzend Ratten hatte auch kein Interesse daran, nass zu werden. Hab mir mit ihnen meine Brötchen geteilt." Er überlegte. „Kann mir das als Bestechung ausgelegt werden, wenn ich die Zeugen mit Essen..."

„Also keine Zeugen", resümierte Fritzen genervt.

„Nein, keine sonderlich gut frequentierte Unterkunft da."

„Tja, da hätten Sie sich vielleicht bei der Touristinfo besser beraten lassen müssen. Eine Unterkunft mit Vertrauen erweckenderen Zeugen."

„Das wollte ich ja, aber die haben mir Hausverbot erteilt. Können Sie sich das vorstellen?" Dann blickte er zu Klara: „Sie mag ich... Sie machen mir einen deutlich netteren Eindruck, als ihr Kollege."

„Lassen Sie die Kollegin zufrieden, *wir* beide reden jetzt."

„Ich habe wirklich nichts mit den Einbrüchen zu tun. Aber das glaubt mir Ihr Kollege ja ohnehin nicht", fuhr Kammer unbeirrt an Klara gewandt fort.

„Naja..." Klara trat einen Schritt näher. „Es ist schon ein bisschen ungünstig, dass wir eine Zeugin haben, die Sie erkannt hat und Sie zugegebenermaßen mehrere Zeugen ins Feld führen, die nicht besonders redselig sind."

Kammer lächelte. „Sie sind ein schlaues Mädchen. Und weil das so ist, verrate ich Ihnen auch etwas, das ich dem Kollegen nicht gesagt hätte."

Fritzen verdrehte die Augen, lauschte jedoch gespannt weiter. „Ja... ich war Freitagabend an der katholischen Kirche in Traben."

„Warum?", kam Klara Fritzen zuvor, der gerade Luft holte, um etwas zu sagen.

„Weil ich mich verschätzt hatte. Ich dachte, das Wetter hält noch ein wenig, aber nix war's. Und da war ich gerade auf dem Weg zu meinem Unterschlupf, als ich diesen Typen da aus der Kirche kommen sah."

„Welchen Typen?"

„Keine Ahnung, hat sich mir nicht vorgestellt."

„Ach klar, der große Unbekannte", kommentierte Fritzen. „Hatte mich schon gefragt, wann der ins Spiel kommt."

„Ja, was soll ich sagen. Ich lief in diesen Weinbergsweg hinein, weil der bei meinem Unterschlupf rauskommt und dann springt da jemand im Stockdunkeln die Stufen zur Kirche hinunter. Ich dachte noch: Ist der bescheuert? Welcher Mensch rennt denn bitte freiwillig nachts bei solch einem Wetter draußen rum?"

Klara sah ihren Kollegen an. „Aber Jana sprach auch von zwei Männern", raunte sie.

Ihr Kollege ignorierte sie. „Sie geben also zu, an der Kirche gewesen zu sein? Aber die Maria gestohlen haben Sie nicht?"

„Nein, das hatte der andere schon erledigt. Ich habe doch nur versucht, ihn aufzuhalten."

„Hatte er die Figur dabei?"

„Er hatte etwas dabei, ja. Ob es eine Figur war, weiß ich nicht, könnte aber gut sein."

„Und dann sind Sie einfach so auf ihn losgegangen?"

„Ein Mensch, der nachts im Dunkeln mit einer Strumpfmaske und einer Brechstange durch die Gegend rennt, hat wahrscheinlich nicht vor, mich auf einen Kaffee einzuladen, was meinen Sie? Und ich hatte ja mitbekommen, was im Ort los ist. Ich hatte gehofft, ich könnte ihn festhalten und Hilfe rufen, ich dachte mir, vielleicht gibt das eine Belohnung. Aber mir fehlte ein gutes Stück Kraft für den Burschen."

„Können Sie ihn beschreiben?", fragte Klara.

Kammer zögerte. „Nein", sagte er dann. Es war zu dunkel. Ich habe nicht viel erkennen können. Und die Maskierung tat das ihre. Aber ich hab ihm ziemlich eine gelangt."

Er führte einen rechten Haken in der Luft vor.

In Klaras Hosentasche vibrierte es, doch sie widerstand dem Drang, nachzusehen. Ob es wohl endlich eine SMS von Maurice war?

Fritzen stieß erneut ein Seufzen aus, bemühte sich dann aber um einen versöhnlicheren Tonfall: „So. Jetzt mal ganz im Ernst. Ich habe zur Kenntnis genommen, dass Sie ein Scherzkeks und schlagfertig genug sind, um dieses Gespräch auf mehrere Wochen auszudehnen und mich in den Wahnsinn zu treiben. Aber, wenn ich Ihnen etwas raten darf: Es sieht alles nicht wirklich rosig für Sie aus. Sie tauchen hier in der Gegend auf, es gibt Beschwerden über Sie, kurz nach Ihrem Auftauchen kommt es zu zwei Einbrüchen in Kirchen hier im Ort, bei einem dieser Einbrüche werden Sie sogar von einer Zeugin gesehen. Sie sind auch kein unbeschriebenes Blatt, was Hehlerei angeht." Er stieß geräuschvoll die Luft aus. „Zudem, werden wir die Schuhe, die sie da anhaben, mit den Schuhabdrücken am Tatort abgleichen. Und ich werde den Verdacht nicht los, dass wir auch da einen Volltreffer landen dürften. Größe 46 nehme ich an?"

„45, aber man muss nehmen, was man kriegt."

„Ich denke, Sie sollten jetzt mal wirklich mit der Wahrheit heraus rücken... oder sich zeitnah einen Anwalt nehmen. Wenn Sie sich keinen Anwalt leisten können, dann..."

Er verstummte, als Kammer leise zu lachen begann. Kopfschüttelnd blickte er von Fritzen zu Klara und wieder zurück: „Glauben Sie mir, von Anwälten habe ich die Nase voll. Wenn, dann rette ich mich selber. Das hätte ich besser von vorneherein so gemacht, dann säße ich jetzt nicht hier."

Klara kam Fritzen zuvor, als Sie sanft sagte: „Was ist passiert?"

Zu ihrer Überraschung ging Kammer tatsächlich darauf ein. „Der Crash ist passiert... ich bin einem Betrüger mit strahlendem Lächeln aufgesessen. Ich habe die falschen Bekanntschaften gemacht. Bekanntschaften, die mein Geld vermehren wollten... anlegen, spekulieren, todsicher... Finden Sie den Fehler. Ich habe mich einlullen lassen, wurde größenwahnsinnig... ich wollte auch ein *‚monumentales Denkmal der Extraklasse'*, wie der gute Mann es wahrscheinlich schon vielen versprochen hat. Er hat mich geködert und dann ist er mit meinem Geld durchgebrannt. Gefasst haben sie ihn nie, dafür haben Sie jetzt *mich* gefasst."

Klara schwieg. Fritzen packte sie kopfschüttelnd an der Schulter und zog sie mit sich. „Es ist immer das Gleiche. Jetzt kommt die Mitleidstour. Wir werden jetzt die Schuhabdrücke vergleichen und Irmlinde Kraus einbestellen. Vielleicht hat sie ihn mal an der katholischen Kirche beobachtet."

Klara nickte und zog ihr Handy aus der Tasche.

Hugo parkte seinen Peugeot unter der Brücke auf der Trarbacher Moselseite. Er war froh, dass Max nicht neben ihm ging, als er wie eine alte Diesellok die Stufen zur Brückenstraße hinauf schnaufte. Mit Sicherheit hätte ihm das mal wieder einen frechen Kommentar eingebracht, dabei war er doch krank.

Max war aber auch ein wenig hinter der Luft gewesen, als er ihn vor gut einer Stunde angerufen hatte. Doch die Schlüsselwörter „Verhaftung... Obdachloser... Zeugin Jana... Kirche Traben... Stadtführung... keine Zeit... in einer Stunde... ‚Wurstbude Saugut'..." hatte er gut genug kombinieren können, um sich zum vereinbarten Zeitpunkt am vereinbarten Treffpunkt einzufinden. Zuvor hatte er jedoch eine WhatsApp an Klara rausgeschickt.

Als er die letzten Stufen überwunden hatte, sah er Max bereits nervös vor der Bude auf und ab laufen, während der Budenbesitzer die Fritten schwenkte. Max sah ihn und winkte zur Begrüßung.

„Hallo. Gut, dass du da bist."

„Führung rum?", fragte Hugo. „Eben die Gäste am Museum abgeliefert, jawohl. Ich habe Kohldampf. Ich hoffe es war okay, dass ich für dich auch eine Currywurst mit Pommes geordert habe?"

Hugo nickte, da reichte der Wirt ihnen die Pappteller auch schon über die Theke. Max zahlte und brachte Hugo dann auf den neusten Stand der Dinge, dass der Obdachlose, der seit ein paar Tagen hier im Ort unterwegs war, von Jana Karlsson als einer jener Männer erkannt worden war, die am Abend aus der Kirche gekommen waren. Hugo unterrichtete Max indes, dass er sich bereits an Klara gewandt hatte, in der Hoffnung, von ihr erste Ergebnisse des Verhörs zu erfahren. Immerhin hatte auch er ihr Hinweise geliefert – die Verbindung zwischen den Marienfiguren etwa.

„Ich habe die Zeit, in der ich auf dich gewartet habe, aber noch anderweitig genutzt“, sagte Max und senkte die Stimme. „Ich war in der katholischen Kirche in Trarbach. Volltreffer, die Maria ist nicht von Kessler – sofern er zeitlebens seinem Farbschema treu geblieben ist.“

Hugo pfiff anerkennend durch die Zähne. „So weit so gut. Also haben es die Diebe auf Kesslers Marienfiguren abgesehen. Aber warum? Sind sie etwas Besonderes?“

„Pastor Reimann meinte nein... Er sagte zwar, dass Kessler nur wenige Marias hergestellt hätte, aber er war ja generell kein so renommierter Künstler, dass man hier von einem Seltenheitswert ausgehen könnte. Andererseits hat sich im Ikonenzentrum ja kürzlich sogar ein russischer Professor nach Marienbildern in dieser besonderen Farbgebung erkundigt.“

In Hugos Tasche surrte es. Er zog sein Mobiltelefon heraus und hielt es abwechselnd nah und fern vor seine Augen, bis Max seine Lesebrille aus der Tasche zog und ihm reichte.

‚Melde mich später‘, las Hugo.

„Neue Freundin?“, fragte Max.

„Quatsch. Klara. Sie scheint noch im Verhör zu sein. Aber das klingt doch schon mal vielversprechend.“

Max nickte. „Meinst du, sie behalten ihn in Untersuchungshaft?“

Hugo zuckte mit den Schultern. „Möglich wäre es. Er sieht nicht so aus, als hätte er einen festen Wohnsitz oder so etwas. Dann ist das schwierig, wegen der Fluchtgefahr.“

„Ja, das stimmt wohl.“

„Jana hatte gesagt, sie habe zwei Männer gesehen“, murmelte Hugo dann.

„Er wird einen Komplizen gehabt haben.“

„Ja. Wenn er den liefert, dann könnte es vielleicht gar nicht so schlecht aussehen für ihn.“

Max nickte. Dann gefror sein Lächeln.

„Was ist?“, fragte Hugo, doch im nächsten Moment beantwortete sich die Frage quasi von selbst als…

„Haaaaach...“ Krebers Zynismus war ab dem ersten Geräusch zu hören. „Da sind sie ja, Ballauf und Schenk von Traben-Trarbach. Na? Mitten in den Ermittlungen? Zu schade, dass Ihnen die Polizei zuvor gekommen ist, was?“

Max ärgerte sich, dass die Currywurst eindeutig zu gut schmeckte, als dass er sie wortlos hätte stehen lassen und weggehen können. So rang er sich ein Lächeln ab, während Hugo einfach ausdruckslos weiterkaute.

„Und ich hab es ja von vornherein gesagt, dass mit diesem Typen etwas nicht stimmt. So eine zwielichtige Gestalt taucht auf und schon ist die erste Kirche aufgebrochen... war ja klar, dass das kein Zufall sein konnte, aber mich belächelt man ja gerne.“

Als weiterhin keine Regung von Max und Hugo kam, beschloss Kreber dies als Triumph zu verbuchen und erinnerte sich, warum er eigentlich hier war.

„Hach, ich würde mich ja gerne noch weiter so angeregt mit Ihnen unterhalten", säuselte er „aber Sie werden verstehen, ich habe jetzt einen wichtigen Termin. Es gibt hier ja noch Menschen, die gewillt sind, den Ort voran zu bringen. Also... auch auf innovativere Art, als mit einem alten CD-Spieler und lustigen Gedichten. Ich wünsche noch erfolgreiche Ermittlungen... Genießen Sie die Wurst, ich genieße jetzt ein bisschen *anspruchsvolleres* Essen."

Damit wanderte er von dannen, zielstrebig auf das gegenüberliegende Schlemmerschlösschen zu.

Hugo atmete so lautstark aus, dass Max befürchtete, dass er das gesamte Gespräch über die Luft angehalten hatte.

„Alter Schwede, was war das denn?"

„Kreber... in Höchstform möchte ich meinen."

„Klar... bei Rückenwind wird der immer manisch."

Hugo blickte sich um und sah dem Bürgermeister nach. Ein Arm hielt ihm aus dem Inneren des Schlösschens die Tür auf.

„Der wird auch noch hofiert, wie der Präsident der USA", brummte Hugo.

Max stopfte sich ein Stück Wurst in den Mund und kaute nachdenklich weiter. Ein großer, schlanker Mann mit dicker Hornbrille humpelte die Straße hinauf und schwenkte nun ebenfalls ins Schlemmerschlösschen ein.

„Die haben ja richtig Betrieb da drüben", brummte Hugo, dann verschluckte er sich erneut fast an seinem Würstchen.

„Zwölf Uhr!", presste er hervor.

Max blickte auf seine Armbanduhr. „Was…"

„Nein. *Auf* zwölf Uhr… da…"

Max drehte sich um und erkannte das ‚Weinzeit'-Duo Maurice Bachmann und Elmar Bastken. Bastken strahlte, wie üblich über beide Ohren, als er ihn sah, während Bachmann missmutig drein blickte und sein lädiertes Gesicht wieder hinter seiner Sonnenbrille verbarg. Nach einem kurzen Gruß gingen sie an ihnen vorbei und kehrten ins Café Wichtig ein.

„Arroganter Schnösel!“, brummte Hugo. „Und mit dem zieht Klara jetzt um die Häuser.“

„Wo die Liebe hinfällt“, erwiderte Max und musste an Friedrich und Maria Kessler denken.

„Wenn mich nicht alles täuscht, hat sie sich wegen dieser Idioten und ihren Hänseleien zu Schulzeiten teils die Augen aus dem Kopf geweint und ist sogar in Hungerstreik getreten, weil sie dachte, sie gefällt dem Hansel dann besser... Ich weiß es ja auch nicht, diese jungen Mädchen sind manchmal....“

Erneut hob ein Brummen in seiner Tasche an, doch dieses Mal brach es nicht ab. Hugo zog sein Handy hervor: „Klara, Liebchen. Wie schön, dass du dich meldest.“

Pastor Giessen wusste den Anruf, der an diesem Nachmittag bei ihm einging, nicht zu deuten. Schnarrend und flüsternd hatte der Anrufer ins Telefon gesprochen, teilweise bemüht sich wie ein Nicht-Muttersprachler anzuhören, teilweise jedoch mit reinstem Hochdeutsch.

„Spreche ich mit Pastor Giessen?“, hatte das Gespräch begonnen.

„Am Apparat.“

„Herr Giessen, sehen Sie sich vor. Sie haben Feinde im Ort. Man will Ihnen nichts Gutes, aber ich bin ihr Freund, auch wenn Sie das gar nicht verdient haben."

„Wer spricht denn da?"

„Das tut nichts zur Sache. Sie haben sich mit den Falschen angelegt. Sie haben belastende Materialien gegen Sie in der Hand. Über Sie und Ihre Frauenbekanntschaften. Zudem haben sie das Schreiben einer engen Vertrauten von Ihnen, die Ihnen schlimme Dinge vorwirft."

Giessen wurde es mit einem Mal gleichzeitig heiß und kalt. Was hatte das zu bedeuten? Hatten die Kircheneinbrüche doch ihm gegolten? Mit wem hatte er sich angelegt, dass man glaubte ihn derart unter Druck setzen zu müssen?

„Ich habe es in der Hand, die Beweise verschwinden zu lassen. Aber ich verlange 5.000 Euro von Ihnen."

„5.000 Euro? Was denken Sie, wo ich die herneh…"

„Überlegen Sie es sich. Besprechen Sie sich doch zum Beispiel mit ihrer hübschen Freundin. Ich melde mich morgen wieder bei Ihnen."

„Herr Kreber, sind Sie das?"

Klack.

Irmlinde Kraus tippelte nervös die Stufen zur Polizeiwache in Traben hinauf. Noch nie in ihrem ganzen Leben hatte sie eine Vorladung bekommen... und der Polizist hatte ja auch versichert, dass es keine wirkliche *Vor*ladung, sondern vielmehr eine freundliche *Ein*ladung war, die Polizeiwache aufzusuchen. Einen Verdächtigen habe man gefasst und wollte wissen, ob sie ihn vielleicht in der Nähe der Kirche gesehen habe. Sogleich hatte sie die Neugier gepackt. Einen Verdächtigen begutachten, wie im Fernsehen, eine richtige Gegenüberstellung, das war schon spannend. Was wohl ihre Freundinnen in der Frauenrunde dazu sagen würden?

Ob sie hier in Traben auch so eine Zauberwand hatten? Mit Spiegel? Damit der Verbrecher sie nicht sehen konnte? Und falls nicht, womöglich würde sie dann ins Zeugenschutzprogramm aufgenommen und an einen geheimen Ort gebracht werden.

In ihrem Kopf überschlugen sich die Gedanken, als sie sich bei einem Uniformierten meldete. Sie stellte sich vor und wurde sogleich herein gebeten. Im Inneren traf sie auf jene beiden Polizisten, die sie schon in der Trarbacher Kirche getroffen hatte.

„Frau Kraus. Schön, dass Sie es so rasch einrichten konnten“, empfing Klara Friedrichs sie. „Wir würden Sie bitten, sich folgende Fotos anzusehen. Erkennen Sie diesen Mann? Haben Sie ihn in der letzten Zeit in der Nähe der Kirche bemerkt?“

Enttäuscht starrte Irmlinde Kraus auf die Bilder, die die junge Polizistin nun vor ihr ausbreitete... Fotos... na toll. Nichts mit Spiegelscheibe und nummerierten Gefangenen. Sie starrte das Bild an.

„Naja...“, begann sie langsam. „So ein Mann mit Vollbart ist mir schon mal aufgefallen, wenn ich mich recht erinnere. Er kam aus der Kirche... ja, da bin ich mir ganz sicher, er ist in der Kirche gewesen.“

„Wann war das?“

„Das muss vor dem ersten Einbruch gewesen sein“, sagte sie. „Ist das der Täter?“

Klara ignorierte die Frage. „Warum können Sie sich so gut an ihn erinnern?“

„Naja“, Irmlinde Kraus errötete ein wenig, „er war nicht von hier... und so viele Touristen sind noch nicht in der Stadt... und dieses vom Bart halb maskierte Gesicht, das kam mir doch gleich verdächtig vor! Und er hatte so einen… hinkenden Gang. Ich dachte mir noch, der hat es bestimmt an der Hüfte.“

Klara und Fritzen wechselten einen vielsagenden Blick.

„Sie sind sich aber sicher, dass es dieser Mann hier war? Oder ist es eher der Bart, den Sie erkennen?“

Irmlinde kam ins Straucheln. „Nun ja... ich... also...“ sie hob das Bild nah vor die Nase. „sicher kann ich es nun nicht sagen... Ich meine... der Bart... also... Ja, der Bart ist schon ähnlich… und ja auch sehr verdächtig…“

„Danke, Frau Kraus“, sagte Fritzen. „Das wär‘s fürs Erste.“

Irmlinde sah ihn enttäuscht an. Dann nickte sie und wandte sich zum Gehen. Im Türrahmen hielt sie nochmal an. „Ach sagen Sie... dieser Verdächtige, den Sie verhaftet haben... Fährt er zufällig eine große schwarze Limousine?“

Pfarrer Reimann betrat an diesem Nachmittag, wie so oft in den letzten Wochen, mit gemischten Gefühlen seine Kirche in Rachtig. Er hatte jedes Mal das Gefühl, den Atem anhalten zu müssen und ertappte sich dabei, es auch zu tun, vor lauter Sorge, vor den nackten Wänden zu stehen und zu erkennen, dass nun alle Figuren aus seiner Kirche ausgezogen waren.

Er beruhigte sich stets mit dem Gedanken, dass die Diebe – hätten sie ein Interesse an den übrigen Figuren gehabt – diese sicher mitgenommen hätten, doch es half nicht wirklich. Er spürte, wie ihm jedes Mal der buchstäbliche Stein vom

Herzen purzelte, wenn er eintrat und alles so vorfand, wie es sich gehörte. Wie schrecklich musste es sein, wenn Einbrecher im eigenen Heim ihr Unwesen getrieben hatten und diese Gefühle fortan mit dem Zuhause verbunden waren, das einem doch Schutz bieten sollte.

Er war heute hier mit einem jungen Paar verabredet, das in den nächsten Wochen ein Konzert in seinem Gotteshaus geben wollte. Reimann freute sich, war die Kirche doch ein gern genutzter Ort für Konzerte und er selber ein Liebhaber klassischer Musik. Zudem hatte sich das Paar spontan bereit erklärt die Veranstaltung als Benefizkonzert für eine neue Marienfigur zu planen.

Ein Blick auf die Uhr verriet ihm, dass er noch zu früh war, und so trat er aus der Sakristei hinaus in den strahlenden Sonnenschein, den ihnen der April an diesem Tag gönnte. Einen Moment verharrte er und schloss die Augen, dann wanderte er gemächlich die Straße hinauf bis zum Friedhofstor und wandte sich wieder um. Er stutzte. Ein Besucher war auf dem Friedhof. Ein Mann. Soweit nichts Ungewöhnliches, auch wenn Reimann den Mann noch nie gesehen hatte. Ungewöhnlich war eher die Stelle, an der sich der Fremde rumtrieb. Er war durch das schmale Tor in den abgegrenzten Bereich der Gräber der ehemaligen Pfarrer getreten, beugte sich vornüber und hielt irgendwas in der Hand.

Reimann kniff die Augen zusammen und trat ein paar Schritte näher an das Friedhofstor heran. Dann erkannte er, was der Fremde tat: Er schoss Fotos.

An diesem Abend saß Max mal wieder mit seinen Trarbacher Freunden beim Stammtisch in der ‚Goldenen Traube' zusammen. Auch Hugo hatte sein Kommen angekündigt, letztlich aber doch einen Rückzieher gemacht. Seine ‚Freck' habe sich nochmals verschlimmert, wie er sagte, sodass er an diesem Abend früh das Bett hüten und sich am nächsten Tag wieder mit Max treffen wollte.

„Der hat doch nur Schiss!", sagte Otto lachend, als er seinen Handkäs' mit Musik verdrückte.

„Vor was? Vor der Musik?", fragte Werner und wies auf die Zwiebeln auf Ottos Teller.

„Ich musiziere erst zu Hause, keine Sorge. Nein, er hat eine Wette mit mir laufen und so langsam geht ihm der Hintern auf Grundeis, weil er merkt, dass er verliert."

„Was für eine Wette denn?", erkundigte sich Rita.

„Wir haben gewettet, ob Klara Friedrichs mit diesem reichen Schnösel zusammen kommt, oder nicht."

„Bitte was?"

„Ihr schließt Wetten über das Liebesglück von anderen ab?"

„Entschuldige Mal, es war für einen guten Zweck. Hugo hat Stein und Bein geschworen, sie würde sich nicht auf so einen Hallodri einlassen, ich habe gesagt die Frauen ticken da anders. Da muss der Kerl nicht lieb und nett oder sympathisch sein."

„Und wo ist dabei der gute Zweck?" Pia rümpfte die Nase.

„Na wir haben nicht, wie wir zuerst dachten, um einen Kasten Bier gewettet, sondern…" Er zögerte. „…darum, wer Max den Osterhasen spielen muss."

Max starrte ihn an. „Nicht dein Ernst?"

Otto zuckte mit den Schultern. „Das fanden wir einen sinnvolleren Einsatz. Du armer Kerl findest ja niemanden."

Max lachte lauthals auf. „Na dann bin ich ja eine Sorge schon mal los. Es sei denn, mein Häschen meldet sich weiterhin krank."

„Ach, den kriegen wir schon wieder auf die Beine", Fritz knallte sein Glas auf den Tisch. „Zur Not kriegt er 'ne Infusion von dem ‚Bernkasteler Doktor', und dann schnurrt der wieder wie ein Kätzchen."

„Oh weh. Ganz so hoch hatte ich das Hasen-Gehalt nun doch nicht angesetzt." Max deutete an sich den Angstschweiß von der Stirn zu wischen.

„Na so teuer ist der nicht mehr. Das mit der teuersten Weinsorte war einmal. Heute kriegste den teils schon für 60 Euro die Flasche."

„Schnäppchen", brummte Werner.

„Je nachdem kannst du aber auch immer noch 200 Euro für 'ne Auslese hinblättern. Kommt halt auf den Jahrgang an."

„Ist doch Wahnsinn, was manche Leute bereit sind für einen Wein zu zahlen. Und gerade für so einen alten Wein… der schmeckt doch einfach nur noch muffig irgendwann." Rita schüttelte den Kopf und schnupperte an ihrem Glas ‚Taubenhaus'.

„Manchmal ist es halt auch einfach die Legendenbildung", warf Günter ein. „Dieser Kennedywein zum Beispiel von seinem Besuch in Berlin. Dann sind teils halt die Legenden spannender, als das letztendliche Erlebnis auf der Zunge. Hier mit diesem Marienwein ist es doch genauso."

Max blickte auf. „Mit was?"

„Diese alte Weinlage in Rachtig. Jetzt tu doch nicht so, als hättest du nie davon gehört."

Max blickte ratlos von einem zum anderen, doch wo er auch hinsah, traf er auf ebenso verständnislose Blicke wie die seinen.

„Nicht im Ernst", sagte Günter. „Eine Mosellegende, die du

nicht kennst? Ich muss mir den Tag im Kalender markieren."

Max seufzte. „Hier gibt es so viele Weinorte. Wenn ich da alle Anekdoten kennen wollte, würde *ein* Leben wohl nicht ausreichen."

Günter grinste. „Na dann sperr' mal die Ohren auf, die hier kriegste noch in diesem Leben mitgeteilt. Wie du weißt, war die Mosel Anfang des 20. Jahrhunderts an vorderster Front, was den Weinhandel anging. Nicht nur in Traben-Trarbach, überall florierte die Nachfrage nach dem Riesling. Jeder noch so kleine Zipfel Land war mit Rebstöcken bepflanzt. Irgendwann in dieser Zeit soll es in Rachtig einen außerordentlich guten Wein gegeben haben. Es war wohl nur ein kleiner Hang, der der Kirche gehörte. Der Wein bekam den Namen ‚Marientränen', nach der St. Marien-Kirche in Rachtig. Doch den Weinberg gibt es nicht mehr. Heute wachsen dort Bäume, und es ist schier unmöglich, noch an eine Flasche des edlen Tröpfchens heran zu kommen, wenn es denn überhaupt noch eine gibt."

„Wenn der Weinberg so toll war, warum hat man ihn dann aufgegeben?", fragte Rita.

„Die Kriege haben die Region hier arg in Mitleidenschaft gezogen. Da gab es irgendwann andere Prioritäten als den Weinhandel. Angeblich hat vorher noch irgendein Traben-Trarbacher Weinhändler zur Zeit des Massenhandels hier im Ort den Weinberg aufgekauft, als er spitz gekriegt hat, dass man damit gutes Geld machen kann. Doch das half ihm auch nichts mehr. Einen Jahrgang hat er noch erwirtschaften können, dann war Schluss mit lustig. Es gibt aber das Gerücht, dass einige Flaschen dieses Weines vor Ausbruch des Krieges irgendwo versteckt wurden… Hey, *das* wär' doch mal ein Fall für euch. Für Hugo und dich!"

„Max… Mund zu, es zieht!“

Erst jetzt wurde Max klar, dass er seit Minuten wie gebannt an Günters Lippen hing. Wie Schuppen fiel es ihm jetzt mit einem Mal von den Augen. Friedrich Kessler, die Kirchen, die Marienfiguren. Jetzt endlich fiel ihm auch wieder ein, wo er das Gedicht auf dem Grabstein schon einmal gesehen hatte. Es war eines der Gedichte gewesen, die Marianne ihm hinterlassen hatte, ein Flaschenetikett hatte dabei gelegen, inmitten der losen Blattsammlung seiner neuen Unterweltgedichte… ein Etikett für einen Wein mit dem Namen ‚Marienwein‘. Na klar… Das konnte doch wirklich alles kein Zufall sein. War also jemand auf der Suche nach dem Marienwein aus Rachtig? Aber warum brach er dann die Kirchen in Traben-Trarbach auf. War das Gedicht vielleicht der Schlüssel?

„Mahax!“ Werner schnipste vor seinem Gesicht herum. „Aufwachen. Er ist fertig mit erzählen.“

„Haben das deine Schüler früher auch so gemacht, wenn du was erzählt hast?“, fragte Günter beleidigt.

„Nein… nein, ich hab dir zugehört. Jedes Wort. Ich… ich war nur kurz am Nachdenken.“

„Ob du zufällig eine Flasche Marientränen in deinem Keller hast? Dann würde ich an deiner Stelle sofort in den Ruhestand eintreten, ach nee, bist du ja schon.“

Sie kicherten, doch Max schwieg. Er musste zu seiner Gedichtesammlung. Und mit Hugo sprechen. Unbedingt.

Puzzle

Max hielt es an diesem Abend nur mühsam zuhause aus. Trotz fortgeschrittener Stunde hatte er nach seiner Heimkehr versucht, Hugo anzurufen. Doch der hatte offenbar von ihm gelernt und kurierte seine Erkältung mit ungestörtem Schlaf, indem er das Telefon ausgestöpselt hatte.

Einen kurzen Moment hatte Max in seinem Überschwang gar überlegt, bei ihm zu klingeln, letztlich aber doch lieber davon abgesehen. Das Etikett und das Gedicht waren in dem Stapel Papiere rasch gefunden gewesen. Er hatte sich nicht getäuscht:

Marientränen
1912 – St. Marien / Rachtig

Unsre Tränen mögen trocknen,
Rosen und Reben vergeh'n,
doch der Bund unserer Herzen
bleibt auf ewig besteh'n.

Wir nahmen unser Schicksal aus anderen Händen
Und fanden Liebe und Zuflucht bei ihr
Uns retteten einst Marias heilige Tränen
Und wir retten sie vor der anderen Gier.

Wenn uns die Finsternis umschließt
wartet Maria schon, ruft uns nach Haus
und der Schein ihrer Tränen
führt uns aus den dunklen Hallen hinaus.

Ein ums andere Mal hatte er das Gedicht gelesen, bis ihm schließlich die Augen zugefallen waren. Kurz darauf war er wieder erwacht, und als sein Kopf auf den Schreibtisch niedersank, hatte er entschieden, ins Bett zu gehen.

Am nächsten Morgen wäre er am liebsten bereits um 5 Uhr zu Hugo hinüber gegangen, um mit ihm alles zu besprechen, was er am Vorabend erfahren hatte. Jetzt endlich gab es ein Motiv, einen Grund für die Einbrüche und Diebstähle der scheinbar nicht übermäßig wertvollen Marienfiguren. Die Einbrecher hatten es auf etwas deutlich wertvolleres abgesehen gehabt, auf einen Wein, der – glaubte man den Gerüchten – ein Tröpfchen war, das bei Liebhabern hohe Preise erzielen konnte. Und wenn man Max richtig kombiniert hatte, dann besagte das Gedicht, dass irgendeine von Kesslers Marienfiguren den Weg zu diesem Wein wies… dem letzten Jahrgang, den es davon gab. Offenbar war aber die Rachtiger Maria nicht die gesuchte Figur gewesen, warum sonst hätten die Diebe, kaum anderthalb Wochen später, die Maria in Traben stehlen sollen?

Doch da aktuell von keinem Kellereinbruch in der Umgegend berichtet worden war, war davon auszugehen, dass auch die Diebe den Wein noch nicht gefunden hatten. So machte Max sich am Morgen daran, das Internet nach weiteren Marienfiguren von Friedrich Kessler zu durchsuchen. Sein Name tauchte hier und da immer mal wieder in Zusammenhang mit der einen oder anderen Bildhauerarbeit auf. Hinweise auf Marienfiguren von ihm fanden sich jedoch, mit Ausnahme der Rachtiger Kirche, zumindest online keine. Daraufhin hatte er seine Suche erweitert und nun gezielt nach Diebstählen von Heiligenfiguren gesucht. Als er den Wert mancher gestohlenen Figur las, begann er zu verstehen, warum sie ein beliebtes Ziel von Diebesbanden waren. Teilweise waren sogar Fotos der vermissten Figuren eingestellt worden, doch es fand sich keine weiß-rote Maria unter ihnen.

Als die Uhr in seinem Flur endlich acht Mal schlug, hielt ihn nichts mehr zurück. Er griff zum Telefon und rief Hugo an. Um zehn hatte er schon wieder eine Führung, bis dahin musste er…

Klick.

„Es ist…“

„…acht Uhr, korrekt. Arbeitest du jetzt bei der Zeitansage?“

„Max… ich bin krank.“

„Du warst doch gestern schon so früh im Bettchen, da musst du doch jetzt fit sein.“

„Ich war gestern noch für dich unterwegs, also sei nicht so frech.“

Max stutzte. „Für mich?“

„Ja… rufst du deine E-Mails genau so selten ab, wie deine Mailbox?“

Mit einem Klick hatte Max das Mailprogramm geöffnet und sogleich surrte eine Nachricht von Hugo herein. Ein Foto war dem knappen Text ‚Vielleicht hilft uns das ja noch‘ angehängt. Max klickte das Bild an und wartete dann geduldig, dass der alternde Laptop es öffnen würde.

„Ich war am Nachmittag noch mit Freunden im Kloster Machern“, sagte Hugo gähnend.

„Ahh ja… krank, ich verstehe…“

„Ermittlungen… zumindest auf dem Rückweg. Hast du das Bild immer noch nicht geöffnet?“

Endlich tat der PC seinen Dienst und Max erblickte die Grabplatte von Friedrich Kessler mit dem Gedicht darauf.

Fredericke Groll kritzelte hastig ein Schild mit den Worten

‚Aus familiären Gründen heute leider geschlossen' und klebte es von außen an die Tür des Ikonenzentrums. Zwar war die Begründung ein wenig gelogen, doch sie erfüllte ihren Zweck, nämlich den, dass keine Besucher missmutig klopften, klingelten und riefen, wenn ihnen zu den gewohnten und ausgeschriebenen Öffnungszeiten der Zugang zum Ikonenzentrum verwehrt wurde.

Was ein Ärger, dabei hatte sie sich von der Osterwoche doch so einiges an Besucherzahlen versprochen. Seit dem Ehrenbesuch am vergangenen Montag hatten sich kaum mehr als zehn Leute in die Ausstellung verirrt. Doch anscheinend lag es wirklich nicht am Desinteresse für das Thema, sondern galt für Museen im Allgemeinen. Im Fahrrad- und Mittelmoselmuseum hatte man nämlich auch nicht mehr Gäste zu verzeichnen gehabt.

Fredericke Groll hatte sich daher hingesetzt und ein Schreiben aufgesetzt, dass die Stadtführer und auch die Unterweltführer ihre Gäste doch bitte explizit auf die Trarbacher ‚Museums-Zeile' hinweisen sollten. Schließlich machte auch sie eifrig Werbung für die Unterwelt und den Mosel-Wein-Nachts-Markt, legte auch stets brav Flyer aus, auch wenn jetzt an Ostern eher keiner schon wieder an Weihnachten denken wollte. Doch wenn man ehrlich war, musste man nur vier Monate warten, dann waren auch schon wieder die ersten Nougatstämmchen im Sortiment der Supermärkte zu finden.

Also… eine Hand wusch die andere: Sie erzählte ihren Gästen mit strahlenden Augen von der Unterwelt und den Jugendstilhäusern, und die Gästebegleiter sollten dann eben von den Museen erzählen, so schloss sich doch der Kreis. Ihr Schreiben hatte sie sodann an Stadtbürgermeister Kreber gesendet, der es hoffentlich an seine Führer weitergeben würde, auf dass die Gäste nur so strömen sollten. In der Unterwelt taten sie das ja schon, ganz gleich ob bereits touristische Hochsaison war oder nicht. Und nun sperrte sie sie aus.

Sie prüfte, ob die Klebestreifen ausreichten, um dem Blatt im aufziehenden Wind Halt zu geben, dann griff sie ihren Mantel, ihre Schlüssel und zog die Tür hinter sich zu. Während sie den Schlüssel im Schloss drehte und prüfend an der Klinke zog, gingen ihr die Worte ihrer lieben Freundin Irmlinde Kraus noch einmal durch den Kopf, die sie eben völlig aufgelöst angerufen hatte: „Fredericke… du musst kommen… ich habe… eine unglaubliche Dummheit gemacht… und jetzt macht der Pastor eine Dummheit… ich glaube, er will Ernst Kreber umbringen!“

Ernst Kreber ratterte am Dienstagmorgen pflichtbewusst die salbungsvollen Worte herunter, die er sich für seine Bürgerwehr zurechtgelegt hatte. Er bedankte sich für den bedingungslosen Einsatz, rühmte die Sicherheit, die dank der mutigen Männer wieder im Ort eingekehrt war und schloss damit, dass nun endlich auch die Polizei ‚in die Pötte gekommen‘ war und den für ihn schon seit langem Hauptverdächtigen verhaftet hatte. Somit war der Einsatz der Bürgerwehr fürs Erste beendet. Er versprach jedoch, sich bei Bedarf erneut bei den motivierten jungen Männern zu melden.

Zufrieden lehnte er sich in seinem Stuhl zurück. Es lief gut für ihn. Am Vortag hatte er mit Jean Schmit im Schlemmerschlösschen zu Mittag gegessen und ihm anschließend die Schätze der Traben-Trarbacher Unterwelt gezeigt. Zwar hatte Ingrid Röhr gemeint, dass noch nicht alle aktuellen Keller auf der Website vermerkt waren, doch die bisherige Anzahl erschien ihm ausreichend, um den Journalisten bei der Stange zu halten und auch zu beeindrucken.

Schmit hatte diverse Fotos gemacht und sich zu jedem Keller einen groben Umriss gezeichnet. Es hatte eine halbe Ewigkeit gedauert. Wie gut, dass Kreber sich den Tag komplett geblockt und alle anderen Termine abgesagt hatte. Manchmal musste man eben Prioritäten setzen.

Schmit hatte versprochen sich im Laufe der nächsten Wochen wieder bei ihm zu melden. Gemeinsam mit seinem Team wollte er eine Auswahl treffen und einen Drehplan erstellen, den er Kreber dann zukommen lassen wollte. Der Sender, für den er arbeitete, RTL Télé Lëtzebuerg, so stand es zumindest auf seiner Visitenkarte, schien das Luxemburger Pendant zu dem deutschen RTL zu sein. Und wenn auch die Zuschauerzahlen ähnlich groß waren, dann hatte er einen wirklich großen Fisch an Land gezogen.

Pfeifend begann er sich auf seinem Stuhl zu drehen, als er mit einem Mal aus dem Fenster sah, dass Ärger ins Haus stand. Ein alter Volvo wurde auf dem Platz vor der VR-Bank abgestellt, und Kreber erkannte, wie Pastor Giessen aus diesem ausstieg. Zunächst dachte er noch, der Pfaffe wollte Geld abheben gehen, doch dann stapfte dieser unbeirrt über den Zebrastreifen und in die Touristinformation. Kreber bezweifelte, dass Giessen eine Führung buchen wollte, da stand er auch schon in seinem Zimmer. Er hörte Ingrid im Hintergrund noch rufen „Herr Pastor, Sie können doch nicht so einfach…“, da schlug die Tür bereits hinter ihm ins Schloss.

Giessen atmete schwer, emsig bemüht sich im Zaum zu halten und auch Kreber war um Contenance bemüht. Schließlich schaffte er es, ein Lächeln auf sein Gesicht zu zaubern.

„Herr Giessen. Wie schön, dass Sie mich besuchen. Wollen Sie sich für meine Bürgerwehr bedanken."

„So weit kommt es noch, Herr Kreber", Giessen trat einen Schritt vor. „Nein, ich will wissen, ob Sie etwas mit diesem Schreiben und diesen Bildern zu tun haben und Sie informieren, dass ich keine Bürgerwehr gründen, sondern gleich damit zur Polizei gehen werde."

Ernst Kreber starrte ihn verständnislos an. „Was…"

„Tun Sie doch nicht so unschuldig!" Giessen schrie nun. „5.000 Euro, sind Sie eigentlich noch ganz bei Trost?"

In Krebers Kopf überschlugen sich die Gedanken. 5.000 Euro? Woher wusste Giessen von Quill? Irgendetwas lief hier gerade gewaltig schief. Und was für Bilder…

„Herr Giessen, vielleicht setzen Sie sich einfach erst einmal…"

„Nein Danke, ich stehe lieber."

„Herr Giessen", Krebers Gedanken überschlugen sich. Wie kam er aus der Nummer nur wieder heraus. Wahrscheinlich gar nicht. „Das scheint mir alles ein ganz großes Missverständnis zu sein…"

„Mir nicht. Der Anruf war ja deutlich genug und das Schreiben auch. Versuchen Sie nicht, sich rauszureden."

Welches Schreiben?, schoss es Kreber durch den Kopf. Hatte Quill etwa Mist gebaut? Meldete er sich deswegen nicht mehr bei ihm? Oder hatte Wagner geplappert? Sonst wusste doch eigentlich keiner etwas von seinen Plänen… eigentlich…

„Das ist ein verdammt mieses Spiel Herr Kreber, und das wissen Sie."

Ja, zum Teufel. Das wusste er. „Ich verstehe, dass Sie wütend sind."

„Wütend ist noch gar kein Ausdruck. Ich habe Ihnen ja viel zugetraut, aber das hier."

„Na gut...", Kreber resignierte. Er hatte den Pfarrer noch nie so erbost gesehen. Vielleicht musste er ihm letztendlich doch ein Zugeständnis machen. „Sie sind mit dabei, hören Sie?"

„Was?"

„Sie sind mit dabei. Wenn wir die Ruine wieder aufbauen. Ihr Jugendzentrum. Das ist es doch, was Sie wollen. Dann gibt es eben eine Kreber&Giessen-Stiftung statt einer Kreber-Stiftung. Einverstanden?"

Kreber wusste den Blick des Pfarrers nicht zu deuten, der ihn nun traf. „Oder eine Giessen&Kreber-Stiftung?"

„Sie wissen wirklich nicht, wovon ich spreche, oder?"

„Ähm... ich dachte schon, aber..."

„Moment Mal." Kreber sah, wie es hinter der Stirn des Pfaffen arbeitete. Dann erhellte sich die Miene des Geistlichen und er trat einen Schritt zurück. „Nein... das ist jetzt nicht Ihr Ernst."

„Was denn, um Himmels Willen?" Kreber verlor langsam aber sicher Geduld und Faden.

„Sie... *Sie* treiben *meine* Idee voran? Mich führen Sie vor und lassen mich auflaufen, um dann *meine* Idee als *Ihre* zu verkaufen? Und damit ich nicht dazwischen quäke, wenn Sie als strahlender Held das Jugendzentrum in die Tat umsetzen, zwingen Sie mich in den Ruhestand? Damit ich dann wieder nach Bremen zurück gehe? In meine Heimat? Hauptsache schön weit weg? Darum erpressen Sie mich?"

Kreber fing sich wieder. „Sie werden erpresst?"

Nun war es Giessen, dem der Geduldsfaden riss. Doch er presste die Lippen aufeinander und nickte nur. „Wir sehen uns bei der Polizei, Herr Kreber… ganz bald."

Nachdem Max seine Führung absolviert hatte, traf er sich mit Hugo auf der Terrasse des Hotels Moselschlösschen in Trarbach. Hier standen bereits wieder die ersten Tische und Stühle draußen, denn manch mutiger Hotelgast hatte es bereits gewagt, einen Kaffee im Freien zu genießen.

Während Max die Sonnenstrahlen genoss, rutschte Hugo unruhig auf seinem Stuhl hin und her.

„Musst du aufs Klo?"

„Nein, aber diese Terrassenmöbel sind so unbequem… ich hab's doch immer noch im…"

„Im Kreuz, ich weiß", seufzte Max.

„Ich brauche so einen Sessel, wie du ihn hast."

„Die sind nicht ganz billig."

„Na hör' mal." Hugo sah ihn vorwurfsvoll an. „Nach allem, was du mir erzählt hast, heben wir hier demnächst einen Kirchenschatz oder so was… den teuersten Messwein aller Zeiten. Da wird doch wohl ein Fernsehsessel für mich drin sein."

Max lächelte und griff nach seinem Rucksack mit den Bildern und Gedichten über die Unterwelt. Er hatte Hugos Bild ausgedruckt und dazu gelegt. Auch das Etikett und das geschriebene Gedicht hatte er in einer Klarsichtfolie dabei und breitete nun alles auf dem Tisch vor ihnen aus.

„Meinst du wirklich, das Gedicht hilft uns in irgendeiner Form weiter?"

„Naja…", er zögerte. „Wenn ich an so manchen Krimi denke, den ich gelesen habe, dann könnte in dem Gedicht schon ein Hinweis darauf stecken, wo sich der Wein findet.

Zumindest scheinen die Marienfiguren der Schlüssel zu sein."

„Meinst du, Friedrich Kessler hat den Wein versteckt?"

„Denkbar wäre es doch."

„Aber warum schreibt er dann so ein kryptisches Gedicht und sagt nicht einfach, wo die Flaschen sind?"

„Hmmm… Günter sagte doch, dass der Weinberg kurz vor Ausbruch des Krieges verkauft wurde. Vielleicht gehörte er da schon irgendeinem Traben-Trarbacher Weinhändler. Und auf die waren die Kesslers ja nicht besonders gut zu sprechen."

„Du meinst, sie wollten den Traben-Trarbachern eins auswischen?"

„Ich meine, wir müssen noch einmal mit Pastor Reimann sprechen. Wir müssen unbedingt mehr über diese Kesslers erfahren."

„Schon wieder nach Rachtig? Da war ich doch gestern erst."

Max grinste. „Falls es dich motiviert. Ich würde einen Besuch im Bernkasteler Weinkontor anschließen wollen. Wenn es um Moselweine geht, sind die doch die Experten."

Hugo spitzte die Ohren.

„Oha… Lädst du mich ein?"

„Nein. Aber ich brauche einen stunterprobten Fahrer für das Fluchtauto, falls wir unterwegs zufällig den Schatz finden!"

Heinz Wender verstand die Welt nicht mehr. Irgendetwas war ganz und gar im Argen, hier im Ort. Zum zweiten Mal binnen kaum zehn Tagen, war erst vor wenigen Stunden Gotthard Giessen im Volvo wie ein Irrer an ihm vorbei gerauscht, dann hatte wieder dieser hässliche schwarze Benz aus München die Bahnstraße entlang beschleunigt, als sei er auf der Autobahn.

Nun wiederum fuhr ein Krankenwagen mit lautem Tatütata nach Trarbach und Max Krämer mit Hugo auf dem Beifahrersitz nach Rißbach.

Seine mühsam über die Jahre festgelegte Ordnung war in den letzten Tagen ordentlich ins Wanken geraten: Zu viele Fremde, zu viele neue Autos, zu viele waghalsige Fahrmanöver. Er wartete nur darauf, dass diese Jungchen mit ihren dicken schwarzen Autos irgendwann mit Karacho in seinen Sitzplatz hinein rasen würden und dann wäre es vorbei mit Heinz Wender.

Schnaufend wanderte er hinab ans Moselufer, um auf andere Gedanken zu kommen. Der Krankenwagen schien in die Grabenstraße eingebogen zu sein und dort zu verharren… zumindest bahnte sich dort drüben ein ebensolcher Stau an, wie es ihn am letzten Montag gegeben hatte, als Giessen zur zerstörten Kirche hinüber gefahren war.

Ob Giessen wohl etwas zugestoßen war? Missmutig wanderte Heinz am Moselufer entlang und starrte auf das Wasser hinaus. Die Nilgans-, Enten- und Schwanenfamilien zogen ihre Kreise und präsentierten stolz ihren Nachwuchs. Heinz lächelte und wandte sich in Richtung des Hotels Anker, wo er seinen Stammplatz auf einer der Bänke hatte.

Er stutze. Sein Platz war belegt, welch ein Ärger. Es gab genug Bänke hier unten an der Mosel, warum musste ausgerechnet seine Lieblingsbank denn nun belegt sein.

Langsam trat er heran und betrachtete die junge Frau, die ruhig da saß und die Augen geschlossen hatte. Sie kam ihm bekannt vor. Er…

„Guten Tag."

„Huch", Heinz Wender zuckte zusammen, als hätte man ihn beim Lauschen erwischt.

„Wollen Sie sich setzen? Ich rücke ein wenig."

„Ja… gerne." Heinz zögerte, doch dann nahm er Platz.

Die Brünette lächelte, dann schloss sie wieder die Augen.

„Warten Sie auf jemanden?", fragte Heinz.

„Ja. Er hat mich versetzt", sie lachte.

„Ouh, das würde ich an seiner Stelle bei so einer netten Dame aber nicht machen", murmelte Heinz und merkte, wie er bei seinen eigenen Worten rot wurde.

Doch die junge Frau nahm es ihm nicht krumm und kicherte. „Ich werde es ihm sagen. Aber ich glaube, er kann nichts dafür. Es ist ihm etwas dazwischen gekommen."

Sie schloss erneut die Augen, während Heinz sie nachdenklich betrachtete. Irgendwoher…

„Ist Ihnen der rote Mini da hinten?"

Nun blitzte zum ersten Mal so etwas wie Misstrauen in den Augen der jungen Frau auf. „Und wenn?"

„Ich habe Sie die letzten Tage öfters durch den Ort fahren sehen… und beim Bäcker…" Heinz merkte mit einem Mal, wie seine Worte auf die junge Frau wirken mussten. „Also… zufällig. Ich sitze gerne oben am Rondell, gegenüber der Bäckerei."

Ihre Miene hellte sich wieder auf. „Ja sicher. Ich glaube da habe ich sie auch schon einmal gesehen."

„Wollen Sie ein Haus in Rißbach kaufen?"

Sie runzelte tadelnd die Stirn. „Na Sie sind mir aber ein neugieriger Zeitgenosse." Doch dann lachte sie. „Aber das hat mir mein Großvater schon erzählt. In einem Ort wie Traben-Trarbach bleibt nichts lange geheim. Dazu muss man in der Anonymität der Großstadt bleiben.“

„Ihr Großvater?“, fragte Heinz Wender verwundert. „Ist der hier aus Traben-Trarbach?“

„Zugezogen“, sagte die Brünette. „Eigentlich ist er aus Bremen. Ich bin die Enkelin von Gotthard Giessen.“

Max parkte sein Auto an der Kueser Moselpromenade, während Hugo einen Parkschein löste. Die ‚Mosel-Vinothek‘ in Bernkastel–Kues, fand sich im sogenannten ‚Cusanus–Stift‘, benannt nach seinem Gründer, dem wohl bekanntesten Sohn der Stadt, Nikolaus von Cues.

Schnellen Schrittes machten sie sich vom Ufer der Doppelstadt aus auf den kurzen Fußweg zum Stift, wo sie an der Rezeption freundlich begrüßt wurden. Enttäuscht nahm der junge Mann hinter dem Tresen dann jedoch zur Kenntnis, dass sie nicht gekommen waren, um sich durch das umfangreiche Sortiment an Weinen zu probieren, sondern weil sie hofften, in ihm einen Sachverständigen zu finden, der ihnen etwas über die Weinlagen an der Mosel und im Speziellen jene in Zeltingen-Rachtig verraten konnte.

Mit hochgezogenen Augenbrauen sah er Max und Hugo an. „Ist das so eine Art Rallye oder Wettbewerb? Eine Aktion zum Osterwochenende, über die wir nicht informiert wurden?“

„Warum?“, fragte Max verwundert.

Der Kassierer seufzte. „Na Sie sind nicht die ersten, die heute hier vorbei kommen, weil sie ein bisschen quatschen wollen… über die Mosel, über den Wein, über Zeltingen-Rachtig, über die Marientränen…“

Hugo und Max zuckten zeitgleich zusammen.

„Wieso. Wer hat denn noch gefragt?“

„Keine Ahnung, wer das war“, der Mann seufzte. „Warten Sie, ich schaue, ob die Chefin noch da ist. Die hat sich mit dem Herrn unterhalten.“

Mit diesen Worten verließ der Mann seinen Platz hinter dem Tresen und ging zu einer Tür. Hugo und Max wechselten vielsagende Blicke. Sie schienen in der Tat auf der richtigen Spur zu sein.

„Hallo? Wenn sie bitte hier herein kommen würden? Frau Giesenheim erwartet Sie.“

Dankend kamen Max und Hugo der Aufforderung nach und gingen durch die Tür in einen Flur. An dessen Ende stand eine weitere Tür offen, sie hörten bereits die Stimme der Geschäftsleiterin: „Hier hinten. Kommen Sie einfach durch.“

Sie betraten ein kleines Büro. Frau Giesenheim war eine kleine blonde Frau mit Blazer, die sie durch ihre dicken Brillengläser in einem kreischend bunten Gestell musterte.

„Wie kann ich den Herren helfen?“, fragte sie, ohne sich von ihrem Stuhl zu erheben.

„Wir hätten einige Fragen zu Moselweinen und dachten, die größte Auswahl und Expertise wohl hier zu finden.“

Frau Giesenheim machte keinen Hehl daraus, dass sie für Schmeicheleien offenbar empfänglich, jedoch auch durchaus misstrauisch und ihre Zeit knapp bemessen war.

„Schon möglich. Und wer möchte das wissen?“

„Oh, Verzeihung. Krämer ist mein Name, Max Krämer, ich mache Unterweltführungen in Traben-Trarbach, und das hier ist mein Begleiter Hugo Guthar… er… möchte demnächst auch als Stadt– und Unterweltführer aktiv werden.“

Max merkte, wie Hugo ihm einen kurzen Blick zuwarf, während er in seiner Tasche nach einer Visitenkarte kramte. Als er schließlich fündig wurde, trat er vor und reichte sie Frau Giesenheim über den Schreibtisch. Sie warf einen kurzen Blick darauf, dann legte sie sie zur Seite. Max stutzte. Da waren doch…

„Nun, es wäre schön gewesen, wenn Sie vorher einen Termin ausgemacht hätten. Meine Zeit ist knapp bemessen, aber wie kann ich Ihnen denn behilflich sein?"

„Wir interessieren uns für die Weinlage Marienwein", sagte Hugo, der sich offenbar entschieden hatte, die ihnen zugeteilte, knapp bemessene Zeit der Vinothek-Chefin optimal zu nutzen.

Sie blickte ihn an. „Ja seltsam. Dass alle auf einmal hinter diesem Marienwein her sind. Erst eben war ein Journalist aus Luxemburg hier, der eine Reportage über diese sagenumwobene Weinlage macht. Vor etwa zwei Wochen hatte er mich schon telefonisch kontaktiert und interviewt. Aber ich muss Sie enttäuschen. Ich kann ihnen da auch nicht weiter helfen. Wir konzentrieren uns hier auf Weine, die es auch wirklich gibt und nicht auf irgendwelche Legenden und Gerüchte."

„Aber wenn die Gerüchte stimmen, dann soll der Marienwein ein ziemlich wertvoller und schmackhafter Tropfen sein."

„Wie schmackhaft ein Wein nach mehr als hundert Jahren auch immer noch sein kann", erwiderte die Frau schnippisch. „Irgendwelche Sammler zahlen Ihnen vielleicht einen Tausender oder mehr für so eine Flasche, aber das ist nicht die Kundschaft, an die wir uns hier wenden. Unser Markenzeichen ist Qualität und Vielfalt, und das zu erschwinglichen Preisen. Wir wollen einem breiten Publikum den Moselwein näher bringen. Aber vielleicht können Sie sich ja an diesen Reporter wenden, wenn Sie weitere Informationen brauchen. Er sagte, er wolle einen Bericht zu dem Thema produzieren. Er hat bestimmt nichts dagegen, wenn ich Ihnen seine Kontaktdaten weitergebe. Ich brauche sie jedenfalls nicht."

Sie kramte auf ihrem Schreibtisch herum und hielt Max schließlich eine Visitenkarte hin.

Jean Schmit

RTL Télé Lëtzebuerg

Darunter standen eine Rufnummer und eine Mailadresse geschrieben.

Max bedankte sich artig, dann zog er Hugo am Arm hinter sich her aus dem Büro hinaus, durch den Empfangsraum und wieder auf die Straße.

„Warum hast du es denn auf einmal so eilig?"

„Kommt dir das nicht seltsam vor? Ein Reporter, der über die Marientränen berichten will? Kurz vor uns? Warum auf einmal dieses Interesse? Vor zwei Wochen ruft er hier an und kurz darauf geschieht der erste Einbruch in Rachtig. Die Sache stinkt doch zum Himmel."

„Du meinst, das könnte der Komplize des Obdachlosen sein, den sie festgenommen haben?"

„Schon möglich, aber was mich auch noch juckt", er trat verschwörerisch näher zu Hugo. „Auf dem Schreibtisch lag noch eine weitere Visitenkarte… von ‚*Weinzeit*'."

„Weinzeit?", fragte Hugo verständnislos.

„Von Elmar Bastken und Maurice Bachmann, die wie aus dem Nichts auch vor zehn Tagen einfach so bei uns im Ort aufgetaucht sind.“

Klara Friedrichs hatte den Bildschirm von ihrem Computer auf der Polizeiwache etwas mehr zu sich gedreht, als es eigentlich nötig gewesen wäre. Sie hoffte, dass es Fritzen nicht auffallen würde, doch sie wollte auch nicht, dass er einen Blick auf ihren Monitor erhaschen konnte… denn sie surfte auf Facebook.

Maurice hatte ihr tatsächlich in den letzten Tagen eine Freundschaftsanfrage geschickt. Er – ihr… nicht umgekehrt. Natürlich hatte sie diese sofort angenommen, und nun konnte sie in vollem Umfang sehen, was er so in seiner Freizeit trieb und mit seinen Freunden – es waren mehr als 1.500 Stück – teilte. Erst am Sonntag war er auf einem Selfie, gemeinsam mit seinem Start-up-Partner Elmar verlinkt worden, auf dem er allerdings mehr leidend als fröhlich in die Kamera blickte.

Unterwegs in der #TrarbacherUnterwelt mit meinem Lieblings-Weinkenner @MauriceBachmann #Grusel #Wein #Weinzeit #Mosel

Maurice hatte ihr ein bisschen von ihrem Unternehmen erzählt. Sie vermarkteten Wein und alles, was dazu gehörte in aller Welt, oder sie *wollten* Wein in aller Welt vermarkten. Bei Weinzeit sollte der geneigte Weinliebhaber irgendwann einmal alles finden, vom teuren Weinpräsent bis zum USB-Stick im Korken, von der Weinprobe bis zur mehrtägigen Bordeaux-Tour, vom edlen Tropfen für den kleinen Mann bis hin zum Geheimtipp für die Superreichen.

Die Idee war da, die ersten Kontakte waren geknüpft, doch es fehlte, wie so oft das Geld. Der dicke schwarze Benz und der BMW waren Leihwagen befreundeter Firmen gewesen, mit denen sie auf Kundenfang gehen und gleich einen besseren Eindruck hinterlassen wollten. Nun waren sie also auf Kundenfang an der Mosel… wenn Maurice doch nur noch eine Weile bleiben würde…

Als Fritzen hereintrat, schloss sie erschrocken das Foto und den Internetexplorer. Er merkte es nicht.

„Bingo!“, sagte er. „Die Schuhabdrücke stimmen mit denen in Trarbach überein. Wir haben ihn!“

„Er sagt, er habe sie gefunden. In einem Mülleimer am Trarbacher Moselufer.“

„Ja, das würde ich an seiner Stelle auch sagen.“

„Aber mal im Ernst, wie soll er sich solche Schuhe leisten können? Die sind quasi neu?“

„Keine Ahnung, stimmt schon… Aber vielleicht rückt er, wenn wir ihn mit dem Abgleich der Sohlen konfrontieren, ja damit heraus, wer sein Komplize ist. Dessen Abdrücke haben wir wahrscheinlich in Traben sichergestellt.“

Klara nickte. Immerhin hatten sie in diesem aussichtslosen Fall einen Erfolg zu verzeichnen. Sie freute sich, Pastor Giessen in den nächsten Tagen darüber in Kenntnis setzen zu können.

Ein Geräusch ließ sie im nächsten Moment zusammen fahren, als sie sich gerade erhoben hatte, um mit Fritzen zu dem Inhaftierten zu gehen. Die Miene ihres Kollegen verfinsterte sich, als der dröhnende Motor draußen auf dem Parkplatz beständig weiter röhrte.

„Wenn das Guthar ist, dann…“

Doch ein einziger Blick aus dem Fenster belehrte ihn eines

Besseren, als Pastor Giessen seinen alten Volvo vor und zurück rangierte, bis er schließlich – ohne eines der Feuerwehrtore zu versperren – zum Stehen kam.

Fassungslos stand Fredericke Groll auf den Treppen vor der katholischen Kirche in Trarbach und schaute dem Krankenwagen nach, der mit blinkendem Blaulicht die Grabenstraße hinauf fuhr. Bernkastel-Kues hatten sie gesagt. Da wollten sie Irmlinde Kraus hinbringen. Irmlinde hatte gesagt, sie wolle nicht ins Krankenhaus, doch Fredericke hatte sich keinen anderen Rat gewusst.

Immer mehr hatte Irmlinde sich in ihre Aufregung hinein gesteigert. Geweint und geschrien, bis sich der Anfall zu einer richtigen Panikattacke ausgewachsen hatte. Dann hatte sie mit einem Mal ganz schnell geatmet und gesagt, dass sie ihre Hände nicht mehr spüre, und schließlich hatte sie begonnen, die Augen zu verdrehen, da hatte Fredericke es mit der Angst zu tun gekriegt und sie hatte einen Notruf abgesetzt.

Die Männer vom Rettungswagen hatten Irmlinde eine Tüte vor Mund und Nase gehalten und gesagt, sie solle tief ein- und ausatmen, dann würde es schon besser werden. Dann hatten sie sie mitgenommen… zur Beobachtung. Und Fredericke hatte versprochen, die Tür gut zu verschließen, auch die der Kirche.

Himmel, was für eine Aufregung. So ganz hatte sie noch nicht verstanden, was Irmlinde ihr unter Tränen alles erzählt hatte. Einen Mann hatte sie getroffen… im Café Wichtig, so weit so gut. Er hatte sich telefonisch an sie gewandt und mit zuckersüßen Worten um ein Treffen gebeten, nachdem er sich als ein besorgter Kirchgänger ausgegeben hatte, dem das Wohlergehen von Pastor Giessen am Herzen lag.

Irmlinde hatte sich mit dem Kerl getroffen, und er hatte ihre Sorgen geschürt, dass Pastor Giessen ob all des Stresses, der auf ihn einprasselte, demnächst einen Herzinfarkt kriegen könnte. Nach dem Gespräch hatte sie gar nicht mehr recht gewusst, wo ihr der Kopf stand und irgendwann geglaubt, auch selber gesehen zu haben, dass sich der Pfarrer immer mal wieder ans Herz griff, und dass er die letzten Tage nicht mehr zum Essen gekommen war, hatte der Fremde auch als Zeichen der Krankheit und Überlastung zu werten gewusst.

Doch Giessen, da waren sie sich einig gewesen, würde selber nie einen Rückzieher machen. Er war es gewohnt, seinen Widersachern die Stirn zu bieten, und so hatte sich der besorgte Fremde abermals mit ihr getroffen und dieses Mal mit nicht mehr ganz so zärtlichen Worten ihre Unterschrift unter einem von ihm verfassten Schreiben eingefordert, dass Giessens Entlassung aus dem Kirchendienst bewirken sollte.

Irmlinde hatte ein seltsames Gefühl bei der Sache bekommen, sich aber nicht getraut, zu widersprechen oder sich dem Pastor anzuvertrauen, bis er dann an diesem Morgen vor ihr gestanden hatte… zerzaust, aufgeregt, verstört… und ihr den Inhalt des von ihr unterzeichneten Schreibens vorgelesen hatte.

Von Überforderung war da die Rede, der Pastor käme seinen Pflichten nicht mehr nach, vernachlässige schändlich die Kirche und die Gläubigen und schrecke auch nicht vor Belästigung von Frauen einschließlich seiner Haushälterin zurück.

Zwar hatte Irmlinde dem Pastor unter Tränen versichern können, dass sie ein solches Schreiben niemals freiwillig unterzeichnet hätte, ja dass sie den Inhalt gar nicht hatte lesen können, doch der Pfarrer war wutschnaubend – wenn auch

nicht wütend auf sie – in sein Auto gestiegen und nach Traben zum Bürgermeister gefahren, den er als Drahtzieher hinter dem Komplott vermutete.
Fredericke hatte auf Drängen der völlig aufgelösten Irmlinde zwar nicht die Polizei, aber immerhin doch die Touristinformation angerufen und von Ingrid Röhr erfahren, dass Giessen tatsächlich einen heftigen Streit mit dem Bürgermeister gehabt hatte. Beide seien jedoch – entgegen Irmlindes Befürchtungen – noch am Leben, und Giessen habe sich wohl auf den Weg zur Polizeiwache gemacht. Mitten ins Gespräch war dann ein Schrei gedrungen, mit dem ein Mann – vermutlich Kreber – Ingrid angeblafft hatte, sie solle ihn mit einem gewissen Joachim Wagner verbinden und zwar sofort.

Fredericke atmete tief durch, als sie die Grabenstraße überquerte und zur Brückenstraße hinüber lief. Besucher hin oder her, auf den Schreck brauchte sie erst einmal einen Kaffee. Mit wehenden Fahnen lief sie die Brückenstraße hinauf und betrat das Café Wichtig. Sie gab ihre Bestellung auf und setzte sich an einen kleinen Ecktisch.

Wagner… Wagner… der Name kam ihr bekannt vor. Was Irmlinde wohl machte. Sie hoffte, es ging ihr besser. Als die Kellnerin den Pott entkoffeinierten Kaffee und das dicke Stück Sahnetorte vor ihr abstellte, kam ihr eine Idee.

„Hallo. Blöde Frage, eine Freundin hat sich hier neulich mit einem Mann verabredet… sie weiß aber leider nicht sicher seinen vollen Namen… hatte hier zufällig ein Joachim Wagner reserviert?“
In diesem Moment erschien die Chefin des Cafés hinter dem Tresen und musterte Fredericke mit einem überraschten Blick.

„Joachim Wagner?“, fragte sie. „Das ist doch der Schreiberling vom Trierischen Volksfreund. Die Irmlinde war zweimal mit ihm hier." Als sie Frederickes erschrockenes Gesicht sah, hakte sie nach. „Geht es der Irmlinde gut?"

„Sie ist auf dem Weg ins Krankenhaus."

„Ach du Gott… Und wozu brauchst du den Namen von diesem Journalisten?" Ihre Brauen hoben sich. „Jetzt sag aber nicht, die Irmlinde ist unglücklich verliebt."

Max und Hugo warteten geduldig an der grünen Ampel in Kues, als ein Rettungswagen mit quietschenden Reifen und dröhnendem Martinshorn ihnen die Vorfahrt nahm und zur Klinik hinauf fuhr.

Ein Seufzen entfuhr Hugo. „Das waren noch Zeiten."

Max grinste, dann gab er Gas. Er war gespannt, ob Reimann ihnen anhand der neuen Erkenntnisse wohl nochmals weiterhelfen konnte.

Sie überquerten die Brücke und fuhren kurz darauf am Pfarrhaus vor. Max hoffte, dass der Pfarrer zuhause war. Und tatsächlich hatten sie Glück. Kurz nach dem Klingeln hörten sie Schritte im Inneren des Hauses. Dann öffnete Reimann die Tür.

„Herr Krämer!" Er lächelte. „Ich habe Sie nicht erwartet."

„Nein", sagte Max schuldbewusst. „Ich hatte mich dieses Mal auch nicht angemeldet."

„Das macht doch nichts, kommen Sie herein. Oh." Sein Blick fiel auf Hugo. „Und wir kennen uns doch auch."

Hugo runzelte die Stirn. „Ach wirklich?"

„Ja. Wer auf meinem Friedhof die Gräber fotografiert, der bleibt mir in Erinnerung."

Max konnte sich ein Grinsen nicht verkneifen, als Hugo stotternd „Ermittlungsarbeit" murmelte. Dann traten sie ein.

Binnen weniger Minuten teilte Max dem Rachtiger Pfarrer alles mit, was sie in den letzten Tagen zusammen getragen hatten. Reimann lauschte andächtig und nickte hin und wieder.

„Das scheint mir eine ziemlich fantastische Geschichte zu sein", sagte er, als Max geschlossen hatte.

„Ziemlich an den Haaren herbei gezogen meinen Sie?"

„Ja, so könnte man es sagen. Allerdings…" Er stand auf, verschwand in der Küche und kam mit einer Flasche Wasser und einigen Gläsern zurück. „Wo habe ich meine Manieren, verzeihen Sie. Nein… ich denke, Sie könnten durchaus Recht haben, mit dem, was Sie sich da überlegt haben. Ich habe nochmal nachgedacht und habe mich erinnert, vor zwei Wochen einen wirklich seltsamen Anruf bekommen zu haben. Ich habe dem keine Bedeutung beigemessen, aber jetzt im Nachhinein wird mir einiges klarer. Das muss kurz vor dem Einbruch in die Kirche gewesen sein."

Max und Hugo spitzten die Ohren, als Reimann fortfuhr. „Ein russischer Professor für Ikonologie und Heiligenfiguren war am Telefon. Er sagte, er schreibe ein Buch über Mariendarstellungen in seltenen Farbgebungen. Und mal abgesehen davon, dass es schon ein seltsamer Zufall wäre, dass sich dieser Mensch gerade *jetzt* meldet, hat er zudem noch behauptet, er sei durch Friedrich Kessler auf mich gekommen. Im Internet hätte er viel über dessen Werke gelesen. Nur finden sich meines Erachtens im Internet überhaupt nicht so viele Details über Kessler und seine Marienfiguren. Ich hatte das nach Ihrem Besuch, Herr Krämer, aus Interesse versucht, nachzuvollziehen. Einzig *unsere* Maria hier in Rachtig ist dort erwähnt und von der hab ich Depp ihm damals auch noch erzählt. Dann habe ich ihn noch an das Ikonenzentrum in Trarbach verwiesen. Ein Professor für Ikonologie würde sich dort vielleicht gerne umsehen, hatte ich mir gedacht. Aber inzwischen frage ich mich, ob der ganze Anruf nicht eine einzige Finte war, um mich auszuhören."

„Sie meinen der russische Professor ist kein russischer Professor?"

„Also ich habe zumindest schon mal Büttenredner gehört, die besser einen russischen Akzent imitieren konnten, als dieser Anrufer."

Sie schwiegen und hingen jeder seinen Gedanken nach. Dann ergriff Max erneut das Wort. „Ich habe gehört, die Weinlage sei vor dem Krieg verkauft worden. An einen Traben-Trarbacher?"

„Gut möglich. Der Kirche hier ging es nicht sonderlich gut."

„Kann man diesen Verkauf heute noch nachvollziehen?"

„Mit Sicherheit." Reimann erhob sich. „Ich habe alle alten Kirchenbücher hier in meinem Arbeitszimmer. Und ich habe noch etwas gefunden. Geben Sie mir einen Moment."

„Worauf willst du hinaus?", raunte Hugo.

„Manche unserer Winzerfamilien im Ort gibt es schon seit vielen Generationen. Vielleicht kann uns ein Nachfahre des damaligen Käufers ja bei der Suche weiterhelfen."

Reimann kam zurück. „Hier müssten wir fündig werden", sagte er und setzte sich. „Wenn jemand von Ihnen mir helfen kann, diese alte Schrift zu entziffern. Und das hier könnte Sie auch interessieren, Herr Krämer."

Er hielt Max einige Zettel entgegen, die er zum Schutz in eine Klarsichtfolie gesteckt hatte. „Das scheinen mir die ersten handschriftlichen Versuche Kesslers gewesen zu sein, das Gedicht für seine Grabplatte zu verfassen. Es hat offenbar eine Weile gedauert, wenn Sie sich anschauen, wie wüst er darauf herum gekritzelt hat."

Max nahm die Blattsammlung entgegen. In der Tat hatte Kessler über mehrere Seiten immer wieder Sätze formuliert, Wörter durchgestrichen, umgestellt und auch die eine oder andere Krakelei an die Blattränder gemalt.

„Da war der Künstler wohl voll im Schaffensprozess", lächelte Max und erinnerte sich, wie er bei einer Dali–Ausstellung vor einigen Jahren im Trabener Alten Bahnhof den Besuchern die sogenannten „Doodles", also gedankenverlorene Kritzeleien des Künstlers gezeigt hatte, die Salvador Dali beim Telefonieren angefertigt hatte.

„Wenn Sie mögen, mache ich Ihnen Kopien davon. Ich bin froh, diese Aufzeichnungen gefunden zu haben, so können wir die Grabplatte mit dem Gedicht wieder herstellen."

Max nickte dankbar. Dann steckten sie die Köpfe über dem Kassenbuch zusammen. „Der Verkauf muss kurz vor Ausbruch des Krieges gewesen sein", sagte Max.

„Welcher?"

„Der Erste Weltkrieg, würde ich sagen. Schließlich starb Kessler laut seiner Grabplatte bereits 1914."

Reimann nickte und blätterte in dem Buch. Sie überflogen die Daten, bis schließlich Max mit dem Finger auf einen Eintrag wies.

Weinbergslage ‚Marientränen', 1000qm, Verkauf St. Marien Rachtig an Adolf Weinmann, Traben

„Adolf Weinmann?" Reimann blickte auf. „Das ist doch..."

„...der Mädchenname von Maria Kessler", sagte Max.

Hugo pfiff geräuschvoll durch die Zähne. „Dann hat *ihre* Familie den Weinberg aufgekauft?“

„Offenbar. Und Friedrich Kessler hat es ihnen nicht gegönnt, dass sie eine solch gute Weinlage zu diesem Spottpreis bekommen. Der Wein wurde kurz vor Kriegsbeginn abgefüllt und verschwand dann spurlos.“

„Nicht ganz“, sagte Reimann. „*Eine* Spur gibt es. Kesslers Gedicht.“

Klara Friedrichs war nervös, als sie an diesem Abend mit ihrem Auto den Plantert entlang fuhr. Eigentlich durfte sie das, was sie im Begriff war zu tun, nicht tun. Aber Hugo hatte ihr derart die Nase lang gemacht, dass sie nicht umhin konnte, als sich mit ihm und seinem Nachbarn zu einem ‚konspirativen Gespräch‘ zu treffen.

Eigentlich hatte sie sich ja mit Maurice treffen wollen, aber das musste eben noch eine Stunde warten, auch wenn es ihr schwer fiel. Erst die Arbeit, dann das Vergnügen, so hieß es doch.

Sie parkte ihr Auto auf dem Parkplatz oberhalb des Friedhofs und stieg aus. Als sie die Straße überquerte, winkte ihr Hugo aus seinem Dachfenster bereits zu und versprach ‚in einer Minute unten‘ zu sein, um mit ihr gemeinsam zu Max Krämer zu gehen.

Dort wurden sie bereits erwartet. Der ehemalige Lehrer geleitete sie ins Wohnzimmer, wo Hugo es sich sogleich auf einem Fernsehsessel bequem machte. Klara staunte nicht schlecht, als sie die ‚Ermittlungszentrale‘ in Augenschein nahm. An einem Flipchart hingen Bilder und Zeitungsberichte. Namen, Orte und Hinweise waren umkringelt, durchgestrichen oder mit Pfeilen verbunden worden.

„Da staunst‘e, was?“ Hugo riss sie aus ihren Gedanken und das schlechte Gewissen gegenüber Fritzen kehrte augenblicklich zurück.

„Ich sollte nicht hier sein“, sagte sie schuldbewusst.

„Wir tun nichts Schlimmes, Klara“, sagte Hugo beschwichtigend.

„Wir wollten mit Ihnen reden, damit Ihnen unsere Erkenntnisse nicht entgehen.“

„Wir denken nämlich, wir haben einen Hinweis auf den zweiten Täter.“

„Auch wenn wir ihn nicht identifizieren können.“

„Aber es gibt wahrscheinlich eine Zeugin, die ihn ohne ihr Wissen gesehen hat.“

Klara blickte von einem zum anderen. Dann begann Hugo zu erzählen. Haarklein berichtete er alles, was sie bis hierher in Erfahrung gebracht hatten, von Friedrich Kessler, dem Gedicht, dem verschollenen Wein, den verschwundenen Marienfiguren und dem ominösen russischen Ikonenforscher. Mit offenem Mund lauschte Klara, als könne sie nicht glauben, was sie da alles zu hören bekam.

Dann sprudelte es auch aus ihr heraus. Hugo und Max erfuhren, dass Gotthard Giessen am Morgen zu ihnen auf die Wache gekommen war und ihnen Bilder sowie ein Schreiben vorgelegt hatte, mit dem man ihn hatte erpressen wollen. Die Bilder zeigten ihn in inniger Umarmung mit einer jungen brünetten Frau, die – wie Giessen ihnen erklärte – seine Enkelin war. Noch vor seiner Priesterweihe mit dreißig Jahren hatte er eine kurzzeitige Beziehung zu einer jungen Frau unterhalten, der, ohne sein Wissen, eine Tochter entsprungen war. Zwar war seine Jugendliebe nicht mehr am Leben, doch der Enkelin war es gelungen, während ihres

Studiums in Wiesbaden den Kontakt zu Giessen herzustellen und hatte ihn fortan nahezu jeden Tag besucht. Zunächst hatte Giessen an den alten Enkeltrick geglaubt, doch dann hatte seine Tochter ihn besucht, und als diese seiner Jugendliebe wie aus dem Gesicht geschnitten war, hatte es für ihn keinen Zweifel mehr gegeben, zumal die Enkelin das von ihm angebotene Geld zur Unterstützung ihres Studiums abgelehnt hatte. Ihr ginge es nur um die Wiedervereinigung der Familie, so hatte sie gesagt, bloß das irgendjemand diese Wiedervereinigung offenbar in den falschen Hals bekommen und seinerseits daraus Profit hatte schlagen wollen.

Das beiliegende Schreiben – übrigens nur eine Kopie, das Original war beim Erpresser verblieben – war von seiner Haushälterin unterzeichnet worden, die ihn darin der Belästigung und gewalttätiger Übergriffe bezichtigte. Gotthard Giessen hatte nicht glauben wollen, dass Irmlinde Kraus diese Anschuldigungen eigenständig aus der Luft gegriffen hatte, und so hatte er sie zur Rede gestellt. Der Armen war das schlechte Gewissen ins Gesicht geschrieben gewesen, doch hatte sie mit ehrlicher Überraschung und Entsetzen wohl tatsächlich von ihm zum ersten Mal gehört, *was* sie da im Eifer des Gefechts unterschrieben hatte.

Und dann hatte Giessen erzählt, wie er Kreber zur Rede gestellt und dieser ihm offenbart hatte, dass er selber den Bau eines Jugendzentrums im Ort anstreben und dazu Giessen nur allzu gerne loswerden wollte. Die Grevenburg auf dem Berg wollte er in seinem Größenwahn wiedererrichten, so hatte Giessen es berichtet.

Dann war mit ebenfalls quietschenden Reifen ein weiteres Auto vorgefahren, und eine Fredericke Groll hatte sich mit den Worten „Irmlinde ist unschuldig!“ ihrer Unterhaltung angeschlossen. Fritzen, der zuvor noch moniert hatte, dass dies ein Polizeipräsidium und kein Taubenschlag war, hatte sich dann doch dazu bequemt, ihre Aussage zu Protokoll zu nehmen, zumal sie ihm konkret den Namen eines Verdächtigen für diese Erpressungssache nennen konnte: Joachim Wagner.

Ihre sich anschließende Recherche hatte wiederum ergeben, dass dieser polizeimäßig kein unbeschriebenes Blatt war: Körperverletzung, Erpressung, … und so hatte sich nach einem kurzen Telefonat im nahen Wittlich eine Streife auf den Weg zu ihm gemacht, den Originalbrief und die Fotos bei ihm gefunden und sich kurz darauf mit einem umfassenden Geständnis, das auch die Verwüstung der Trarbacher Kirche eingeschlossen hatte, zurück gemeldet.

„Dann war der Einbruch in Trarbach gar kein Werk unseres russischen Ikonenforschers?"

„Nein. Pastor Giessen ist diesem Wagner offenbar ziemlich auf den Schlips getreten, als er dessen Frau in ein Frauenhaus vermittelt hat. Zuvor hatte der Mistkerl sie jahrelang immer wieder verprügelt, und sie hatte es mit Treppenstürzen und anderen Unfällen zu erklären versucht."

Hugo schlug sich an die Stirn. „Da beißen wir uns hier die Zähne aus und dann ist es ein simpler Trittbrettfahrer… Jetzt passt das ganze Puzzle auch viel besser zusammen!"

„Ja, Trittbrettfahrer trifft es ziemlich gut. Wagner hat für die Zeitung über den Marienraub in Rachtig geschrieben und ausgesagt, dass ihm dadurch die Idee gekommen sei, auf diese Weise Pastor Giessen eins auszuwischen. Nur war die Kirche in Trarbach, anders als die in Rachtig, leider nachts abgeschlossen. Er hat sie also aufgebrochen und danach versucht, den größtmöglichen Schaden anzurichten. Und dann hat er allen Ernstes ein paar Tage später noch selber den Artikel über seine Tat für die Zeitung geschrieben."

„Was für ein Idiot", sagte Hugo kopfschüttelnd.

„Allerdings. Aber es heißt auch, dass unser bisheriger Tatverdächtiger zumindest in Bezug auf seine Schuhe die Wahrheit gesagt hat. Er hat sie am Trarbacher Moselufer gefunden, wo Wagner sie nach seinem Einbruch entsorgt hatte", seufzte Klara. „Wenn der Rest nun auch stimmt, dass er den eigentlichen Täter von seiner Tat abhalten wollte, dann stehen wir wieder bei null was die Diebstähle angeht… um ehrlich zu sein, wir müssen ihn laufen lassen."

Max nickte. „Aber Fredericke Groll kennen Sie ja nun schon. Sie ist Leiterin des Ikonenzentrums in Trarbach. Dort war dieser Ikonenprofessor vorstellig gewesen. Nicht nur am Telefon, wie bei Pastor Reimann. Vielleicht kann sie eine Personenbeschreibung abgeben. Rufen Sie sie an."

Klara nickte. „Das werde ich auf alle Fälle tun. Auch wenn ich noch nicht so genau weiß, wie ich meinem Kollegen erklären soll, wo ich die ganzen neuen Hinweise her habe."

„Ach Liebchen", sagte Hugo. „Wir haben doch alle unsere verdeckten Quellen. Du bist nicht verpflichtet, sie ihm gegenüber offen zu legen."

Klara nickte. „Aber er ist ja auch nicht doof.

„Es bleibt aber immer noch die Frage offen, wo dieser sagenumwobene Marienwein lagert. Wenn unser Professor uns da einen Schritt voraus ist, dann räumt er womöglich bald den Keller aus und ist danach über alle Berge."

„Hmm", nickte Klara. „Wie viele Keller haben Sie denn hier."

Max lachte auf. „32, nein 33, die bei den Führungen dabei sind. Die findet man auch alle im Internet unter www.unterwelt-ausflug.de Erst kürzlich ist ein neuer Keller dazu gekommen, die Beschreibung müsste irgendwann die Tage hochgeladen werden. Das kann dann jeder sehen. Aber das sind ja bei Weitem nicht alle Keller, die wir hier haben. Darüber existiert noch immer keine umfassende Übersicht, fürchte ich."

„Super. Also verstärkte Polizeipräsenz in der ganzen Stadt. Nichts, was wir konkret überwachen könnten." Sie stand auf.

„Willst du schon gehen?", fragte Hugo überrascht.

Klara wurde rot. „Ja. Ich… ich habe noch eine Verabredung. Vielen Dank, wir… hören voneinander."

Mit diesen Worten nickte sie Max zu, der sie zur Haustür begleitete. Als diese ins Schloss gefallen war und Max zurück ins Wohnzimmer kam, trat ein Grinsen auf sein Gesicht: „Ja dann sag ich mal: Hallo Osterhase!"

Marientränen

Hugo fuhr aus dem Schlaf hoch, als es am Donnerstagmorgen an seiner Tür klingelte. Er schaute auf die Uhr. Noch nicht einmal sieben. Das konnte ja mal wieder nur einer sein.

Stöhnend drehte er sich noch einmal um, doch das Geklingel brach nicht ab. Was konnte denn um alles in der Welt so wichtig sein? War Max über Nacht der entscheidende Durchbruch gelungen oder was sollte das Theater?

Mühsam rappelte er sich aus dem Bett und schlurfte zur Tür.

„Es ist 6:47 Uhr."

„Ich weiß."

Moment mal… „Klara?"

„Darf ich bitte rein kommen?" Sie weinte. Erschrocken öffnete Hugo die Tür.

„Natürlich. Komm rein. Was…"

„Ich bin so eine Idiotin, Hugo."

„Nein… nein, das bist du nicht. Was ist denn passiert. Setz dich erstmal."

Weinend sank Klara auf die Couch. „Maurice… dieser Scheißkerl. Er… er hat mich einfach nur benutzt."

„Was… was meinst du damit?"

„Sie haben gewettet über mich, Hugo… Ob Maurice mich ins Bett kriegt, oder nicht. Elmar und er. Als Spiel… als Zeitvertreib… die dumme, dicke Klara aus ihrer alten Klasse... Gestern Abend war es dann so weit. Maurice hat uns fotografiert, als ich am Schlafen war und das Bild an Elmar geschickt, seinen Geschäftspartner. Heute Morgen, als ich aufgewacht bin, habe ich die einfach nur ekelhafte

Antwort auf dem Sperrbildschirm von seinem Handy gesehen… Der Idiot hat nicht mal einen Pincode auf seinem Handy, und so… so habe ich den ganzen verdammten Chatverlauf gelesen. Sie hatten sich das von Anfang an so überlegt. Seit Maurice mich beim Laufen getroffen hat, haben sie sich einen Spaß daraus gemacht… Eine Wette… kannst du dir das vorstellen?“

Hugo schoss die Schamesröte ins Gesicht, doch zu seinem Glück konnte Klara es nicht sehen. „Nein“, sagte er unbeholfen. „Das kann ich nicht… Liebchen… Männer sind manchmal Idioten.“

„Schweine“, schniefte sie. „Männer sind Schweine.“

„Wegen mir auch das.“

„Es tut mir Leid, dass ich dich hier jetzt vollheule… aber ich wusste nicht, zu wem ich sonst gehen soll. Meine Eltern… sind im Urlaub und mein ganzer… mein ganzer Freundeskreis ist in Hamburg. Es war eine bescheuerte Idee wieder hier her an die Mosel zu kommen.“

„Nein, Klara, es…“

„Versprich mir, dass du Tim nichts davon sagst.“

Hugo starrte sie an. „Es wird mir schwer fallen, aber ja… wir erzählen uns sonst ja eigentlich quasi alles... so dicke, wie wir sind…“

Sie lachte. Wenigstens etwas.

„Was mache ich denn jetzt?“, fragte Klara.

„Wo ist denn dieser Maurice jetzt?“

„Bei seinen Eltern in Pünderich. Da haben wir ja auch übernachtet. Er hat mich ausgelacht, als ich ihn mit der SMS konfrontiert habe, hat gesagt ‚So ist das Leben Baby, hat Spaß gemacht mit dir, ich geh‘ jetzt Duschen und wenn ich wieder komme, bist du besser verschwunden‘.“

Hugos Miene verfinsterte sich. „Vielleicht sollte ich dem jungen Mann mal einen Kurs geben, wie man mit Damen umzugehen hat. Das ist ja…"

„Ich habe die Handys mitgenommen. Beide… sein privates und sein Diensthandy."

„Du hast was?" Hugo starrte sie an. „Klara, das ist Diebstahl!"

„Ich will sie ja nicht behalten. Es war eine Kurzschlussreaktion… wegen des Bildes. Ich wollte sie im Klo runterspülen oder sonst was…"

„Hast du es gelöscht? Das Bild?"

„Ach das kann man doch ohnehin nicht dauerhaft löschen, wenn es einmal mit WhatsApp rundgegangen ist."

„Sieht man denn etwas darauf, was man nicht sehen sollte?", fragte Hugo vorsichtig.

„Nein", sie begann erneut zu weinen. „Nur eine blöde Kuh, die sich schlafend an ein halbnacktes Arschloch kuschelt, das das Victoryzeichen und 'nen Kussmund in die Kamera macht. Hier…"

Sie zog ein Smartphone aus der Tasche, wischte darauf herum und zeigte Hugo schließlich das Bild, der es kopfschüttelnd anstarrte. „Also ganz ehrlich, das ist peinlicher für den Kerl, als für dich."

Sie lachte wieder. „Ja… du hast ja Recht… hach Mensch, wie konnte ich nur so doof sein."

„Liebe macht blind, Liebchen." Er überlegte. „Wir könnten seine Handys wirklich im Klo versenken… oder in der Mosel."

„Nein… nein, dann hab ich nachher noch 'ne Anzeige am Hals."

„Wieso hat der Vogel überhaupt zwei Handys?“

Sie schniefte. „Das eine ist für seine Geschäftskontakte, das andere für Freunde.“

Mit einem Mal begann Hugo zu grinsen.

„Was ist?“

„Diese Handys können doch Bilder auch bearbeiten, also zuschneiden und das alles, oder?“

„Klar, wieso?“

„Ach… ich habe da so eine Idee…“

Max Krämer ging an diesem Morgen ein ums andere Mal das Gedicht durch, das sie auf der Grabplatte des Bildhauers Kessler gefunden hatten. Inzwischen kannte er den Wortlaut auswendig.

Unsre Tränen mögen trocknen,
Rosen und Reben vergeh'n,
doch der Bund unserer Herzen
bleibt auf ewig besteh'n.

Die Tränen mochten für das Leid stehen, das Maria und Friedrich hatten durchmachen müssen. Die Reben und Rosen waren verdorrt, der ‚Marientränen‘-Weinberg existierte nicht mehr. Maria Kessler war gestorben. Doch ihre Liebe würde fortbestehen bleiben. So weit, so gut.

Wir nahmen unser Schicksal aus anderen Händen
Und fanden Liebe und Zuflucht bei ihr
Uns retteten einst Marias heilige Tränen
Und wir retten sie vor der anderen Gier.

Sie hatten ihr Schicksal in die eigene Hand genommen und sich dem Glauben und der Kirche zugewandt. ‚Ihre Tränen' hatten sie gerettet: Die Kirche hatte mit dem Verkauf des Weines Geld verdient, und durch den damaligen Pastor Meinert hatten Maria und Friedrich eine Anstellung gefunden. Und dann… hatte Friedrich den Wein vor der Gier seiner Schwiegereltern retten wollen?

Wenn uns die Finsternis umschließt
wartet Maria schon, ruft uns nach Haus
und der Schein ihrer Tränen
führt uns aus den dunklen Hallen hinaus.

Die Finsternis. Der Tod… waren das die dunklen Hallen, die das Paar umfingen? Maria Kessler war ja schließlich 1909 bereits gestorben. Oder war damit tatsächlich ein Keller gemeint? Ein Keller, in dem der Wein nun versteckt lag? Ein Keller hier in Traben-Trarbach?

Was dafür sprach war, dass in den handschriftlichen Aufzeichnungen Kessler auch mit den Worten ‚alte Heimat' statt ‚nach Haus' und ‚Gewölben' statt ‚Hallen' experimentiert hatte, ehe er die letztendlichen Reime gefunden hatte. Die alte Heimat der beiden war Traben-Trarbach gewesen, soviel stand fest. Und dunkle Hallen gab es hier zu Genüge. Es war, wie die Nadel im Heuhaufen zu suchen.

Eine der Marienfiguren von Kessler musste der Schlüssel sein. Sie musste in irgendeiner Form den Hinweis bei sich tragen, mit dem sie das Rätsel lösen und die Suche beenden konnten. Wenn ihnen der Dieb dabei nicht zuvor kam.

Max starrte die Bilder an. Marienfiguren, Ikonen, Gedichte… es schwirrte alles in seinem Kopf. Ob Fredericke Groll wohl schon eine Personenbeschreibung abgegeben hatte?

Womöglich war das der einzige Weg, dem Täter noch zuvor zu kommen.

Vielleicht, überlegte Max, konnte man das Pferd aber auch *von hinten aufzäumen*. Eine Wagenladung Wein konnte unmöglich einfach über Nacht verschwinden. Schon gar nicht, wenn ein einziger Mann sich daran zu schaffen machte. Wenn sie nachvollziehen wollten, wie Kessler dieses Kunststück gelungen war, dann mussten sie herauskriegen, welche Keller zur damaligen Zeit der Familie Weinmann gehört hatten. Schließlich war der Wein aller Wahrscheinlichkeit nach in einem von ihnen gelagert worden. Max' Wissen nach, gab es keine lebenden Nachfahren der Familie mehr. Ihre Keller gehörten somit inzwischen anderen Winzern, wenn sie denn überhaupt noch genutzt wurden.

Er machte sich daran, seine Unterlagen durchzugehen. Der Name Weinmann war ihm bekannt. Zwei Keller direkt unten am Moselufer gingen auf diese Familie zurück. Doch waren das die einzigen gewesen? Falls ja, so würde es sicher nicht schaden, sich dort einmal umzusehen. Doch ihm war, als wäre ihm der Name Weinmann in den letzten Wochen noch im Zusammenhang mit einem weiteren Keller untergekommen.

Maurice Bachmann fuhr in Begleitung seines Compagnons Elmar Bastken an der Polizeiwache in Traben vor. Mit wenigen Schritten war der die Stufen hinauf und eilte hinein.

Ein Uniformierter kam ihm entgegen.

„Wo ist sie?“

„Wo ist wer?“, fragte Fritzen, der den jungen Mann bereits erwartet hatte, mit gespielter Ahnungslosigkeit.

„Klara. Ich will sie sofort sprechen. Ich werde diese Schlampe anzeigen."

„Oha… meinen Sie meine Kollegin Klara Friedrichs? Sie hat heute frei, aber Ihre Beleidigung gegen sie werde ich natürlich gerne zur Anzeige bringen."

Nun trat Elmar vor. Er bemühte sich zu lächeln. „So… jetzt beruhigen wir uns doch alle mal…"

„Also, ich für meinen Teil bin ja ganz ruhig", sagte Fritzen mit Unschuldsmiene. „Aber sagen Sie mal, was haben Sie denn da am Auge? Das sieht ja schmerzhaft aus…"

„Er hat sich im Weinkeller seiner Eltern gesto…"

„*Klara Friedrichs*", unterbrach Maurice ungehalten seinen Geschäftspartner „hat mir meine Handys gestohlen… Und dann hat sie damit diskreditierende Fotos an meine Geschäftspartner geschickt und auf allen sozialen Medien verbreitet, in denen ich aktiv bin. Können Sie sich vorstellen, wie…"

„Moment…" Fritzen hob die Hand, dann ließ er Elmar und Maurice stehen und verschwand in einem Nebenraum. Schließlich kam er mit zwei Tüten zurück, in denen Maurice seine Handys erkannte.

„Sind das Ihre Mobiltelefone?"

„Allerdings. Woher…"

„Ahh wunderbar. Die wurden uns vorhin von einem aufmerksamen Bürger gebracht. Können Sie irgendwie beweisen, dass Sie Ihnen gehören."

„Naja…", sagte Elmar hilfsbereit. „Es sind Bilder von ihm da drauf."

„Sehr schön. Würden Sie mir die Geräte kurz entsperren, dann kann ich… ach… Sie haben ja gar keinen Pincode. Junger Mann, das ist aber leichtsinnig… da kann ja jeder

Gott weiß was mit Ihrem Handy und Ihren Accounts anstellen."

Mit einem Gesichtsausdruck, als wolle er ihn töten, riss Maurice Tim Fritzen die Mobiltelefone aus der Hand und wandte sich zum Gehen.

„Ah", rief Fritzen. „Ich bräuchte doch noch den Beweis, dass es Ihre Telefone sind… und dann müssten Sie mir auch noch quittieren, dass Sie sie erhalten haben."

Mit hochrotem Kopf knallte Tim ihm die Handys auf den Tisch. Fritzen erspähte ein Selfie, das Maurice Bachmann, gemeinsam mit Elmar Bastken unten am Moselufer zeigte.

„Hübsch", schnurrte er. „Sie sind ein süßes Paar."

„Treiben Sie es nicht zu weit", presste Maurice hervor, als er seine Unterschrift auf die Zettel krakelte, die Tim ihm hinhielt.

„Sie auch nicht, Herr Bachmann. Gute *Heimreise* wünsche ich Ihnen. Grüßen Sie mir München."

Ingrid Röhr freute sich über die Ruhe, die heute in der Touristinformation herrschte. Nicht etwa im Sinne davon, dass niemand herkam, im Gegenteil. Die Reisewelle war angekommen, und ihr Telefon schien kaum mehr still zu stehen. Auch für die Osterhasenführung rissen die Anmeldungen nicht ab. Und – wie Max ihr augenzwinkernd versichert hatte – auch ein Osterhase schien gefunden zu sein, auch wenn Max selber noch nicht genau zu wissen schien, *wer* es denn letztlich werden würde.

Nein, im Hinblick auf die Gäste hatte sie wirklich alle Hände voll zu tun. Allerdings hatte Kreber sich eine Woche frei genommen, und das machte das ganze Arbeiten doch wesentlich… entspannter. Nun hieß es erst einmal ‚eine Woche sturmfreie Bude'… herrlich.

So kam sie nun auch endlich mal dazu, die Seite über die Traben-Trarbacher Unterwelt zu aktualisieren. Max hatte ihr schon vor einigen Wochen die Informationen zum neuen Weinzheimer-Keller einschließlich Fotos und Grundriss gegeben, und es war an der Zeit, diese der Öffentlichkeit zu präsentieren, zumal der Keller seit der letzten Woche endlich geräumt und begehbar war. Sie überflog die Worte noch ein letztes Mal auf Rechtschreibfehler oder andere grobe Schnitzer, ehe sie den Button ‚Hochladen' betätigte:

Keller Weinzheimer – Traben

Ein interessanter Weinkeller befindet sich an der Straßenkreuzung Obere Kaiserstraße/Bismarckstraße unter dem als 'Flüchtlingshaus' bekannten Gebäude. Dieses Haus wurde bis nach dem 1. Weltkrieg als Wirtschaftsgebäude mit Lagerräumen und Kelterhaus von der Firma Adolf Weinmann benutzt. […]

Heinz Wender erkannte den Peugeot von Hugo Guthar zu spät, als dieser mit Max auf dem Beifahrersitz an seinem Posten am Trabener Marktplatz vorbeirauschte.

Die Bahnstraße war zu einer Rennstrecke verkommen, so viel war klar. Aber immerhin hatte er, dank seiner Begegnung am Moselufer, nun auch den roten Mini in die Liste der zu grüßenden Fahrzeuge aufgenommen. Pastor Giessen hatte eine wirklich reizende Enkelin, das konnte man anders nicht sagen. Sie studierte Jura in Wiesbaden und machte auf Heinz einen cleveren Eindruck.

Wenn die es mal nicht weit bringt, hatte er noch bei sich gedacht. Er freute sich für Giessen, dass der auf seine alten

Tage noch zu einer Enkelin gekommen war, auch wenn zu befürchten stand, dass er nun, da er von seiner Familie wusste, ihnen womöglich doch bald den Rücken kehren und nach Wiesbaden ziehen würde, was einen herben Verlust für den Ort bedeutet hätte. Doch das würde die Entscheidung des alten Pastors sein und nicht die seine.

Heinz blickte auf, als eine Gestalt an ihm vorbei schlurfte und brummelnd „Mahlzeit“ sagte. Na sowas. Der Obdachlose war zurück. Da hatten sie ihn also wieder gehen lassen. Er hatte schon gehört, dass der Mann wohl versucht hatte, den eigentlichen Dieb in die Flucht zu schlagen. So zumindest hatte es Fredericke Groll ihm berichtet, als er sie vorhin am Trarbacher Brückenkopf getroffen hatte. Sie war als Zeugin geladen worden, um ein Phantombild zu zeichnen von jenem Mann, der nun als Hauptverdächtiger galt. Doch viel mehr war aus ihr nicht heraus zu holen gewesen, denn sie wollte die Neuigkeiten unbedingt Irmlinde Kraus erzählen, die am Morgen nach einem kurzen stationären Aufenthalt wieder aus dem Krankenhaus entlassen worden war.

Heinz schüttelte den Kopf. Im Moment ging wirklich alles drunter und drüber im Ort.

Mit einem lauten Dröhnen raste ein Geländewagen an ihm vorbei in Richtung Ortskern. Diesen Wagen hatte er doch nun auch schon einige Male hier gesehen. Er bezweifelte nicht, dass man mit dieser Karre zur Not auch einen Steilhang hinauf oder hinunter fahren konnte. Diese ‚Geländer‘ oder wie sich diese speziellen Landrover nannten, waren da hart im Nehmen.

Max und Hugo wanderten, mit dem Gedicht Friedrich

Kesslers bewaffnet, durch die Gänge des alten Weinkellers, der früher einmal der Familie Weinmann gehört hatte.

„Ich verstehe nicht so ganz, was das bringen soll", maulte Hugo. „Sollen wir jetzt die Wände abklopfen oder versuchen, die Schieferplatten am Boden anzuheben?"

„Ich weiß es doch auch nicht", seufzte Max. „Ohne die richtige Maria haben wir wahrscheinlich eh keine Chance rauszufinden, wo der Wein ist."

„Und was machen wir jetzt?"

Max zuckte die Schultern. „Vielleicht magst du ja auch noch mal das Gedicht lesen, ob ich etwas übersehen habe?"

Er reichte den Zettel an Hugo, der ihn ob des Dämmerlichts kopfschüttelnd empor in den Schein einer Glühbirne hob.

„Eine bessere Aufzeichnung konntest du nicht kriegen?"

„Das sind die von Kessler, ich dachte, vielleicht entdecken wir ja noch etwas zwischen den Zeilen. Siehst du, wie viele Worte durchgestrichen sind… da war er noch voll im Dichtungsprozess."

„Ich bin entzückt!", gab Hugo wenig begeistert zurück und kniff die Augen zusammen. „Papier scheint im Krieg teuer gewesen zu sein, was hat der denn da alles drauf gekrakelt?"

Abermals hob er den Zettel empor, und nun sah auch Max, was er meinte. Er hatte es schon vorher, bei Reimann bemerkt, aber dem Gekrakel keine große Bedeutung beigemessen. Zwischen den Worten hatte Kessler kleine Kästen und Bögen gezeichnet. Sinnloses, gedankenverlorenes Gekritzel… oder? Moment… das war doch…

„Zeig mal her", er nahm Hugo das Blatt aus der Hand.

„Du hältst es falsch herum", sagte dieser vorwurfsvoll.

„Nein… nein schau mal hier."

Er hielt Hugo die Zeichnungen unter die Nase.

„Wundervoll… ein echter Picasso. Wir sind reich!“

„Och jetzt red‘ doch nicht immer so einen Unsinn.“

„Kunst mag ja auf jeden anders wirken, aber ich erkenne da nichts.“

„Aber… wenn wir nun mal annehmen, dass es keine Krakelei ist, sondern dass Kessler hier, ebenso wie auf der anderen Seite mit dem Gedicht, rumexperimentiert hat, wie er am besten… den Plan für das Versteck der Maria darstellen soll?“

„Dann erkenne ich *auch das* nicht darin, tut mir leid.“ Dennoch trat Hugo nun interessiert einen Schritt näher.

„Schau hier. Das könnten zwei nebeneinander liegende Keller sein, hier die Treppe, da die Wasserstelle, das… das glaub ich ja jetzt nicht…“

Mit weit aufgerissenen Augen starrte Max von einer Zeichnung zur anderen.

„Was?“, fragte Hugo nervös.

„Ich weiß, wo das ist!“, rief Max. „Das… das ist der Weinzheimer-Keller hinten am Bahnhof. Hier, der Abstieg, die beiden Gewölbe nebeneinander und da, sogar der Brunnen ist eingezeichnet. Ja klar! Das ist einer der alten Weinmannkeller!“

„Du sagst mir jetzt nicht allen Ernstes, dass das der Keller ist, den wir letzte Woche entrümpelt haben!“ Hugo packte sich mit leidendem Gesicht ans Kreuz. „Das heißt, ich habe tausend Euro teuren Wein da rausgeschleppt und es nicht einmal gewusst?“

„Wir haben überhaupt keinen Wein da rausgeschleppt. Da waren keine Flaschen.“

Max hielt sich die Zeichnungen nochmals näher vor die Nase. „Siehst du das hier?“ Er wies auf ein kleines Rechteck, das sich an die beiden großen anschloss und eines von ihnen verlängerte. „Das muss das Flaschenlager sein. Aber das ist niemals so groß, wie er es hier darstellt.“

„Er war ja offenbar noch am Üben, hast du selbst gesagt“, gab Hugo zu bedenken.

„Ja, aber diesen Zipfel hat es in jeder Zeichnung.“

„Das erklärt, warum der Zettel so vollgekrakelt ist. Er war zu doof, den Keller richtig zu malen.“

„Oder…“ Max‘ Augen funkelten. „Das ist der geheime Bereich, in dem die Marientränen versteckt sind!“

Klara Friedrichs konnte gar nicht sagen, was für ein unglaublicher Stein ihr vorm Herzen gefallen war, als sie aus dem Verhörraum getreten und in Tim Fritzens Arme gestürmt war.

Maurice hatte nicht im Traum daran gedacht, hier nach ihr zu suchen, und ihr Kollege hätte es wohl auch nicht zugelassen.

„Den biste los, Kleine“, hatte Fritzen gesagt und hinzugefügt. „Der nächste Kerl, geht erst einmal bei mir durch die Kontrolle!“

Klara hatte gelacht und sich nochmals gewundert, wie schnell Hugo und Tim sich zusammengerauft hatten, als es drauf ankam… als es um *sie* gegangen war. Sie hatte Fritzen zuerst am Telefon schreien gehört, als Hugo ihn angerufen hatte, doch ganz schnell war er ruhig geworden und hatte bedingungslos zugesagt, bei allem mitzumachen, was Hugo sich ausgedacht hatte.

Nun hatte Hugo wieder angerufen. Aus dem Auto. Und wie durch ein Wunder waren sie ohne größere Diskussion seiner Aufforderung nachgekommen und zum neuen Bahnhof hinunter gefahren, wo sie bereits von einem winkenden Max Krämer erwartet wurden.

Tim wies mit dem Kopf wortlos auf den Defender mit Frankfurter Kennzeichen, der am Straßenrand parkte. Klara verstand sofort.

„Diesen Wagen hat Fredericke Groll uns heute Morgen beschrieben", raunte sie Max und Hugo zu, und Fritzen ließ sie gewähren. „Der russische Professor sei damit unterwegs gewesen. Sie hatte gedacht, es sei ein Leihwagen."

Max nickte. Es passte alles zusammen. Nahezu zeitgleich hatten sie und der Hochstapler offenbar das Rätsel entschlüsselt und waren zu dem gleichen Schluss gekommen: Es war der Weinzheimer-Keller. Ob der Kellergrundriss inzwischen wohl online war? Es konnte nicht anders sein, wie sonst sollte der Gauner ihn gefunden haben?

„Hat der Keller einen Hinterausgang?", fragte Fritzen.

Max schüttelte den Kopf. „Mir wäre keiner bekannt."

„Gut. Sie bleiben hier, ist das klar?", fragte Fritzen nun an sie beide gewandt. Und etwas milder fügte er hinzu: „Wenn die Lage unter Kontrolle ist, können Sie nachkommen. Aber bis dahin bleiben Sie hier. Wir wissen nicht, wie gefährlich der Typ ist."

Max und Hugo nickten, während sie beobachteten, wie die beiden Polizisten sich der Treppe näherten und schließlich mit gezogenen Waffen hinunter gingen. Max sah, wie Klara auf das Türschloss wies. Es war aufgebrochen worden. Er wunderte sich, dass der Täter nicht bis zum Einbruch der Nacht gewartet hatte, beantwortete sich die Frage jedoch direkt selbst: Das Haus über dem Keller war bewohnt. Am Tag herrschte durch die befahrene Straße und den nahen Bahnhof genug Trubel, dass es nicht auffiel, wenn man sich im Keller zu schaffen machte und etwa eine Wand aufstemmte. Bei Nacht hingegen, konnte eine solche Geräuschkulisse rasch für Aufsehen sorgen.

„Na, wen haben wir denn hier?"

Max und Hugo zuckten zusammen, als sie die Stimme neben sich hörten. Ein Auto mit heruntergelassener Beifahrerscheibe hatte neben ihnen angehalten. Ernst Kreber… der hatte ihnen gerade noch gefehlt.

„Sein Sie still!", zischte Hugo. „Sie vermasseln noch alles."

„Was vermassel ich? Sind die Herren auf Mäusejagd?"

„Ja, mit Polizeiunterstützung!", fauchte Hugo und wies auf den Streifenwagen. „Jetzt sehen Sie zu, dass Sie hier weg kommen. Sie stören!"

Krebers Miene gefror. „Die Polizei ist da unten? Haben Sie etwa schon wieder einen Toten ausgegraben, Krämer?"

„Kreber, Sie…"

Ein lautes Schreien hob im Keller an. Stimmen, die sich durch das schallende Echo überschlugen, brüllten durcheinander. Dann wurde es mit einem Mal ganz still. Auch der Motor von Krebers Auto war verstummt, die Fahrertür fiel ins Schloss und der Bürgermeister trat zu ihnen.

Hugo blickte verstohlen zu Max herüber. „Meinst du wir können…"

„Wir sollen warten, hat er gesagt", mahnte Max.

„So, raus mit der Sprache. Was geht hier eigentlich vor?", fragte Kreber, dessen Kopf vor Aufregung zusehends roter wurde.

In diesem Moment schwang die Kellertür auf und Klara Friedrichs trieb einen dreckverschmierten, großen Mann in Handschellen vor sich her.

Max traute seinen Augen kaum. Wenn ihn nicht alles täuschte, dann war das sein Gast aus der Unterwelt. Jener, der sich dem Weinzeit-Duo bei der Führung angeschlossen hatte. Nur hatte er keinen Bart mehr.

„Schmit?", rief Kreber überrascht. „Was machen Sie denn da unten?"

„Sie kennen den Mann?" Fritzen trat nun ebenfalls aus dem Keller heraus.

„Ja natürlich. Das ist Jean Schmit, er ist Reporter bei RTL Luxemburg. Ich selber habe ihn durch die Keller geführt, allerdings nicht durch diesen hier… ich wusste nicht, dass…"

„Also Frau Groll vom Ikonenzentrum kennt ihn ja unter dem Namen Professor Stanislaw Zabelishenski", sagte Klara und führte den Verhafteten die Stufen hinauf.

„Ich glaube, der nette Mann hat viele Namen", erwiderte Fritzen und wedelte mit einem Stapel Visitenkarten, den er aus den Hosentaschen des Diebes konfisziert hatte. „Jonas Müller – Architekt, Professor Stanislaw Zabelishenski – Ikonenforscher, Jean Schmit – RTL Télé Lëtzebuerg, Fritz Quill – Investmentbanker…"

„Fritz Quill?" Max sah, wie die Farbe aus Krebers Gesicht wich.

„Tja. Welcher davon der Wahrheit entspricht, das werden wir wohl auf dem Revier klären müssen." Damit gingen Fritzen und Klara mit ihren Gefangenen zum Streifenwagen.

„Ist Ihnen nicht gut, Herr Kreber? Wollen Sie sich setzen?"

„Nein", presste Kreber hervor. „Es geht schon. Sie machen das hier ja. Ich… habe einen Termin." Mit diesen Worten ging Kreber zurück zu seinem Wagen und brauste davon.

Max und Hugo sahen sich ratlos an.

„Ist der jetzt einfach weg?", fragte Fritzen. „Wenn er den Kerl auch unter einem dieser Namen kennt, dann brauchen wir seine Aussage."

„Sie finden ihn sicher in der Touristinfo. Er gibt außerordentlich gerne Interviews", grinste Hugo.

Fritzen grinste zurück. „Ja, ich freu mich auch schon ungemein. Wollen Sie mir jetzt in den Keller folgen?"

Was für eine Frage, natürlich wollten sie das. Vorsichtig stiegen sie die glitschigen Stufen hinunter und gingen in das Gewölbe hinein. Der Polizist lotste sie durch das erste Gewölbe hindurch nach hinten zum Flaschenlager, wo, wie Max es richtig vermutet hatte, die Wand aufgebrochen war.

„Ich habe es den Leuten immer erzählt... dass die besten Weine hinter den Gittern gelagert wurden", sagte er kopfschüttelnd, als er in das vergitterte Flaschenlager hineintrat. „Ich konnte ja nicht ahnen, dass die immer noch dort sind."

„Wie man es nimmt", sagte Fritzen. „Der Kerl scheint sich nicht sonderlich klug angestellt zu haben. Er hat die Mauer eingeschlagen, so dass die Steine auf die Flaschen gefallen sind. Was ich eben mit der Taschenlampe sehen konnte, waren größtenteils… Scherben."

Betroffen sahen Hugo und Max sich an.

„Versprechen Sie mir, dass Sie hier nichts anrühren?", fragte Fritzen. „Ich möchte meine Kollegin ungern mit dem Kerl so lange alleine lassen. Ich warte kurz draußen, bis die angeforderte Streife da ist, dann bin ich wieder da. Schauen Sie sich um, tun Sie, was Sie wollen, nur bitte: Fassen Sie vorerst nichts an!"

Max und Hugo nickten stumm und Fritzen verschwand aus

dem Keller. Betreten schweigend fingerte Hugo nach einer Weile sein Handy aus der Tasche hervor und leuchtete in die Öffnung. Da lagen sie… die Flaschen mit den Marientränen und auf ihnen die eingestürzte Backsteinmauer. Ob wohl zumindest ein paar von ihnen heil geblieben waren?

Max Krämer saß an diesem Abend mit seiner Stammtischrunde in der ‚Goldenen Traube'. Neben den vollzählig angetretenen Stammgästen hatte sich dieses Mal auch Hugo wieder zu ihnen gesellt. Gebannt lauschten die anderen, einschließlich des Wirts, ihren Ausführungen über die Geschehnisse der letzten Tage.

„Friedrich Kessler war 1883 als junger Steinmetz am Ausbau des heutigen Weinzheimer-Kellers beteiligt gewesen", kam Max schließlich zum Ende seiner Erklärungen. „Der Weinhandel florierte, und für die Weinhändler gab es kein Halten mehr. Die Keller mussten immer größer, immer moderner, immer besser werden. Und praktischerweise gab es damals noch keine Kontrollbehörden und Bürokratie für jeden Pinselstrich, den man tut. Genauso, wie sie in Trarbach versucht haben, die beiden Keller des Weinguts Böcking unter der evangelischen Kirche hindurch miteinander zu verbinden, so haben sie sich auch in Traben munter durch den Fels gesprengt, allerdings mit dem gleichen Ergebnis."

„Es stürzte alles zusammen?", fragte Werner.

„Nein, zum Glück kam es nicht ganz so weit. Aber es war kurz davor, und so haben sie einen Schacht am hinteren Ende des Kellers, den sie eigentlich noch erweitern wollten, zugemauert und im vorderen Teil ein kleines Flaschenlager eingerichtet. Friedrich Kessler wusste natürlich von diesem Schacht. 1886 verließen er und Maria Traben und Trarbach.

Sie ahnten ja nicht, dass es keine zwanzig Jahre später eine Doppelstadt werden würde. Aber auch das hätte wohl den Missmut von Marias Eltern nicht befriedigt. So gingen sie nach Rachtig, wo Maria 1909 ohne lebende Nachkommen starb. Das Kind, mit dem sie bei ihrer Flucht schwanger war, wurde nur wenige Monate alt. Friedrich hingegen hat es noch erlebt, wie die Rachtiger Kirche trotz des wunderbaren Weines in Geldnot geriet und alles zu einem Spottpreis an das Weingut der Eltern seiner Frau in Traben verkauft wurde. Als dann 1914 der Krieg ausbrach, dachte niemand mehr an den Weinhandel. Es war ein Leichtes für ihn, des Nachts einen Teil der Mauer herauszubrechen, die den Schacht in den Fels hinein verschloss. Er schob die Flaschen hindurch und verschloss anschließend alles wieder fein säuberlich. Er hat sich einen Spaß daraus gemacht, eine späte Rache an seinen wohlhabenden Schwiegereltern, die sein Glück selbst in Rachtig und nach Marias Tod noch zu bedrohen schienen. Er wusste nicht, ob er den Krieg überstehen würde und nutzte daher den Auftrag zu einer Marienfigur in der Trabener Kirche, die ja erst 1911 gebaut worden war und bis dato keine Maria hatte, um einen Grundriss des Kellers auf ihrer Unterseite zu verstecken."

„Unter ihren Füßen?"

„Ja... quasi... Die Figur hat die Polizei inzwischen sichergestellt. Der Rachtiger Pastor Reimann hatte in den alten Kirchenunterlagen die Probeskizzen von Kessler mit dem Grundriss, so sind wir überhaupt auf den Keller gekommen. Alle weiteren Hinweise lieferte das Gedicht. Zugegeben, das Ganze ist mehr als abenteuerlich, aber eigentlich hatte Kessler wohl auch vorgehabt, den Wein und die Maria nach dem Krieg *selber* wieder zu bergen. Doch dazu kam es nicht mehr. Er starb noch während des

Krieges, im Jahr 1914."

„Puh..." Ein Gemurmel ging durch die Runde.

„Ganz schön viele Informationen", brummte Werner.

„Und Spekulationen", fügte Max nickend hinzu.

„Und was ist mit diesem Ikonenprofessor?", fragte Pia.

„Der heißt eigentlich Lutz Eberstedt und ist ein deutschlandweit gesuchter Hochstapler und Betrüger", sagte Hugo. „Er tritt mal mit, mal ohne Bart auf, mal als Reporter, mal als Professor. Irgendwo auf einem Flohmarkt ist er über die Marientränensage gestolpert, als er zwischen ein paar alten Postkarten ein Flaschenetikett des Weines gefunden hat. Daraufhin hat er die Moselregion zu seinem neuen Tätigkeitsfeld erklärt. Wer weiß, wie viele Ahnungslose er parallel zu seiner Schatzsuche hier mit seinen dubiosen Identitäten übers Ohr gehauen hat. Er hatte sich in Bernkastel eingemietet. In seiner Wohnung haben die Kollegen auch die andere Marienfigur aus Rachtig gefunden... was für ein Anfänger... Mit dem Grundriss auf unserer Trabener Maria hat er sich auf die Suche nach dem Keller gemacht. Er hat ihn mit den Unterweltkellern, deren Grundrisse im Internet hinterlegt sind, verglichen und sich unter einem Vorwand von Kreber durch die Keller führen lassen. Als dann der Weinzheimer-Keller neu hochgeladen wurde, hat er ihn sofort erkannt und nicht mehr lange gefackelt. Da haben wir ihn dann auf frischer Tat erwischt."

„Und der Obdachlose?", hakte Otto nach.

„Hat tatsächlich nur versucht Eberstedt nach dem Einbruch in die Trabener Kirche aufzuhalten. Er hat ihm bei der Rangelei offenbar gut eine gelangt... eine Rippenprellung, meinte die Polizei. Aber dennoch konnte er vorerst entkommen."

„Und was ist nun mit dem Wein?“, fragte Rita.

Max und Hugo sahen sich an. „Tja… das ist eine traurige Geschichte. Dieser Eberstedt hatte es ziemlich eilig damit, durch die Wand zu kommen. Er hat sie mit einer Brechstange eingeschlagen, wahrscheinlich wusste er, dass wir ihm auf den Fersen sind. Er hat ja sogar einen Abend hier am Tresen gesessen, als wir über die ganze Sache gesprochen haben. Die gesamte Mauer ist auf die Flaschen gestürzt, die dahinter lagen.“

„Das heißt“, fragte Günter und fasste sich an die Stirn. „Der ganze Wein ist futsch? Weg?“

Max und Hugo nickten mit traurigen Mienen. „Alles bis auf… eine Flasche.“

„Und die hat Kreber.“

„Was?“

„Naja… der Keller gehört inzwischen der Stadt. Sie hat ihn von den Weinmanns gekauft und Nachkommen der Familie gibt es keine. Ihre einzige Tochter starb ja in Ungnade.“

„Das heißt Kreber darf jetzt die einzig verbliebene Flasche Marientränen trinken? Der kann die doch gar nicht richtig genießen.“

„Er wird sie wahrscheinlich für einen guten Zweck stiften, so wie ich das verstanden habe. Eine Auktion oder sowas beim Ostermarkt“, sagte Max beschwichtigend. „Ich glaube, der ist gerade ganz arg bemüht, sich beliebt zu machen. Er scheint wegen der Sache mit der Grevenburg ein schlechtes Gewissen zu haben.“

Sie nickten. Inzwischen hatte die Geschichte mit dem Jugendheim auf der Burg die Runde im Ort gemacht, doch so schnell sich das Gerücht verbreitete, so schnell war es auch wieder dementiert worden. Der Investor sei abgesprungen, so hieß es.

Später an diesem Abend wanderten Max und Hugo gemeinsam die Römerstraße hinauf zu ihren Häusern.

„Was wollte Otto denn noch von dir?“, fragte Max, als sie die Straße Im Brauer erreicht hatten.

„Er… er wollte mich nur an meine Verpflichtungen erinnern“, brummte Hugo. „Ich sag dir, wenn ich diesen Maurice hier noch einmal sehe, dann…“

„Eigentlich machten die beiden ja einen ganz manierlichen Eindruck“, sagte Max.

„Vordergründig, ja. Aber Klara hat mir Sachen erzählt… Die waren beide mit ihr in einer Klasse und haben sie nichts als geärgert. Und dann kommen sie nach Jahren von Dienst wegen hierher, sehen Klara und haben nichts Besseres zu tun, als da anzuknüpfen, wo sie vor ein paar Jahren aufgehört haben. Ich wünsche denen, dass ihr dämliches Weindings-Unternehmen so richtig schön floppt!“

Max nickte. Dann machte er ein ernstes Gesicht. „Nun lenk hier aber mal nicht ab. Wir beide haben ein Date am Sonntag.“

„Ja, ich weiß. Daran hat Otto mich ja erinnert“, er blickte bedröppelt drein. „Ich… ich habe die Wette verloren. Klara hat sich tatsächlich auf diesen Kerl eingelassen und damit… bin ich am Sonntag also dein Osterhase!“

Anmerkung:

Vielen Dank an Dita, Heinz, Hugo, Ingrid, Otto und Rolf, dass sie für manche meiner Figuren bereitwillig „Modell gestanden“ haben.

Alle anderen Figuren sind frei erfunden, ebenso wie die gesamte Geschichte.

Wie alles begann…

Es ist Herbst. Kühl und rau pfeift der Moselwind durch die menschenleeren Straßen von Traben-Trarbach, denen die Sommergäste längst den Rücken gekehrt haben. Inmitten dieser Tristesse wird der Winzer August Haußmann tot in seinem Weinkeller gefunden – erhängt!

Der Schock sitzt tief in der Doppelstadt, wo doch fast jeder jeden kennt… oder zumindest zu kennen glaubt.

Nicht nur der Polizei kommen bald Zweifel an der Selbstmordtheorie. Auch Max Krämer, der Unterweltführer und pensionierte Lehrer, der August in seinem Keller entdeckte, sieht sich mit vielen offenen Fragen und Zweifeln konfrontiert. Doch welche der Informationen, die von allen Seiten auf ihn einprasseln sind wichtig, welche nur wichtigtuerisches Geschwätz? Was geschah wirklich in jener Nacht in der Traben-Trarbacher Unterwelt?

Max beginnt mit der tatkräftigen Unterstützung seines Freundes und Ex-Polizisten Hugo auf eigene Faust zu ermitteln – und macht sich damit nicht nur Freunde…

ISBN-13: 978-3737572774

Noch mehr Unterwelt-Lesespaß für Groß und Klein?

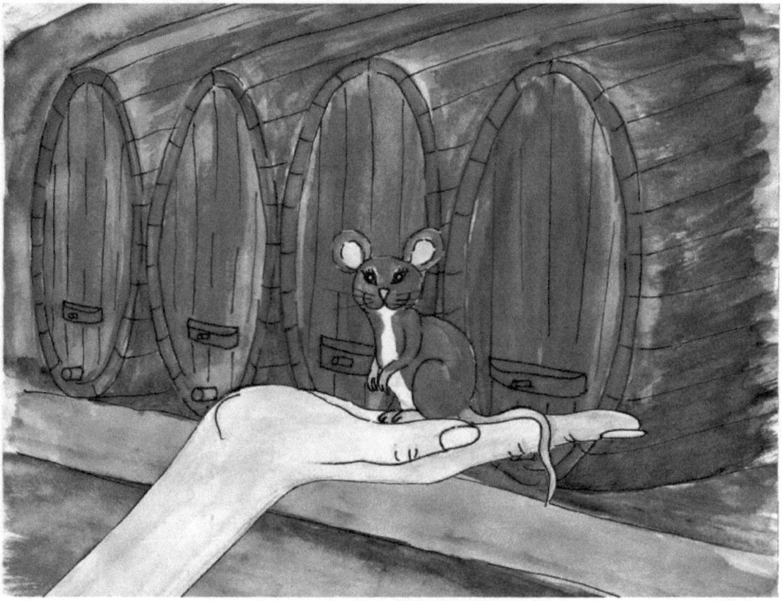

„Es wollte eine kleine Maus, im Keller wohnhaft hoch hinaus…“ (Heinz Erhardt)

Erika und die Kellermaus erzählt die Geschichte der etwas ängstlichen Erika, die immer in die dunklen Keller der Traben-Trarbacher Unterwelt hinabsteigen muss, um dort die vielen Kerzen anzuzünden. Eines Tages trifft sie auf eine kleine Maus namens Frida. Nach anfänglicher Vorsicht gelingt es ihnen gemeinsam ihre Ängste zu überwinden. So entwickelt sich zwischen den beiden eine wunderbare kleinegroße Freundschaft.

ISBN-13: 978-1518664519

Satz und Layout: Rolf Quirin
Coverfoto: Eric Nehrbaß
November 2017

ISBN 978-3-7467-9745-8
9 783746 797458 00001
www.epubli.de